亜細亜二千年紀《ミレニアム》

五十嵐　勉

アジア文化社

ラバウルとソロモン諸島

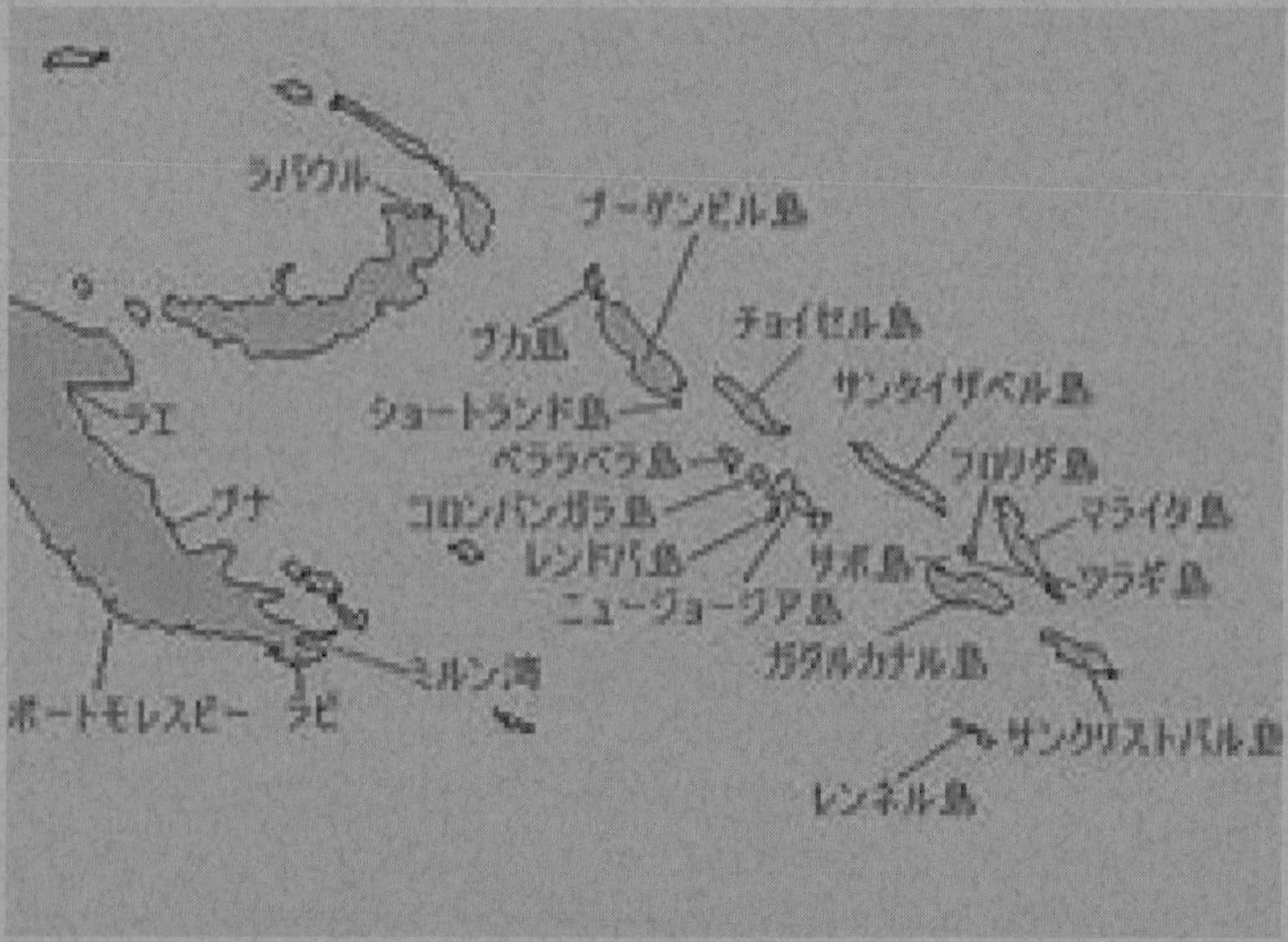

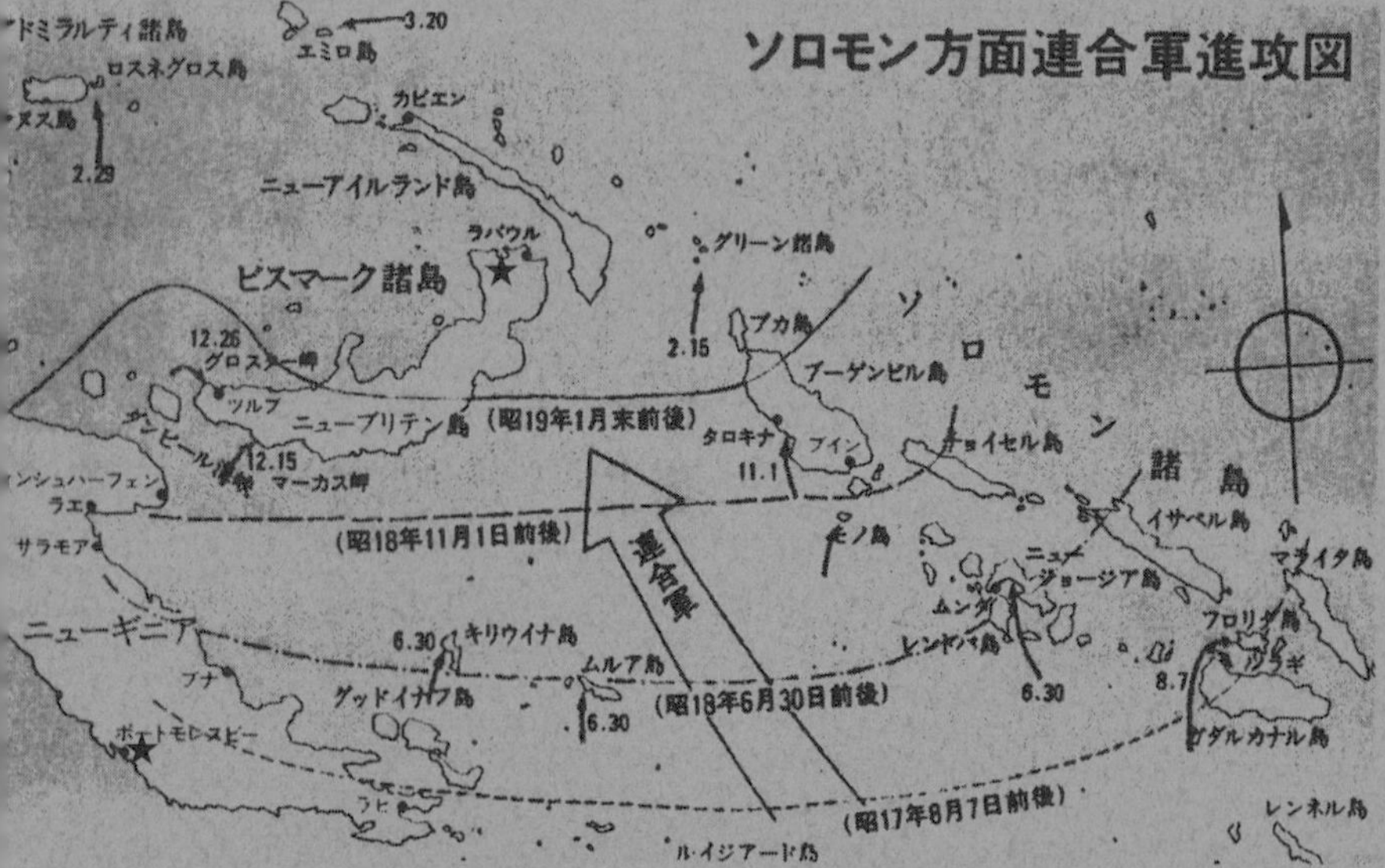

ソロモン方面連合軍進攻図

第一部
亜熱帯への召喚
I

亜細亜二千年紀《ミレニアム》

第一部　亜熱帯への召喚

I

CONTENTS 目次

序章

永平寺

夜の底が激しく流れている。飛び過ぎ消え去るものの上に浮かんでいる自身の肉体が感じられた。静寂の下に滅び流れるものの響きが伝わってくるようだった。

胸の呼吸音が聞こえ、夜気に溶け込んでいく。体全体が大きな呼吸器となって古刹の空気を吸い、それをまた吐き出している。そして自身の肉体の底——座禅をしている上に、闇が星々を抱いて大きく運行している。北陸の清冽な闇夜が外に広がりつつ、自分の内部にも激しく巡り始めていた。

壁に向かったまま時が流れている。何十年を経た深い色の土壁は濃淡をなして薄暗がりに馴染んでいる。しかしそれはすでに意識から拡散し、瞑想の深まりが意識を広げている。

闇がこの空間に外から星空を連れてさらに浸透してくる。就寝前の座禅は特に闇の色を濃くしてくる。禅堂の中に侵入している暗色は、外の雪を包んでいる漆黒とつながっていっそう密度を高めてくる。それは冴えわたった星空と冷たく光る雪肌を反映して、より深く虚空の懐《ふところ》を覗かせてくる気がした。

そして今、時が宇宙の鼓動のように、大きく脈打ち、途方もない命の激流として奔《はし》っているのを覚えた。嵐のような時の流れが、自身の肉体と意識を乗せている。どこへ向かっているのか、何をしようとしているのか、なぜここにいるのか、すべてその激流の上に浮かび翻弄されて流されていく気がする。

もうどのくらい結跏趺坐《けっかふざ》しているのかわからない。脚を組み、思いの中に没入し、しがらみや苦しみを煩悩として押しやることのうちに、また新たな妄想の環が湧き現れてくる。次々に連なるそれは想いを波紋のように広げ、禅堂から時空を浮遊する。今日のことも昨日のことも、ここへ来る前のことも、去年のことも、そして数年前のことも、一〇年前のことも、呼吸の繋がりとしてただ海のように息づいている。過去と未来はここにあり、この瞬間に溶けてどこかに結ばれていく。自分の意識は自由の翼を得て外の闇へ流れ出し、二mを超える積雪の地表を昇って星空へと翔けていく。天の川や星座群、月の海を徘徊し、星の瞬きを拾って繋げ無数の光の橋を昇っていくように彼方へと巡っていく。

自分の形が溶け、壮大な運行と一体化していく。

星空から声が割れ響いてくる。ここに座禅をしているお前は何者だという問いがどこかから響きわたってくる。それに返すように自身への問いをあらためて立ち起こす――おれはだれだ――「風間敦志《かざまあつし》」という名前が、自身の形をして闇に浮かんでいる。

少し前、積雪の夜の中で覚えた孤独、星空の下での自身の孤独が、震える冷たさで湧き上がってきた。虚空に浮かぶ思いがはかなく彷徨っている。一瞬の光芒の煌めきがこの命の燃焼のような気もする。永平寺の上に瞬き、雪の大地を蓋う満天の星が、渦巻き始める。無数の流星があり、無数の破裂している光がある。ただ闇に消えていく光の意味は何なのか、問いかけの環がまた巡り出す。この命の炎の一瞬のよぎりに何の意味があるのか、虚しさの底が喉を広げてくる。この世界のいったいどこによすがを求めるのか――おれは何だ。何をこの世界でしようとしているのか――問いはただ星空を彷徨し、より深くなるだけで、果てしない暗黒へ行路が続いていく気がする。

思いを夜の底へ突き入れるとき、その虚無の底にむしろ湧き出すものを覚える。星々の運行と無限の煌めきは、永遠に瞬き続けると同時に、流れ巡り、壮麗な祭典の動きを見せ始める。それは無数の光を綾織り、豪奢な乱舞の姿で輝き渦巻いていく。一瞬のまばゆい輝きで、すべて消えてゆくはかない光芒でありながら、それに出会っている現在という奇跡の稀有さを感じる。巡り合っている現在のかけがえのない栄光に溢れている。

孤独そのものが火花のような熱い輝きを帯びているのかもしれない。凍え死にそうな寂寥そのものが、自身という存在の発熱であり、この世界からの問いかけかもしれない――。「風間」という苗字も、ただ偶然に投げ出されたこの世での記号にすぎないのか、ただ投げ出された命に蓑虫の殻のようにまとわりついてきた仮の衣にすぎないのか――無意味に、でたらめに見える。そして「敦志」という名前も、たまたま自分という生まれた命に付けられた根拠のない記号に思える。不自由で着にくい邪魔な衣装に思える。それらは本来いつでも脱ぎ捨てられるみすぼらしい衣服のような気がする。それらは脱ぎ捨てることができるのか。もし脱ぎ捨てられたとして、ではなぜここにいて、この闇の中で一人燃えているのか、その孤独の光芒は何なのか——突き刺す思いが螺旋をなして降下していく。

座禅によって得られる心の平穏や悟りは本来どのようにあるべきなのか、今はそんなことはどうでもいい。ただ考え、自分を見つめ、過去を捨て、ここから踏み出す自分の足場を得たい、その思いだけで福井永平寺の山門を敲いていた。一生を仏門に捧げる意志はなかったが、ただ縋る思いで自身の足場を求めたかった。衝撃と失意と混乱と紛糾の生活に終止符を打ち、新たな一歩を踏み出す。過去のすべてを打ち捨て、踏み出すための足場が欲しい。それが得られなければこの世界を歩いていけず、これからの自分の未来はなく、破滅の道を進むしかない。どんなことをしても、何に縋っても、内部の足場をここに求めたかった。

父の死と一人のカンボジア人の死と、そしてこれから東南アジアへ飛ぶ未知とに襲われ、やみくもな動機に任せて電話で東京から問い合わせ、往復葉書を出して返事を得た。

福井からえちぜん鉄道勝山永平寺線の駅を降り、背丈よりも積もった雪の間の参道を登って、参禅者入口に立った。許可の葉書を見せ、参禅を請うた。

高校時代に持っていた剣道着の上着と袴に着替え、靴下を脱いで裸足になった。下着と股引などアンダーウェアは許されたが、足袋も着衣できなかった。古い黒木の床の冷たさを足裏に覚えたとき、禅宗名刹七五〇年の歴史の厳かさが全身を包んできた。

他の参禅者が四、五人いて、新参の挨拶はしたものの、寒さで顔もろくに見れなかった。二〇畳以上ある参禅者宿舎にも暖房はなく、ただ火鉢が一つ置いてあるだけだった。それより広い修行場の禅堂も火鉢が三つ置いてあるだけで石床の広間はいっそう寒さが支配している。その日は震えが止まらなかった。奥歯を噛み締めて寒さに耐えた。

朝は四時半に起床。まだ暗いうちに起きて線香一本が燃え尽きるまでの「一中《いっちゅう》」という四五分前後の時間をまず座禅を組む。指導僧の鳴らす鐘の音によって解かれるまで、ただ土壁を見つめて瞑想に没入する。頭の中を空しくして、世界に委ねる。身を捨てて虚に預ける。座禅の方法と教えは理屈では耳に入っても、次から次に湧いてくる二人の死をはじめ過去や欲望や飢餓を振り捨てることはできず、むしろ洪水のように押し寄せてくる雑念に溺れていた。一日経つと震えが止まり、体が寒さに慣れて、重い唇もなんとか回って日課の読経もあとについて唱和できるようになってくる。緊張感のなかにも少しずつ体が慣れてきて、禅修行の一日の流れに順応していくのを覚えた。

朝の座禅が終わると一般僧に交じって大本堂での勤行に参加する。まだ暗いうち蝋燭《ろうそく》の乏しい光の中に鐘、鉦の音や読経の声が唱和する。太く割れ響く張り詰めた声の中に、生きる根を問いかけるように一日が開かれていく。腹の底に降りてくる低い経の韻律が、開山以来繋げられてきた生死を問う言葉の連なりを、自身の体の中に轟かせていた。その振動が骨の中にまで染み通り、根源的な問いかけを底部からかきたてて、厳粛さの中心へ自身の芯を誘っていく。黒と白だけの空間はそのまま生と死を象徴している。そして声を発する者すべてに、そこへ投げ出されていくことを誘《いざな》っていた。

僧房の一隅に、さりげなく書かれた短冊が貼られている。「生死事大」「無常迅速」――その言葉が身近な、切迫したものとして突き付けられてくる。大きな時間の奔流が走っている。日常の底、生活の底に激しく流れるものの音を響かせてくるようだった。死へ向かう奈落の激流の上に乗っている。現在という瞬間の底部が鋭く切り開かれている。

歩く時もつねに両手を重ねて移動する。親指を他の指で隠した左の握りこぶしに、さらに右手を包み重ねて、それを胸に抱く形で歩行する。正面を真っ直ぐ向き、脇見をしてはならない。心を運ぶようにして動いていく。

僧堂からの帰りの広い廊下をときおり雪の冷気が吹きすぎてゆく。肌を切る風に背筋を伸ばし、堅くその姿勢に縋るようにして、耐える。裸足の肌を冷気が刺す。それに耐えることが、逆に足取りを地に深く下ろしていく気がした。

朝の食事は六時半からだったが、食事そのものが修行だった。一膳の割り箸と、貸し与えられた椀三つとそれを載せる盆台とが重ねられ、その食器による所作が厳しく決まっている。白布に包まれた食器全体を釈迦の首として丁寧に扱うことから始まって、椀の取り出し方、並べ方、持ち方、収め方すべてに作法があった。箸は割り箸一膳をずっと使う。朝はお粥に沢庵とみそ汁だけ。並べられた食器に、指導僧が粥やみそ汁を入れていく。全員に配られたあと、感謝の経を唱え、いただく。

食事中も作法は厳しい。顔を下げて食してはならず、上げたまま、椀や箸を口へ運んで食物を入れる。箸先をつねに自分に向け、外へ向けてはならない。咀嚼にも音を立ててはならず、口を結んで食す。食後空いた椀を、布を巻いた竹ベラでそいで一粒も残らないようにする。それにお茶を注いでもらい、箸でゆすぎ、飲む。それが食器を洗うことを兼ねていた。食後また読経で終わる。食事も修行の一部であり、ほとんど一中約四五分の時間がかかるのだった。

朝の食事が終わると、一時間ほどの休憩が与えられる。その時間が最もくつろぎ、他の参禅者と火鉢を囲んでひととき会話を楽しんだりするが、九時からはまた二中の座禅が待っている。ほとんどは薄暗がりのなかで面壁の時間を過ごす。右足を左の内腿の上に組み、その上に左足を右の組足の上に置く。左右に上体をゆっくり揺らせながら禅に入る。だれもが動かず、結跏趺坐の姿勢の中に内部を深めていく。外部への動きを止めることのうちに、想念が解き放たれ、自由に翔け始める。思いは雑念として流れるままにする。記憶の流れを遡るうちに、苦しい体験が蘇ったり、歓喜の瞬間が湧き戻ったりする。自分の底に隠蔽していた悩みが浮上してくることもあれば、苦い後悔や、父親がよく話していた戦争の体験、母親の失踪が重い軛として絡んでくることもある。そしてそれ以上に父の死と一人のカンボジア人の死が覆い被さってくる。眼を背けることができず、それを背負って歩いていかざるをえない。どうやって担って生きていくのか、その重さに押し潰されそうになる。長い道のりがはるか彼方へと続いているものの、自分に架せられた様々な軛を捨てて自由な翼を広げ、飛び立っていくことができるのか、すべては迷妄のようにも思え、結局はそれに押し潰されるしかないようにも思える。二人の顔が走馬灯の巡りをなして星空の壮麗な輝きのうちに果てしなく渦巻いていく。

第一章

発端

1

コンクリートの高塀が遠くまで続いている。樫や椎の茂りが塀の上からはみ出して、冬でも鬱蒼とした雰囲気を醸している。高塀の内側の太い樹木の広がりは、右側の住宅地とは異なった空気で、いっそう寒さを感じさせた。

両手をコートのポケットに突っ込んだまま、敦志は正月が明けて間もない冬空の下を病院の門へ向けて歩いていた。左手の塀越しの木々の間に見えてきた三階建ての病院建物の上部を見上げた。隔離病棟はすでに葉の落ちた高い欅のそばの、ちょうどこの辺りだった。ぼんやり目を落とす父親の顔が思い浮かんだ。

冷気が頬や耳の肌を刺してくる。枯れ葉が足元で乾いた音を立て、靴に絡みついてきた。一年前の、今にも雪が降ってきそうな寒い日の父の入院日も、ちょうどこんな重い空だったことを思い出しながら、敦志はマフラーを引き上げ、頬を埋めた。

わずかに斜面になった右側は普通の住宅が滑り降りるように広がり、立ち並んだ家屋にテレビアンテナや洗濯物や自転車や子供の遊び道具が家族の温かな生活を匂わせている。それは市街の平穏な生活を日常の息づきとともに遠くまで延ばしている。しかし左側はそれらとは隔てられた、内部の壊れかけた者の治療の世界がある。この道を歩くたびに、敦志は二つの世界を分け隔てる壁を実感する。何が心を壊すのか、それをもたらすものの大きな存在を覚えずにはいられなかった。

日本語学校の授業数が少なくなったせいもあって、最近は週二度か三度ここへ来る。病院へ繁く足を運ぶのは、父親の様子を窺い、少しでも回復の兆しを見つけたい願望があるからだった。頻繁に会うことで、父に現実の感覚を思い出させ、日常の側に呼び寄せる効果を期待していた。それと同時に、たった一人の肉親にささやかでも接していたい気持ちもあった。一人残った家族の絆を保持したい。置き去りにされ、自分一人だけで生きていく孤独を回避したい思いもあった。

父親を大事に思えば思うほど、この精神病院への訪れは頻繁になる。しかしそれが結果的に逆に自分自身が普通の社会から離れ、孤立感を深めていく。ここへ通えば通うほど右側に広がる世間一般の生活から離れていく危うい感覚がのしかかってくる。しかしそれにひたすら縋らずにはいられない父への愛着がある。結局は過去の軛から逃れられないのだった。

左側の塀に隔てられた世界に入り、父と二人になってその心の軌跡を追うごとに、一般から離れ、別な領域へ深入りしていく。父の世界に関わることには、確かに危うさを覚える。しかしまた一方でそれが自身の辿るべき道であり、避けられない方向のようにも感じる。少しずつ、普通の社会や日常から遠ざかっていく父親の症状を認めざるをえないとき、隔たりの拡大に絶望的なものを感じる。そして自分一人がこの世界に置き去りにされる寂しさが、痛切なものとしてこみ上がってくる。父親といっしょに別な世界へ行ってしまいたい衝動も覚えずにはいられなかった。

向こうに病院の正門が見えてき、棕櫚の葉が寒空に堅く縮こまって見える。敦志は今日の父との面会で何を聞くか、何を話すか自問した。聞くべきことは聞きつくした気もする。同じことを繰り返して聞くことも多かった。父の独白も重複が目立った。父の体験の核心に触れるとき、父がひどく興奮し、別人になってしまうこともある。担当医からも興奮させることは避けるよう言われていたが、父自身が止まらなくなって喋り続けることもある。いったんそうなると敦志がいくら制しても、話題を変えても、制御が効かなかった。三十数年経っても南太平洋やフィリピンの戦場の現実が消えず、内部でむしろ大きく、鮮やかになっている。それはむしろ肥大し、膨張を続けているようだった。癌細胞のように増殖し、大きくなって父の内面を食い尽くしていくように見える。それは結局父のすべてを冒しやがて命をも奪っていくことを予測させた。それは着実に進行し、父親の最期を予測させる。あとどれくらい増殖が続いて父を食い尽くすのか、一年か、二年か、あるいは半年か、あるいは……その進行は速くも遅くも感じられるものの、必ずその果てが来ることを予感させた。希望や願望を打ち破って、その時は来る。それは恐怖であり、避けられない一つの結末であり、必ず襲いかかってくる一つの破局だった。その衝撃に自分が堪えられるかどうか自信がなかったが、心構えだけはしておかねばならない。敦志はやがて来るそのときまで、とことん父と付き合う意を強くしていた。

担当医師は、父と話すことが、日常の世界を喚起させ、過去の家族の生活を呼び戻すので、それが進行を遅らせ、抑制にも繋がることを指摘し、少しでも会って話をしたほうがいいとは勧めてくれる。敦志自身も、父親の状態がいいときは話をして表情も和むようだったし、昔の笑顔をまれに取り戻すこともあったので、落ち着くものを感じた。また、自分の知らなかったことを突然話し出し、思いもよらない事実を告げられることも、受け入れておかねばならないことでもあった。やがて残される者としてできるだけのことを知っておきたい、そのための心構えや準備もある。話が進まないとき、感情の嵐が吹き荒れて、苦い思いや絶望感に襲われることも少なくなかったが、穏やかな父親の姿に戻るときの安堵感は、やはりわずかに残った肉親のいとしさを回復させた。

門にさしかかったときだった。ちょうど向こうから走ってきた灰色の車が敦志を遮るように大きく目の前を曲がり、風を巻きたてて病院へ入っていった。スモークスクリーンのかけられた車窓の内側にかすかに鉄格子が見えた。監禁の匂いのする車を敦志は不穏なものを覚えながら、見送った。

その車は、医療関係とは違って、警察や拘置所関係の車であることは知っている。たいてい、病院へ運ばれてくる特別な患者を乗せていた。それは多く刑務関係の拘束者を乗せているはずだった。以前にも見た記憶がある。麻薬の犯罪者や、精神障害のある逮捕者であることが連想された。逃亡を防止する金網の窓や、頑丈そうな格子が内に掛けられていることが、閉鎖感を掻き立ててくる。

門へ曲がっていったその車の残像を反芻しながら、敦志は、平穏に見えるこの日常の海のどこかに、絶えずそれを打ち破る力が働いていることを想像した。不満や、矛盾や、怒りを醸成している。それはいつも日常のなかで鬱積し、その枠を破り、破壊する力を溜めている。日常のルールの境界を突き破った人間が、犯罪者や麻薬患者として現れてくることを想像した。今入っていった車にはどんな人間が乗っているのだろう、何をしたのだろう――薬物常習者か、精神異常による犯罪者か、敦志はその人間の行為を空想した。それは自分には関係のない領域でありながら、この世に存在するものとして、鼓動している。思いもかけずそれはどこかからこの場に連動してくるものであるのかもしれず、自分にも関連してくるものかもしれなかった。

受付で風間敦志の名前と面会見舞相手の父の名前、風間久治《きゅうじ》と、入所時刻の一〇時二八分を記し、待合室のソファで名前を呼ばれるのを待つ。たいてい間に立つ係員が独居房まで行って父親を連れてきてくれる。問題があるときは長く待たされるが、父親の病状が落ち着いているときは一〇分くらいで名を呼ばれる。普通の病院と変わりない空間でありながら、しかし平穏に見えるそこに独特の気配が漂っている。人があまりいない。今日は特に面会も少ないのか、閑散としている。ときたま待合室には家族や関係者の姿がちらほらあり、付き添われた患者らしい姿も見えるが、どこか空白感が漂っている。話しかけたり、談話したりすることが少なく、言葉を交わすことそのものが浮いている気がした。言葉の脈絡にすでに不穏なものが潜む危うさが、奇妙な静けさを孕んでいるのだった。敦志は日本語教育のテキストをひろげ、形容動詞の活用の新しい覚えさせ方や凡例を復習しながら、父親の姿を待った。

七、八分して病院服の小柄な父親が監視員に付き添われて、姿を現した。看護師が父親に「どうぞ」と声をかけ、立ち上がった敦志を集会娯楽室の方に促した。

面会所は、オープンスペースの場合と個室の場合とがある。オープンスペースの場合は病状のよいときで、他の軽症の患者たちといっしょの場で自由に座って話せる。レクリエーション室に近いスペースのリラックスした空気のなかで、いっしょに過ごせるのだった。ここしばらく父の久治の状態もいいようで、オープンスペースでの面会が続いている。病状が悪い時は個室になる。さらに病状がひどい時には待たされるか、会わずに帰らなければならない。虚しく去ることもすでに何度かあった。

入院したばかりのころ、鉄格子の独居房を医師に頼んで見せてもらったことがある。錠を開き、また降ろすときの鎖の付いたジャラジャラとした金属音、そして掛け降ろしたときに響きわたる音が、人間を管理し規制する冷たい枠の感触を掻き起こしてくる。父親を連れてきた監視員の腰のたくさんの鍵が、重症患者の数を連想させ、閉じ込められた生活の重さを窺わせる。鉄格子や、運ばれる金属食器の音や、壁もなく剥き出しのままのトイレも、監視されている父親の生活を浮かび上がらせる。金属扉の閉まる音や、鍵の音、ワゴンの音が、独居房の入口にひどく大きく響くのが耳の底に残っている。父親は、ずっとそこに寝起きしているのだった。それは、いまは穏やかに見えるが、敦志の知らないところで激しい感情を引き起こし、暴れたり叫んだり、手の付けられない行動に走ることを意味していた。医師が言うには、大声で「戻ってくるぞ」「見捨てないぞ」などと叫び、鉄格子を揺すり、叩いて、喚き散らす。怒鳴り声や叫び声が、独居房全体に響くそうだった。

入院した当初、敦志と話している最中に興奮状態になり、監視員の手で独居房に連れ戻されたときだった。あまりの暴れように敦志も手を貸して付いていったが、ガシャーンと鉄扉の閉まる音のあとになお、喚きや怒鳴りが続き、「待っていろ。待っていろ。おれも行くぞ」という叫びを繰り返した。鉄格子に頭をぶつける激しさに、監視員が鎮静剤の投与を医師に求めに行った。

敦志の前で最近はそれを見せることはなく、表面的には治まっているように見えるものの、医師の話では、時たま激しさを見せ、夜中に叫び出すという。実際は敦志の知らないところで感情や妄想の嵐が吹き荒れているのだった。それでも敦志が訪れるときは、緊張状態が治まっているときで、普通に話すことができる。午前中は比較的良好で、穏やかな顔が、時に微笑みを浮かべることもあった。

もともと口数は少ない方で、自分から饒舌に喋ることはない。聞けば、ポツリポツリと話すタイプだった。まだ日常的な会話は可能だったし、過去のことも鮮明に話すことができた。むしろ過去、特に戦争中のことがいっそう鮮やかに蘇り、その当時のことに取り憑《つ》かれて、それが肥大し、父親の全体を侵食しようとしているように見えた。過去の記憶が膨張して暴れ、父親を別なものにしようとしている。その肥大化が父親をやがて日常とは別なところへ移していく恐怖を感じさせた。話していて唐突に薄笑いを見せるようなとき、ぞっとするものを覚えた。

真面目で愚直で、子煩悩でもあった父親は、以前から奇行があった。夜中に突然、「空襲だっ」と言って枕を抱え、外へ飛び出す。叫び声を上げる。枕を投げ飛ばし、両手の指で目と鼻と耳を塞いで狭い庭に体を伏せる。体を痙攣させて、うずくまっているのだった。そしてしばらくして我に返り、はあはあと肩で息をしながら、「助かった。夢か」と深い安堵を漏らすのだった。

また真夜中、突然スコップを持ってきて、庭の土を掘りだしたこともあった。かなり深くまで汗ダクダクになって掘り下げ、「おーい、いいぞ」と大声をあげて、そこへ横たわる。すでに夢から覚めているはずであっても、穴掘りが続く。そして穴の中に自分が入って上をぼんやり見上げている。「まだか。土を落とせ。早くしろ」と怒鳴ったりした。まだ母がいっしょに暮らしていたころ、掘った穴に母親を突き落とし、土をかけようとしたことがあった。真剣な顔でやろうとするその形相に、敦志は怖くなって泣きながら「やめろよ」と父親に縋りついた。

敦志が父親と廊下をレクリエーションルームに向けて歩いて行ったとき、灰色の制服を着た男と手錠を嵌められた浅黒い顔の男が逆方向からやってきた。刑務官らしい男に添われた浅黒い男は、重く辺りを威圧していた。東南アジア系の大きな眼だが、眼に射抜く凄みがあり、近寄りがたい孤絶感がある。周囲をすべて敵と見ているような憎悪の表情がある。思わず避けて、左へ寄った。父親はしかし平然と彼を見ていた。むしろその顔を覗き込み、頷くような笑みを漏らした。それはしばらく見たことのない、自然な、深い笑みだった。

手錠を嵌められた男は、その眼差しを一瞬受け止め、父親を見つめ返した。父親の眼は真っ直ぐ彼を見、彼はまたその父親の眼を受けて、奇妙な感覚に襲われたような、驚きを浮かべた。そしてまた深いものを見つめ返す視線を父親に投げ返した。それまで彼を包んでいた固い殻が、一瞬消えたようだった。そして彼は薄い笑みを父親に返してきた。

父親も、それまでしばらく見せたことのない生き生きした表情を顔に宿らせた。立ち止まり、振り返って、すれ違った彼を見送った。父親も笑みを浮かべていた。そして珍しく自分から声をかけたのだった。

「元気でいろよ」

その大きな生き生きとした声に、敦志は驚いた。

敦志は彼の手錠を掛けられたままの後姿を、ある恐れとともに見送った。その言葉の意味がわかったのか、あるいはわからなかったのか、一瞬間をおいてから、彼は首を回し、敦志たちを振り返った。そのとき父親はすでに横の庭を見ていて、彼とは視線を合わさなかったが、敦志のほうがその眼差しを受けて、たじろいだ。手負いの野獣のような固い孤絶感のなかで、彼はその瞳にひどく人間臭い光を宿していた。鋭いが何か訴えるような光が敦志の奥底まで降りてくる気がした。それはある恐怖の中で、敦志を捉えて離さない、逃れられない力を帯びて絡みついてきた。

姿が見えなくなってから、敦志は看護師に聞いた。

「彼は何なんですか。手錠を嵌められていましたね」

軽い調子で、彼はもの知り顔に答えてきた。

「ああ、さっき留置場から送還されてきた人ですよ。容疑者と言うべきか。カンボジア難民で、精神鑑定をここへ依頼してきたんです。奥さんを殺したらしい。裁判中とかで、鑑定が下りるまでしばらくここにいるようですよ。言葉がわからないところがあるので、ちょっと担当医も困ってましたけどね。もうずっとおとなしいので、手錠は外しますけどね」

敦志は、さっき門にさしかかったとき見た灰色の車を思い出した。それに彼が乗っていたことを推察した。

レクリエーション室の長椅子に二人で掛けて敦志は父親と話した。父親の顔は、いつになく生気が漲っている。弾んでいるような気分さえ感じられた。父親が彼に向けた笑みが敦志には不思議だった。あんな笑みをこの病院に入ってから見せたことはない。それはいったい何なのか、どうしてそんなに上機嫌なのか、聞いてみたかった。彼とすれ違い、声をかけたことが、父親を弾ませているのかもしれなかった。

「さっき何で笑ったんだよ」

父親は、また笑みを浮かべた。

「笑った？　おれがか？」

「ああ。久々に見たよ。あんな顔。どうしてだよ」

父親はまたわずかに笑みを頬の端に宿して言った。

「あいつは人を殺してる」

鼻先に生気があった。

「彼はカンボジア難民だそうだよ」

「カンボジア？」

「自分の奥さんを殺したとか、さっき看護師が言ってた」

「いや、もっと殺してる。一人、二人じゃない」

敦志は父親の眼を覗いた。その眼は確信に満ち、何か喜んでいるようだった。

「どうしてわかるんだ」

「わかるんだ。おれには」

　父親も戦場で敵を殺している。それは経てきた戦場の数から推しても確かに複数でもあるだろう。しかし一人を殺した場合と、複数を殺した場合と、どのように違うのか、敦志には想像がつかなかった。少なくとも、それを口にするということは、父親自身が殺してきた人間の数が一人ではなく複数であること、そしてそれをすることで内面の何かが変わり、その人間の底に殺さない人間とはまったく異なった何かが形成されるということを示しているのだった。敦志は父親がガダルカナルなどソロモン諸島の転戦でアメリカ兵を殺した話を思い出したが、それはさっきの難民の彼との共通点を結ばないまま一瞬脳裡をよぎってすぐ消えていった。彼は自分の妻を殺し、逮捕されたという。自分の妻を殺すというのは普通ではない。そして平和の中で人を殺せば殺人者になる。しかし戦争の状況下で人を殺すことは許され、称賛される。その差は敦志にはどうしてもわからなかった。父親の「複数の人間を殺している」ということが正しければ、彼はカンボジアでそういうことをしてきたということだろうか。彼は兵士だったのか。彼は、複数の人間を殺さなければならない状況下を生きてきたということか。しかしなぜ平和で安全な日本へ来て、妻を殺さなければならなかったのか、敦志には想いが及ばなかった。父親の笑みと断定的なその言葉と、そして自分を見つめてきたカンボジア難民の瞳の光が螺旋をなして敦志の底に切り込んできた。

2

東京湾の海面に金色の輝きが広がってくる。一九八二年一月八日、房総半島の向こうから朝陽が昇り、細かな波のさざめきの上に光の道が立ち上がってきた。日の出の眩しい光が朝の海の宴を押し寄せてくる。

その中を巨大な灰色の船体が横須賀の港に近づいている。広い飛行甲板がひときわ大きく浮かんでいる。米海軍の航空母艦ミッドウェイの姿だった。すでに厚木基地へ飛び立ったのか甲板に艦載機の姿は見えず、いっそう甲板の平面が広く見える。舳先部の空母ナンバー41の数字が遠くここからも見て取れた。白い航跡が金色の帯を別な斜線として延ばしている。前に見たときより少ない四隻の護衛艦が囲むように白い航跡を曳いている。すでにベトナム戦争は終わって八年が経ち、当時から比べれば緊張感は薄らいでいるものの、やはり空母にはどこかに緊迫した気配が漂っている。おそらく中東や東南アジアからの任務を経て母港に戻ってきたのだろう。鉄の塊が金色の輝きの中に進んでくる。船腹や管制塔の灰色は、その威容を陸に近づけてくるにつれて、戦争のにおいを漂わせている。ベトナム戦争当時、まだ母港化される前の姿は、大きな船体そのものの姿に、戦場で飛んでいたたくさんの艦載機を乗せて、多くの目標を破壊してきたその空気が遠くからも伝わってきた。そして破壊のにおいと、疲労と消耗の空気を漂わせていた。平和な現在の時間の中で、いまその鈍重な消耗感は消えているが、その存在そのものが、遠い地での不穏な人間の動きを伝えてくる。どこかで、砲弾やミサイルが炸裂し、土煙とともに人間の死を巻き起こしている状況を連想させた。朝明けの海面が美しければ美しいほど、破壊と戦闘の不穏な世界が、相反的に浮かび上がってきた。

横須賀の軍港は敦志にとって生まれたときから親しんできたものだったが、ミッドウェイが入港する姿を見るのはこれが二度目だった。最初はこのような朝陽の中ではなく、真昼だったように記憶していた。しかし空母の入港するその姿は、どこか自分の家や自分の将来にも、不穏な将来を運んでくる気がする。平和な世界とは反対の方角へ、家族も、自分自身も押しやられていく。敦志の家の歴史そのものが、過去をも含む戦争のにおいに巻き込まれ、翻弄され、運命づけられていることも感じた。

家の二階から見える朝陽の東京湾は、眩しい煌めきを海面に広げて、無数の太陽が光の道を延ばすように立ち昇ってくる。漣《さざなみ》が千々に反射し、世界が黄金の宴の中に立ち上がってくる。子供のころから海からの眩しさで目覚めていた光景をまた久しぶりに確認する中に、敦志は立ち上がって、この家がだれも住まなくなる近い将来を予感のうちに想い浮かべた。

南北に広がる東京湾の海原の彼方に遠く房総半島が見える。右手南方は伊豆諸島から太平洋に繋がり、果てしない広がりを誘っている。左手は京浜の賑わいと隆盛を窺わせる。今も数隻の貨物船が朝の光の帯の中を航行している。左手前の傾斜下方に、軍港が見え、米軍の軍艦や自衛隊の護衛艦の船影が小さく見える。

横須賀は米軍基地として今も大きな軍事的役割を果たしている。それを象徴するように朝八時には市内にアメリカ国歌が流れ、続いて君が代が流れる。夕刻四時にも同じ二つの国歌が街を満たす。それは敦志が生まれてからずっと耳に馴れてきたこの地の朝夕の調べだった。

敦志は基地の街の山側にある、展望に恵まれたこの家で生まれ育った。この家からの眺望はひょっとすると横須賀で最もいいのかもしれない。山の上のこのような眺望のよい土地をよく祖父は手に入れたものだと敦志はしばしば思った。この家は戦争を通して横須賀のドッグで働いていた祖父から父親が引き継いだものだった。

父親は次男で、それほど勉学を好まず、低学歴のまま卒業と同時に名古屋の自動車機械工場に就職した。そこで働いていたところを召集され、南方の戦線に送られた。ソロモン戦線からフィリピンに転戦する稀有な体験を経て生き延びて帰ってきた。もともと長男がこの家を継ぐはずだったが、その兄は硫黄島で戦死したため、次男の父親が継ぐことになったのだった。

フィリピンから戻ってきて、しばらく祖父母と暮らしたが、戦後三年目に祖父母は他界した。そのすぐあとに見合い結婚をして敦志が生まれた。

祖父も、硫黄島で死んだ伯父も、書物を好んで、書斎と資料室があった。三方に書棚が作られ、戦前の重厚な本がそのままびっしり収められていた。敦志の父親はあまり本には関心がなかったが、造り変えるのも面倒だったのか、残された広い書斎をそのまま夫婦の寝室にしていた。

父たちの寝室と庭とが隣接していて、その二階にさらに祖父の資料室がある。そこが子供からの敦志の部屋になっていた。ベッドも勉強机もずっとそこに置かれている。古いその壁にも本棚が作り付けられ、戦前からの本がたくさん入れられている。上には祖父の遺影の隣に横須賀のドックで造船中の空母「信濃」の写真が飾られていた。大和型戦艦を空母に変更する改装中の船腹で作業リフトに乗った祖父のヘルメット姿の写真もある。家の歴史が感じられる部屋だった。敦志はそれらを外すこともなく、ずっとそのままにしてある。むしろ祖父に見守られ、何かに包まれるような気分の中で寝そべって本を読んだりしたものだった。

本棚の一つの壁面は敦志の高校時代以来勉強してきた本を含めて、当時から調べているソロモン戦の蔵書もたくさん並んでいた。父親の経てきたガダルカナル戦やフィリピン戦の資料も一〇〇冊を超える。また高校時代の女性同級生から贈られた父親のニューギニアの戦争資料もそこに納められていた。

全体に洋式と和式の折衷された造りは、古さの中にも機能や工夫に富んだ住みやすさを保持していた。さらに母の工夫で戦前からの建物の一部を直せる部分は直したり、改修したりして、新しいものと古いものとが入り混じっている。その混淆が不思議な時間の変化を醸し出していた。昭和初期のハト時計もあると思えば、リビングルームの斬新な壁紙も白く現代風にアレンジされている。螺旋階段は一段一段が高く急だったが、戦前の古色が残るアンティーク風の風情があった。

二階からの眺めは眺望がさらに開けて海へ突き出していくような広がりを感じさせる。祖父が依頼した建築家がこの家の土地の長所を最大限に生かした設計をしていた。

しかし現在この家には、一ヵ月に二、三度しか帰ってこない。敦志は新宿に近い笹塚にアパートを借りて、そこに居住していた。父親の病院が同じ路線の京王線の駅で、通いやすい点、また職場の原宿の日本語学校も近いため、そこを拠点にしている。生活的には、ときたま横須賀の実家に帰ってきては、掃除をしたり、整理をしたり、ここで可能な仕事をすることしかできなかった。使わず、掃除をしないまま埃をかぶっている座敷や居間が、ひっそりと寂しさを感じさせる。

父親はもう一年、精神病院に入院したままだった。父の部屋も掃除はするが、ほぼそのままにしてある。

母の部屋も、いまだに残っている。本や資料を置かせてもらってはいるが、あまり動かしていない。ひょっとすると突然帰って来るかもしれないという淡い希望が、大きく整理することをためらわせている。母が使っていた編物機もそのままで、箪笥も、整理棚も、母の衣服や着物が畳まれたままずっしり残っている。処理することへ思い切りもつかなかった。

一六年前、母親は敦志が高校のとき突然出奔した。以来、消息がない。たしか母親が出奔したとき、ベトナム戦争が急激に激しくなっていった時期だった気がする。戦争に関連して、次々にこの家から何かが崩落していくようだった。人が召喚され、奪われていくように、この家の構造が崩れ、家族としての形も失われていく。浮いたままのようなこの家の状態が、家そのものの孤独を深め、老朽化も伴って歴史を閉じようとしている寂しさを突き上げてくる。

この家はもう元に戻ることはないのだろうか。自分もやがて外へ出ていき、どこか遠くへ赴いていく気がする。父も戦地に召喚されたように、自分にも宿命的にどこか遠い、戦争のにおいのする地に召喚されていくような予感を覚える。少なくともこの家で安住し、建物を保持し、祖先からの時間を温存していくような未来を感じることができない。今はただ崩れていく家の斜陽感のうちに、やがてこの家を出、この家を捨てていく方向にしか、自分の道が見えてこなかった。

敦志は階段の横にある古い太い柱に傷つけられた、自分の背丈の成長の跡を手で撫でてみた。それは父と母とに測られて、そこに刻まれた自分の成長の跡だった。本を頭の上に立てられ、柱に直角を作ってから下の線に合わせてナイフで柱に印を刻まれて、そこに日付を入れられる。毎年誕生日に繰り返してきたそれは、敦志が高校一年だった一九六五年の十一月二一日で一六六センチで終わっている。そのあたりは伸びが止まり始めて二センチ弱の幅になっている。そしてそこで終わっているのは、母が翌年、敦志たちを捨てるようにして失踪し、家庭の中に冷たい空白が存在するようになったからだった。

階段の柱の傷は、昇り降りするたびに、手に触れてくる。それは敦志の成長の刻印でありながら、母の出奔を象徴しているものでもあるような気がした。

敦志は早朝のコーヒーを淹《い》れ、二階の部屋から、祖父の愛用していた戦前の古椅子に座ってそれを飲みつつ再び東京湾の海を眺めた。開けた窓から海からの朝風が入ってくる。本の古い匂いの中に、潮の香りが吹き寄せてくる。書架に並べられた蔵書の匂いと潮の香りの混じった、古い澱んだ時間と海への解放感との交錯が、この家の匂いであることを敦志はまた噛みしめた。

いつかここから離れることになる。それは意外に早く訪れるのかもしれない。そのとき、この家をどうするのか……手放すことも考えられたが、愛着も深い。ひとに貸しておくのか、もしそうなら、もっと前から貸しておけば経済的な助けになったはずなのに、どうして貸さなかったのか。他人の匂いが付くことを避けたい気持ちも強い。自身の根を、自身の育ってきた過程を温存しておきたい気持ちもある。ここから剣道場に通って、試合に向けて稽古を積んだことも、中学、高校時代の勉強も、友人たちといっしょに過ごしたことも、高校時代の新聞部の思い出も、そして初恋の鮮烈で辛い記憶も、みなここに生々しく渦巻いている。もしこの家を貸したら、父と母との過去すべてが失われることになる。結局だれにも住まわせないまま、それらを残しつつ朽ちていくままにするのが、この家の宿命なのか。敦志は家の孤立とともに、ここにある自身の過去に執着した。

そしてまたこの家に現在ぽっかりと空いた空白に思いが戻ってくる。精神病院に移った父の存在と、そしてそれ以上に母親の失踪の空白が大きかった。一六年前のあれから、すべてが狂ってしまった。それは不在としての空白以上に、なぜ失踪したのか原因がよくわからない、その底に隠されたものの謎めいた空白をも残していた。奇妙な空洞としてそこにいまだに深淵をひろげている。それはこの家を巻き込んでいく宿命のようにも感じられ、逃れられない未来である気もする。母親という存在にもう拘泥する年齢ではなく、すべて過去として置きざりにして、前へ進んでいくべきだと自嘲する一方で、それが逆に自分を導きどこかへ誘っていくような感覚もある。むしろそれから逃れることはできず、その道を貫いていくことが自分の道のような気もする。この家の衰退の運命を負って、自分に突き付けられた道程を辿っていくことしかできないのかもしれない。目の前の海に伸びる輝きとはるかな太平洋への広がりを見るとき、それが自分に示されているような気もした。この家で育ったことそれ自体が、横須賀の風景を身に収め、同時に太平洋という広い世界への道を開いているのかもしれない。敦志はコーヒーの湯気を瞼に感じながら、海の光が体の奥に届くのを覚えた。

3

すでにミッドウェイの姿は視界の中央からは左下方に遠のき、横須賀の米軍港に近づいている。その姿はいっそう巨大になり、飛行機を打ち出すカタパルトの溝も見える。今夜は横須賀の飲み屋街は米軍の水夫たちでお祭り騒ぎになるだろう。どぶ板横町の活気がアメリカの色で溢れる週末になるはずだった。

京浜急行の電車の窓から、東京湾の海岸風景が流れていく。

横須賀から横浜を経て都心に近付いていくこの路線をこれまでどれくらい往復してきただろう。受験時代から始まって、早稲田大学の文学部に通っていたときも、学習塾の教師をしていたときも、日本語学校に通勤する現在も、これに乗ることが自分の生活のリズムを作っていた。この往復に自身の辿ってきた道程が息づいている。

横須賀の町、自身が通った小学校、中学校、剣道を習った警察道場、軍港、米軍の施設、高校の頃の友人たちとの痛快な遊興、米兵の溢れる飲み屋街、米兵との楽しい思い出、調べて歩いた軍港都市としての施設、明治からの開国の史跡、そしてまた出征して前線の激戦地で戦ってきた父親の足取り、ソロモンやフィリピンの戦いを調べるため、この電車に乗ってよく神田まで本を探しに行ったこと、編み物をする母親の様々な記憶、その母が突然失踪した衝撃、父親の精神が壊れていく過去からの浸蝕、初恋の傷み……すべてが車窓を流れ、時間の奔流として海浜を轟音とともに飛び過ぎていく。

大きな分岐点をなした母の失踪はすでにかなり遠のいたが、それでも時々自分の中の影として揺れ戻ってくる。

高二の夏から浪人時代が受験の試練と重なって、最も苦しい時期だった。就職に失敗した大学卒業から三年間も、自分の行く道が見つからない苦渋の時期だったが、やはり高校から浪人時代が母親の失踪や恋人の死を経験して最も運命を呪った時期であることが蘇ってくる。

電車車両のいちばん端にいるせいか、連結部分が軋む音が聞こえてくる。時間が激流のように飛び過ぎていく。人は得体の知れない流れの上に乗っているのかもしれない。横須賀と東京を繋ぐ私鉄の車両の揺れのなかに、いまなぜかしきりに過去を探ろうとしている自分がいる。過去が浮かび上がってくるとき、大きく未来が変わろうとしていることを漠然と感じる。その未来がいったい何なのか、どこへ踏み出そうとしているのか、わからないまま得体の知れない疾走の中に漠然と準備している自分を感じた。


品川駅で山手線に乗り換え、原宿の職場へ向かう。「原宿日本語学校」で、外国人を教える授業を日に四時間から五時間持っていた。一時期は六時間受け持っていたが、今年になって生徒数が急に減って、日に三時間になっている。それだけでなく水曜日が丸一日休みになっている。入国管理局の取り締まりが突然厳しくなり、日本語学校を隠れ蓑に違法就労している者が大量に本国に送還されたためだった。

目黒から渋谷を過ぎると南側に明治神宮の森が落ち着いた佇まいで巡ってくる。敦志が通勤している日本語学校が電車の窓からも見えた。六階建ての煉瓦模様のビルの上に「原宿日本語学校」の横看板が高く掲げられていた。

学校が近づくとともに、生徒たちの顔も浮かんでくる。タイ人の目の大きい人懐こい笑顔、中国人の抑揚のある声、南米の混血生徒の小麦色の肌、アフリカからの生徒の、黒い顔の中の白い歯……日本人の顔の枠を超えた様々な顔が、感情を大きく振幅させて、敦志を囲んでいる。弾む動きが、パワフルな熱気で渦巻いている。ためらいなど無縁に、自己主張をしてくるずうずうしさには辟易させられるが、憎めない人間臭さもある。彼らは日本という異郷での生活に、それぞれ母国の事情を抱えて懸命に適応しようとしている。適応や経済の困難を抱えて、ひたすらがんばって日本で生きる熱気が敦志を包んでくる。それは日本の若者の多くが失いつつある、根源的な生命力でもあるような気がした。

日本の経済成長に伴って生じた物価の差によって収入格差が生まれている。日本で一カ月働けば一五万円にはなるのに、発展途上国で働くと、一万円か二万円にしかならない。それなら無理をして日本に来て働けば、一〇倍の金が稼げる。それを目当てに日本に来る外国人が急増し、日本語学校の就学ビザが滞在の隠れ蓑になっている。敦志の勤める日本語学校では、そういう生徒が八〇%以上になっていた。大使館勤務の子弟や、日本人と結婚した事情で学ぶ者などは、少数でしかない。生徒はそれぞれの国の事情を背負い、それぞれの家族と苦闘を抱えている。ブローカーに収入を吸い取られているケースもある。活気とパワーに溢れるなかに、日本に出稼ぎにくる事情やビザの問題などいくつも浮かび上がってきて、現代の国際事情が反映されている、水面下のドラマが激しかった。

それらを抱えながら皆日本語を習得する意欲に満ちて、教室は活気に溢れている。日本語がうまくなることが、働き口に有利になる。バイタリティがある者ほど、それが収入に直結していくことを理解し、積極的になる。それが向上の原動力になっている。敦志はそんな生活力や苦闘の上にある、逞しく旺盛な熱気が好きだった。

ガラスの自動ドアを入ると、国際色豊かな皮膚の色や顔形に、日本語以外の言語も混じってパワフルな声が飛び交っている。

「センセイ、オハヨウ」

「オハヨウゴザイマス」と弾んだ声をかけられる。教えた挨拶が日本人以上に明るく元気よくかけられてくるのは快かった。「おはよう」「元気か」と敦志も声を返す。「元気デース」「ゼッコウチョウ」とまた返ってくる。

彼らの生き生きとした目が「センセイ」「センセー」と追いかけてくる。それが敦志を、他に不満はあっても、ここでの勤めを続けさせる力の源の一つになっていた。

すでにここで六年、日本語の教師生活を送っている。教室ドアの隙間から動詞の活用や形容詞の活用を大声で繰り返すクラスの声が、響き漏れてくる。敦志がタイムレコーダーを押し、教員控室に入っても、彼らの活気ある空気が伝わってくる。その中で、今日の授業の予定を再確認し、教材をチェックするのが朝のいつもの仕事の始まりだった。

親しみやすい彼らは、時おり、休み時間にも声をかけてくる。

「センセイ、こんどの日曜、みんなでノミカイする。センセイ、来てほしい」

敦志も父親の入院前は、気安く参加して、みんなの日本で暮らす悩みなど聞いてあげたりしたものだった。生活費に困っている生徒に、内緒でお金を貸してやったこともある。誘われるときは多くの場合、その無心が背後にあるのだが、負担にならない範囲で、敦志はなるべく応えるようにしていた。みな律儀で、きちんと返してくれる。これまで踏み倒されたのは、突然入管から逮捕されて強制送還されたイラン人だけだった。ネパール人がもう一人いたが、わざわざ現地から電話をかけてきて謝罪し、半年後に友人を通して届けてくれた。

タイ人の女性が、言った。

「先生、いつかタイへ来なよ。先生はタイで好かれるよ。ちょっと普通の日本人とはちがって形にこだわらないし、水のような思いやりがあるからね。人の苦しい気持ちがわかる。タイへ来たら、私が案内してあげる。私、世話になったからね。恩返ししたい。きっと来てね」

それは、あながち教師への形式的な謝辞のようにも思えなかった。

しかし最近、彼らと交わるうちに、自分も日本で日本語を教えているだけでは、不十分な気がした。外国へ行き、そこで長期に暮らして、自身も異邦人になって世界を知る必要があるのを覚えた。彼らの生活の中にしっかり入り、その世界や文化を理解して人間同士の太く繋がり合う橋を作っていくことが、もっと関係を深め、日本語の教授技術を高めるだろう。一方的に教えるだけではなく、逆の彼らの立場も理解して、初めてコミュニケーションが深まる気がした。

その方向から考えると、このまま日本語学校で職に安住するのではなく、自ら海外へ出て、そこで教える経験をしてみる必要があった。日本語教師は、海外で教えて初めて真のキャリアが得られるようにも感じられた。現にそれを唱道する日本語教師もいる。短期で外国へ行くのと、長期で滞在するのとでは体験の質が違うし、何よりも外国の地を理解する深さが根本的に違う。それをやって初めて充実した日本語教育を実行できる。生徒たちが日本で日本語を学ぶそのフィールドではなく、現地という彼らの生活の立場に立って、その中で教えることこそ、今の自分には必要な気がした。

そうした面では、現在の状況に満ち足りないものがあり、それに向けて行動を起こすべき一つの転機かもしれなかった。何かを変えたい。変わらなければならない。そしてそれは外国へ行く方向に開かれているはずであることを漠然と感じていた。自分が受け持っているクラスも昨年末の入国管理局の手入れで激減していたし、一月の終わりで後期全体が一区切りになる。そのあとどうするか、この節目を、スプリングボードにしたい気持ちもあった。

二時限目の授業が終わって、少し時間が空いたとき、敦志は校長に呼ばれていた。以前授業中眠っていた生徒を庇ったときの譴責《けんせき》かと思いながら、ノックして校長室のドアを開けた。応接用の皮張りのソファに座らせられるなり、いきなり校長は切り出してきた。

「君はタイで教えてみる気はないか」

髪をポマードですべて後ろに撫でつけた頭にチョビ髭が目立つ。校長は、黒縁の眼鏡を少し下にずらせながら敦志の顔を覗いてきた。

不意を突かれて、敦志は問い返した。

「タイですか？」

「そうだ。今、タイのタマサート大学から日本語教師を求めてきている。そこの日本語科からだ」

「……興味はありますが」と答えた。

「そうか。君が行ってくれると助かるんだが。君なら、推薦できるからね。この三月で任期が切れる講師の後任が見つからなくて困っているそうだ。日本政府の援助が打ち切られてしまったとかで、条件は、正直言って、あんまりよくない。しかし向こうとしては精いっぱいの、大学教師なみの待遇をするということだ。向こうの大学の先生はせいぜい月一〇万円くらいだがね。住宅手当は付いていない。ただ、ビザはしっかり取ってくれる」

敦志は校長の眼鏡の奥の狡猾そうな目に、入国管理局の手入れで生徒が減って人件費を削りたい経営上の意図があるのを見て取っていた。

「いつからですか」

「三月に赴任してくれればいいそうだ」

校長は敦志に行ってほしい目を露骨に浮かべて柔らかい口調で言ってきた。

興味は覚えたが、実際に現地で暮らすとなったら、報酬が低い。国際交流基金など日本政府派遣となれば、住宅付で月三〇万の報酬は保証される。普通の日本語教師では、ほとんど引き受けないだろう。タマサート大学の条件では、住宅も自分で賄わなければならず、生活費も足りなくなるかもしれない。半分ボランティアか、よほど何か別の目的がなければその気にはならないはずだった。

「君は前から海外で直接外国人に教えることを自分の課題にしていただろう。ちょうどいい機会じゃないか。君はこの申し入れに最適だ」

校長は卑屈に持ち上げる笑顔を浮かべてきた。

普通の日本語教師には勧めにくい。だから敦志にまでその話が回ってきたのだろうが、しかし校長にはもう一つの意図があることが窺われた。

最近のこの日本語学校は、教育の表面の陰で、むしろ労働者の日本への渡航窓口的な役割で収益を上げている。その傾向が強くなり、企業の安い労働力の供給口となって、それからもかなりの収益を上げている。それは外国との賃金格差が拡大している以上仕方がないのかもしれなかったが、あまりにそれを露骨にし、本来の日本語教育の方をないがしろにしていることが、生徒からも教師からも非難が出ている。敦志も何度かそれを校長に進言したことがある。一時その先鋒に立った自分への、校長からの報復措置とも思えた。敦志は結果的にここを出る契機を感じた。これからのキャリアとしても、また海外という新しい世界も、できれば自分で切り開いてみたい。一生の間にはどうしても通過しておかなければならないことだった。たとえ報酬が低くても、海外へ出てみることは重要だった。タイから来ている生徒とも何人も親しくなっている。しかしそれに向けて心が動いたと同時に、父親の顔が浮かんできた。父親を置いて海外へ出ていくことはできない。結局病院にほぼ全面的に任せることになるのは、日本にいても、海外にいても同じだったが、一人残された病棟の寂しそうな父親の姿が、自分を責めてきた。タイにいて万一のことがあった場合、すぐには帰国できない。

「そうですか。私もぜひ海外へ出てみたい気持ちはあります。お引き受けしたいです。しかし今、父が病気で長期入院しています。その父を置いて海外へ出ることは、できません。せっかくのお話ですが……」と断りの意を伝えた。

校長は残念な表情を示しながら立ち上がり、「そうか。君が日本語教師としてのキャリアを積むためにも絶好の機会だと思ったんだが……わかった。他を当たってみるよ。しかし向こうの返事の期限は二月いっぱいだから、その時点でもし気が変わったり、可能になったりしたら、すぐ言ってくれ。向こうは二カ月の休みになるから、余裕はある。君だったら申し分ないんだが……」とチョビ髭になお作り笑いを浮かべて諦める意思を伝えてきた。

「申し訳ありません」

敦志はむしろ自分の中の海外へ出たい気持ちを断ち切るようにして頭を下げた。

4

「サヨナラ、センセイ」「アリガトゴザイマシタ」と賑やかな声をあとに、原宿の日本語学校を出て、また山手線に乗る。

新宿で降りて、京王線に乗り換え、笹塚のアパートへ向かうのだが、乗り換える前、よく新宿の紀伊國屋書店本店で本を物色する。今回は教師仲間で評判のいい新刊の日本語教本を買って目を通そうと思い、敦志は紀伊國屋書店へ足を向けた。

東口から表通りへ出てヨドバシカメラの角を曲がり、高野ビルの前の歩道の人ごみの中を歩いていったとき、「インターナショナル」の歌声がどこかからかすかに流れてきた。すれ違った若者のソニーのウォークマンから漏れ流れたメロディーと思えたが、一瞬よぎっていったその音に、敦志はこの辺りも、十数年前学生運動の盛んだった時期、投石で石が散乱したりガラスが割られたり、学生のデモ隊が通過して行ったり騒乱の渦に巻き込まれていたことをふと思い出した。あのときは、新宿の騒乱で警告が出ていたときだったが、怖いもの見たさの興味が強く湧いて、あえて新宿まで出てきたものだった。新宿の商店街はほとんどシャッターが閉まり、学生デモや投石に備えて、街全体が戒厳令状態だった。

線路伝いに学生が枕木を踏んで新宿駅に突入したときが最高潮で、機動隊との衝突で、線路の石が雨のように投げられ、機動隊の盾がボコボコになった。ぶつかり合い、駅構内全体の空気が催涙ガスを含んでいるのか異臭に満ちて、闘争と狂乱の坩堝と化した。別の機動隊が入り、野次馬の学生たちを追って機動隊員が動くと、野次馬の群れは四散して逃走し、その勢いと流れに敦志も巻き込まれ、学生たちに交じって新宿三丁目の交差点まで逃げたものだった。

そのとき、この交差点に転がっていた投石の一つに血が付いていた。その石の残像がひどく鮮やかに蘇ってきた。いまは平和な副都心の賑やかな街角の一角が、あのとき騒乱に包まれ、交番さえ破壊された事実が、際立った事件として戻ってきた。あれはいったい何だったのか、敦志自身は学生運動とは関わりなく、むしろどこか冷めた眼で眺めていたが、結局あの流れにわずかではあっても巻き込まれ、場合によっては機動隊のだれかに警棒で殴られ、負傷していたかもしれない激しい現実の渦があった。

それが、ふと二日前に見たカンボジア人の顔と重なった。あの頃ベトナム戦争が遠景にあり、その余波を受けるように学生運動が盛り上がった。あの騒乱も東南アジアから及んだ波であったかもしれないと、敦志は思い返した。病院で偶然出会った、暗い強烈な顔が鮮やかに蘇った。

敦志自身は、当時大学受験の真っ最中で、母親の失踪など家の問題を抱えながらひたすら国立大学の文学部歴史学科への合格をめざしていた。合間に興味のある戦争文献を買い集めていたものの、新聞配達の収入と父親が出してくれた費用で予備校に通っていた。母の不在の空白や寂しさ、経済的逼迫、初恋の痛手、家事も含んだ父親との男二人の生活から、とにかく抜け出す方法として大学受験に没頭していた。運動に共感を得ようとする動きも誘いも横須賀の高校時代からあったが、そこにいったん入れば、自分たちの生活そのものがなくなっていく危惧を覚えて、踏み込むことはできなかった。そしてそれらの運動はある面で、一時的な熱病のようにも映り、いつか台風のように世の中から去っていく、長続きしない何かを感じていた。

確かにあの頃、ベトナム戦争の報道が連日マスコミを賑わせていた。「南ベトナム解放戦線」とか、「北爆」とか、「Ｂ52」とか、「ジョンソン大統領」「テト攻勢」などベトナム戦争に関するニュースが新聞紙面やテレビ画面を激しく流れていた。

吹き荒れていたあの頃の空気を、ふと十数年前の気配として思い起こしながら、遠い一つの余波の末端のように、カンボジアの紛争を通して、自身の身近な所へ思いがけなく吹き及んできていることを敦志はふと感じた。あのあと和平協定でアメリカ軍が撤退し、それからサイゴンが陥落し、カンボジアもポル・ポトの共産政権になった。七〇年代末の最近になって突然ベトナム軍がカンボジアに侵攻し、それから難民がタイ国境に溢れ出した。そのあとポル・ポトの大量虐殺が報道されるようになった。

彼は難民だという。それまで彼はカンボジアで何をしていたのだろう。ベトナム戦争のとき、彼は戦場に近い所にいたかもしれない。そしてそのあと、カンボジアを共産党のポル・ポトが支配し、大量虐殺が行なわれたと報道されている。七八年末にベトナムがカンボジアに侵攻して戦乱になり、彼もその余波でタイ国境に溢れた難民となって日本に来ている。遠い戦場が遥か彼方から巡ってきて、今父親のすぐ隣に、カンボジアの戦乱を生き延びてきた一人の人間として存在している。奇妙な親近感を感じた。それと同時に日本で殺人を犯したそのことも、いま自分のそばに意外に近く息づいていることを覚えた。

いまは少し下火になりつつあるが、ついこの間までテレビでは、連日のようにタイ国境に溢れ出したカンボジア難民のことを報道していた。数十万に上るカンボジアから逃れてきた、飢餓と戦乱に脅かされる難民の様々な表情がブラウン管から流れ、食糧難や地雷の脅威に晒されている窮状が訴えられていた。

しかしそのときはまだ遠い東南アジアのニュースとして見ていたし、ベトナム戦争と同じように、あくまで時代の模様として間接的に受け止めていたにすぎなかった。

だがいまは、そこから突然身近に現れた顔が、父のすぐそばに立って、自分たちと関わりを持つかのように、表情を投げてきていた。特にあの陰鬱な、闇の中からギラリと刃物の光を見せたような眼は、簡単に消し去ることのできない鋭さをもって、すぐ近くにあった。こちらの日常の底を破る危ういものが投げられてきた。

紀伊國屋で、目的の新しい日本語教本を入手してから、一階の雑誌売り場や二階のノンフィクション書籍の売り場にも立ち寄った。どちらも行けばたいてい寄る場所だった。

ノンフィクションの書籍売り場では、最近の報道を反映して、カンボジア関連の本がたくさん並べられている。一年前からカンボジアの虐殺を告発した書籍が平積みにされるようになり、「虐殺二〇〇万」「ポル・ポト政権の犯罪」「ナチスのホロコーストを超える大量虐殺」などとセンセーショナルな帯が付いている。敦志もその衝撃的な数字に興味をそそられて手に取ってみたが、刺激的な糾弾や告発の色彩が強く、政治がらみの喧伝的主張が強く感じられた。半信半疑の内容だった。ただ、すでにテレビではタイ国境に溢れ出たカンボジア難民が報道され、大手の新聞にも難民の状況が写真入りで大きく伝えられ、国境の難民の様子も連載された。数十万の難民が飢餓状態で、タイ領に逃れている。痩せこけた子供の写真や瀕死の赤ん坊を抱いた母親の姿など緊急援助を訴える様子が外報面を賑わせていた。それらの写真には切迫した真実味があった。確か一九七八年のクリスマスにベトナム軍がカンボジアに侵攻して、正月にはプノムペンを陥落させた。そのあと、鄧《とう》小平がアメリカに行き、まもなくして中国軍がベトナムに侵攻した記事が一面を飾っていたことを憶えている。ベトナム軍のカンボジア侵攻から半年して、タイ国境に難民が押し寄せた。タイはいったん強制的に追い返したりしていたが、秋にはさらに洪水のように新難民が押し寄せ、数十万に膨れ上がった。その飢餓状態の難民に、アメリカも国連も動いて、大規模な難民救援が展開されたのだった。日本の現地の難民救援活動もいくつか伝えられていた。

　ビルの内階段が混み合っていたので外階段から上へ回ろうとしたとき、踊り場を利用して机が置かれ、写真集が売られていた。著者が直接売っているらしく、求められるとお礼を述べてサインをしている。写真集はモノクロの報道写真で、カンボジア難民の表紙だった。タイ国境に溢れた難民を『沈黙と微笑』というタイトルで一冊の本にしている。戦争や飢餓の重さが表紙だけからも伝わってくる。

敦志は、近づいて手に取ってみた。ページごとに難民の姿が、冴えたモノクロの陰影で迫ってきた。タイ軍とベトナム軍の戦闘もある。ポル・ポト軍の兵士の顔もある。銃を持った女性兵士の顔もあった。日本の日常とはかけ離れた戦場の現場に魅かれて、敦志は一冊を購入した。カメラマンが「ありがとうございます」と謙虚に言って、本の見返しを広げてサインしてくれた。敦志の手に渡してくれたそれには、「武田遼」という名前が、右上がりの強い字体で書かれている。敦志が戦乱の現実に立ち会っている人間への敬意を込めて「こちらこそ、ありがとうございました」と返した。内心何か心が躍るのを覚えた。戦場は、この日常とはまったく違った世界にある。銃弾や砲弾の飛び交う現実のなかにある。自分の現在とはあまりにかけ離れた世界に隔たりを覚えつつ、敦志は、著者のカメラマンに向け、少し顔を左へ斜めに向けて、率直にそれまで抱いていた疑問をぶつけた。

「カンボジアでは、二〇〇万の人間が虐殺されたそうですが、それはほんとうですか」

著者のカメラマンは、少し首を傾《かし》げ、実直な眼差しで答えてきた。

「国境に逃げてきた難民の多くは家族が殺されたり、強制労働や病気で死んだりしています。たくさんの人間が死んだのは間違いないですが、二〇〇万の人間が虐殺されたというのは、ベトナム側の喧伝も含まれているので、そのまま鵜呑みにはできないと思います」

「カンボジアの中はどうなっているんですか」

「国境近くのカンボジア領内には入っていますが、領内へは深く入れないんですよ。ベトナム軍が支配していますから。いまカンボジアはベトナム経由でベトナム側が許可するジャーナリストや報道機関しか入れない状態です」

「今でも戦闘は続いているんですか」

「ベトナム軍がポル・ポト軍を国境に追い詰めている。ポル・ポト軍はタイ軍の支援でかろうじて持ちこたえている状態です」

敦志はパラパラめくっているときに目に飛び込んできたタイ軍の戦闘や、ベトナム兵捕虜の写真に言及してさらに聞いた。

「ベトナム軍はタイ国境も越えて侵入して来たんですか」

「そうです。二、三㎞ですが、タイ領を侵犯しました。タイ軍も応戦したんです。双方で死者も出ています」

言葉を交わす中に、さらに弾むものがあり、もっと続いていく勢いを感じて、敦志は思わず病院で擦れ違ったカンボジア人のことを言った。今度は顔を正面に向けた。

「父がいる病院で、カンボジア難民と擦れ違いましたよ」

カメラマンは「え？」と反応した。

「手錠をかけられていました」

驚いた顔でカメラマンは敦志の顔を見つめてきた。

「手錠？……それは――たぶんウォン・ユアンという難民ですよ」

敦志は自分も知らないそれをカメラマンが具体的な名前まで挙げるのに驚いて、思わず見返した。

「どうしてその難民を知っているんですか」

「僕もその事件を追っていますから。彼は奥さんと子供を殺したことで、裁判を受けているんです。その第一回目の裁判を去年の暮れ、僕も傍聴しました。どういう病院ですか」

敦志は言いにくかったが、あえてはっきり言った。

「精神病院です」

「ああ、それならやはりそうだと思います。きっと彼ですよ。たぶんまちがいない。精神鑑定を受けるためだろうと思いますね。それを弁護士側が求めていましたから」

妙な一致感を覚えて、話を聞きたい衝動が高まった。しかし後ろから本を手にした人が数人並んでサインを待っていたので、その気配を察してカメラマンが言った。

「へえ、珍しいところに出くわしましたね。もっとゆっくりそのことを聞きたいんですが、ごめんなさい。いまはちょっと、後ろに……。よかったら僕の事務所へ遊びに来てください」

カメラマンは名刺を出して、敦志に手渡してきた。敦志も「私はこういう仕事をしています……」と名刺を渡した。眼が合った。

敦志は「どうもありがとうございます」とそれを受け取り、後ろの人に譲る形で、その場を離れた。

　敦志は、カメラマンの反応に、自分が病院でたまたま会ったカンボジア難民の事件が他でも知られていることに意外な広がりを覚えながら、またカンボジアの状況に興味を覚えて、書籍売場へ戻った。カメラマンのことが頭を占めていた。

　彼は自分のことを「僕」と言い、敦志はそれに対して「私」と言ったことが振り返られた。彼の「僕」には、若々しさと行動力が反映されていた。著書のプロフィールによると彼は三歳年下なだけだった。ほとんど年齢は変わらない自分が使う「私」は形式ばっていて、年輩の雰囲気もある。しかし日本語を教える場では「私」のほうがフォーマルで教えやすい。それでつねに自分を「私」と言うのが習慣づいていることを、あらためて認識し、働く場の差異を覚えた。

　カメラマンは中背の敦志より少し背が高く、スポーツで鍛えたことが窺われるやや細いが筋肉質の体型で動きのよさそうな身軽さを備えていた。敦志も高校二年までは剣道をしていて、二段まで行ったので、肩幅もあり、胸も厚く、鍛えられたものを残していたが、どちらかと言えば沈着型の重みを備えている。やや面長のカメラマンの喋り方は快活で、言葉と行動がいっしょに走っているスピード感があった。敦志の喋り方は一つ一つの言葉を受け止めて咀嚼し深めていく、奥への共有感を伴っている。カメラマンの目ははっきりした一重瞼で、細めのすっきりした鼻筋とともに、行動と潔い言葉を周囲に撒き散らす明朗さが全面に溢れていた。丸顔の敦志の顔は対照的に二重瞼で、瞳が大きく黒く深い。やや太めの筋の通った鼻を中心に、牛のような重い実直さがその瞳に反映されていた。初対面のとき、敦志は顔を少し斜《はす》にして右から見る癖がある。左耳が小さいので、それを隠そうとする心理が自動的に働く。克服したはずの変な癖が、今カメラマンに対して出た気がして気になった。

カメラマンの喋った内容を反芻しながら、敦志はさらにいくつかのドキュメント本を手に取ってみた。ジャーナリストの報告関連のものが多かったが、細川美智子・井川和久共著の『カンボジアの戦慄』やＮＨＫの島村矩生の『カンボジア難民キムラン——戦火のなかの青春』など難民の側から書かれたものもある。どれも興味深いものの、今自分の財布にはそれほど入っていない。何冊かパラパラ目を通してみたあと、結局本多勝一の『虐殺と報道』と、小倉貞夫のツールスレンの処刑場を扱った『インドシナの元年』を買った。

帰り際、紀伊國屋書店の掲示板に、国際交流基金の派遣日本語教師募集のポスターがあり、敦志は立ち止まってふと、それを眺めた。今回の募集の中にはタイは派遣先の国に含まれていない。カンボジアはタイと国境を接している。カメラマンが言った、「カンボジアは今ベトナム経由でベトナム側が許可するジャーナリストや報道機関しか入れない状態で、あとはタイ国境から少し入れるだけ」という状況を思い起こしながら、しばらくそれを見つめていた。

新宿駅の西口方面へ回って、地下広場から京王線乗り場へ向かう。地上吹き抜けへ繋がる地下広場の立体構造を横にしながら、敦志は大学に入った頃、大勢の学生でここが埋め尽くされていた光景をいつになく思い出した。ベトナム反戦がシュプレヒコールとともに叫ばれ、アジテーターのマイク音が反響していた。そして「インターナショナル」の合唱が巻き起こり、立体構造の円柱を通して地表へ昇っていった。大勢の人間が巻き起こす高揚感が、あのとき不思議な若者の連帯感で、ここに熱く渦巻いていたことを、敦志は忘れていた夢のように思い出した。そしてそれが蘇ってくること自体が、いつもの自分とはちがい、カンボジアの難民に触れたことで引き起こされている気がした。

京王線の改札を定期で通り抜け、地下ホームへ降りていく。電光掲示板で番線とホームを確認する。毎朝のラッシュは凄まじかったが、夕方は始発なのでたいていは座れる。

各駅停車に乗り、三つ目の笹塚で降りる。そこから小さな川沿いを歩いて七分ほどが敦志のアパートだった。二階の一番手前の部屋に机と本棚がガラス越しに見える。

ここに一部屋を借りたのは、父親の京王線の病院に行きやすいためでもあった。笹塚からなら二〇分で病院まで行ける。原宿の日本語学校にも通いやすい。横須賀まで戻る往復の四時間を計算すると、それだけで四回は病院に行ける。浴室は付いていなかったが、銭湯が近くにあったし、横須賀の家で入浴できるので、不便は感じなかった。

たいてい土曜日の夕方、横須賀の自宅に帰り、日曜日はたまに掃除をしつつ、だれもいない広い家で過ごす。月曜日には笹塚へ戻ってきて、そこから日本語学校へ通い、病院へ足を運ぶ日々を繰り返していた。

戻って来て、湯をガス台にかけ、部屋着に着替えて、コーヒーを飲みながらカメラマンからサイン入りで買ってきた『沈黙と微笑』をめくった。モノクロの難民少女の顔が、ページから敦志を見つめてきた。

5

三日おいた火曜日、また授業が空いた午後に病院へ行った。受付で面会票を記入していたとき、敦志は看護師に呼ばれた。

「風間さん、ちょっと、いいですか」

今日は別に医師との面談の予約は入っていないはずだったが、と思いながら立ち止まって顔を向けると、中年の女性看護師があらたまった口調で伝言してきた。父親との面会後、4番の診察室へ来てほしいということだった。医師が会って話をしたいという。何か父親の容態で変わったことがあるのか、悪化しているのか、一抹の不安を抱えたまま、「わかりました。あとでお伺いします」と返し、敦志はいつものように父親の面会に向かった。

ガラス越しに中庭の見えるソファに二人で並んで腰かけ、通り掛けに買ってきた父親の好きな吹雪饅頭を差し出して、それを頬張りながら話す。父親の顔色は少し赤みが差し、会話の調子もいい。うまそうに食べる口の動きに、小さいがしっかりした太い鼻筋がいつになく光って見えた。

「この間のヤツと少し話をしたよ」と言う。

「この間のヤツ?」

「カンボジアのヤツだ」

「ああ、彼か」

「隣に来てやがった」

父親が見知らぬ人間と話をすることは珍しかった。あのときも声をかけたことが意外で、敦志も驚いた。さらに父親が外国の人間と会話をすることも不思議だった。またいくら隣だからといって独房で、そのような隣との会話が可能なのだろうか、とも思った。話したこと自体、訝しかった。

「何を話したんだよ」

「あいつは兵隊だった」

「へえ。やっぱり。それで何人もということか」

「……雅子は元気か。なぜ来ないんだ」

いきなり話題が変わり、母親のことを聞いてきた。唐突なその言葉に、見た目にはよくなっているように見える父親の病気の進行を感じないではいられなかった。過去が過去の中に収まっていない。記憶の錯誤は、壊れた父の内部をまた鮮やかに敦志の前に立ち上がらせてきた。母親はもう一六年も前に失踪し、父親と自分の生活からは消えている。突然自分たちを置いて姿を消した母親を敦志は今も憎み、恨んでいる。受験の時と重なったそれらの日々は、進路の不安や家庭生活の苦難を喚起してくる。よく大学に行けたとも言える。父親のその言葉は、治っていない病の深さをあらためて告げてくると同時に、当時の辛酸を思い起こしてくるものだった。

「母さんはもういないよ。俺たちを捨てて出て行ったじゃないか」

自分の声に怒りがこもる。それは過去として追いやることができないばかりか、逆に腹の底に溜まり、鬱積してくる憎悪の塊を感じさせる。あれ以来、自分たちの家は毀れ、不幸や不運の坂を転がり落ちていっている気がする。あれがなければ、ひょっとして父もこうはならなかったと思うこともある。少なくとも、自分の家庭生活での負担は半減したはずで、父親へのケアを含めた雑用に追われることもなかったはずだった。勉学とアルバイトに加えて、食事の支度をし、洗濯をし、掃除をする日々は、孤独感を伴って、ひたすら耐えることのなかから、未来を模索していた。他の受験生のように勉学だけに専念できたわけではない。裕福な経済力のもとに大学生活を謳歌できたわけではない。孤立し、苦闘した苦い過去が頭をもたげてきた。

「……そうだったか。もう来ない……もういないのか……」

父親は驚いた表情で敦志の眼を見つめてくる。疑いの眼が、途切れた過去を立ち上げてくる。

敦志はそれを潰すように言葉を叩きつけた。

「そうだよ。あいつのことなんか、まだ憶えているのか。全部忘れちまえよ。もういないんだ」

父親はぼんやりと何かに耽るように庭の蘇鉄の木のほうを見つめ、視線を彷徨わせた。

「あそこにいて、俺を呼んでいた」

「どこだよ」敦志は怒気を込めて聞き返した。

「あそこだよ。あの蘇鉄の下だ」

「いつだよ」

「きのうだ」

父親の妄想に巻き込まれていく自分がいる。すでに何度も母親のことは納得させている。しかし結局、同じ所へ戻ってくるのだった。話題を変えるしかなかった。

「カンボジア人と何を話したんだよ」

「カンボジア人？　ああ、あいつか。あいつはほんとはいいヤツだ。あいつは、肉は食ってない、ということだ。『肝臓《レバー》以外は』と言いやがった。おれは『よかったな』と言ってやった」

そんなことまで話したのか……と敦志はまた別な怒りを覚えた。見舞いに来て宥める役のこちらのほうが、戸惑い、興奮してしまうことがある。巻き込まれる自分がいる。冷静さを保てなくなるのだった。父親はフィリピンの戦場で終戦近く米軍に追われてルソン島の山奥へ逃避行を重ねた。そのとき飢餓に襲われて仲間の死体の肉を食べたことをフィリピン人の前で告白した。それは敦志といっしょにフィリピンの戦跡を訪ねたときだった。それまで、敦志や家族にさえ長い間黙っていたことだったし、ひょっとしたら口に出さず自分の中にだけしまって終えていくこともありえた。永い間、妻にも子にも黙っていた秘密のことだった。それをそんなに簡単にフィリピン人の前で言ってしまうということが、敦志には信じられなかった。いとも簡単にほとんど初対面の外国人に口を軽く滑らせてしまったことが敦志には納得できなかった。どうしてそんなことをいとも簡単に……と敦志は歯ぎしりした。

　驚きと憤りが入り混じった気持ちが蘇るのを抑えながら、敦志は窓の外の蘇鉄の下に眼をやる父親の澄んだ瞳を横に見つめ、残りの吹雪饅頭を口に入れた。

　するとそのあとから、「肝臓《レバー》以外は」という言葉が揺り戻しのように迫ってきた。その言葉は、「肝臓は食べた」ということを表している。それは人間の肝臓を食べたというグロテスクなものを連想させた。あるいは父の聞き違いなのか——おぞましい思いが一瞬よぎった。

　診察室に入ると、担当の津田医師が手にしていたカルテを机に置いて、椅子を勧めてきた。父の容態をこちらから聞きたいところだったが、医師の方から尋ねてきた。

「やあ、どうも。いつもご苦労さまです。お父さん、どうでした？」

　青いビニール製の椅子に腰かけながら、敦志は軽く頭を下げたあと、言った。

「今日はちょっと驚きました」

「何かありましたか」

「母親はどうして来ないんだ、と言われました。もうとっくにいないのに」

「ほう」

「きのう庭で見かけたそうです」

「それは新しい症状のようですね。幻視が進んだということかな」

「それに……」敦志はカンボジア人とのことを言いかけたが、「肉」や「肝臓《レバー》」の話になって、避けたい領域に踏み込んでいくので、言いかけて口を噤んだ。少しおいて、そこへ触れないところまで話を告げた。

「隣にカンボジア人がいるんですね。彼と話をしたそうです」

医師は、それに特に興味を引かれるように、目を光らせた。

「何と言っていました？」

「『あいつはほんとはいいヤツだ』と」

「ほう……何か通じ合うものがあるのかな」

敦志自身もカンボジア人に興味はある。殺人犯で忌避したい、近寄りがたい恐怖はある。しかしそれにもかかわらず、妙に引かれるものもある。不思議だったが、なぜ自分の胸にそれほど残るのかひどく知りたい気持ちも動いている。

だが、いまはそれ以上に、父親のほうが気になった。父親の症状は悪化の一途を辿っているように見える。その進行状況からすると、いつ自分と普通の会話ができなくなる時が来てもおかしくないようにも思える。それは、近いような気もする。そのときはどうなるのか、意思疎通が遮断されたとき、自分は父親を失うことになる。恐怖と焦りとが、虚空を彷徨う父の瞳の残像に重なった。

「父はどうなんでしょう。診察の上で、私と会話することでなんとか少しでも進行を遅らせることができるんでしょうか」

「もちろん、そうですよ。今まで通り、続けていただいたほうがいい。たとえ微々たるものであっても、引き留めておく力は必要なんですよ。先週はかなり荒れてました。あの状態からすると心配ですし、その頻度と激しさは表面的には悪化しているように見えます。ただ、隣にカンボジア人が入ってから、夜の荒れがほとんどなくなった」

「どういうことですか」

「カンボジア人と話をしているようですよ」

「ああいう特別な部屋で、隣どうしで話なんかできるんですか」

「ゆるい部屋もあって、彼の場合には特別な配慮であえてそうさせたんです」

「どうしてですか」

「看護師の話では、少しあなたのお父さんに関心を示したということを耳にしたものですから。私たちにとっては、彼が喋ったということだけで驚きなのです」

「彼は日本語がうまく喋れるんですか」

「私は聞いたことはありません。監視員と看護師が『何か喋っているようだ』と言っていました。お父さんは英語を話せるんですか」

「……昔、フィリピンで終戦時に米軍の捕虜になったことがあるので、そこで少しは覚えたようですが、それほどは……」

「しかし何か通じ合って、話しているようだ。彼はこれまで何も喋らなかった。警察でも、裁判でも。そんなに固い口がどうして開いたのか、私たちには驚きでした」

「どちらも言葉は片言だとすると……そんなことがあるんですか」

「軍歌まで教えていたりした。カンボジア人が軍歌を歌ったと言うんですよ。あのカンボジア人が喋るというだけで驚きなのに、歌まで歌うとはね。あなたのお父さんが教えたとしか思えない」

「軍歌ですか？」

「ラバウルがどうのとかいう歌ですよ」

津田医師は、性格がくだけていて、柔軟に、幅広く対処する。何か普通の医師とはちがう人間としての幅や深みが感じられる。もともと面会も寛大に許可してくれたし、独居房を見せてくれたり、治療の方法も型にとらわれない自由な発想で様々な試みをする。一部の医師からは反発や非難もあったが、少なくとも話していて、深い位置で心の壊れを受け止める積極的でやわらかな懐《ふところ》の深さを感じさせた。やさしさと結びついた信頼を醸していた。独居房の隣どうしで本来会話などできないはずだったが、それをあえて禁止せずに可能にさせているのは、何か医師の治療や診断上の配慮があるのかもしれなかった。深読みにすぎるのかもしれないが、もともと父の隣に置いたこと自体、津田医師の意図が働いているのかもしれない。単なる偶然とだけは言えない気もした。普通、ただの患者に、ここまで丁寧に面会を許し、勧めて、しかも長い時間をかけて話し合ってくれる医師はほとんどいないだろう。カンボジア人とのことも、津田医師独特のやり方の上に何かが試みられていることのようにも思えた。

「では、父はよくなっているということですか」敦志は性急に問いかけた。

「そうとも言える。しかしそうでないとも言える。ただ、カンボジア人といるときは、少なくとも穏やかになっている」

敦志は、父親が彼とすれ違ったとき、声をかけたことを思い出した。見知らぬ人間に声をかけるなどということは、敦志の知る限り記憶にない。それがいったい何なのか、敦志には見当がつかなかったが、とにかく彼と通じ合う何かがあり、それがあの声かけとなって、飛び出したのにちがいなかった。

敦志は、あのあと言った父親の言葉を言うべきかどうかためらった。それはあまりに常軌を逸した言葉だったし、また不確かなまま彼をそうだと断定すべきではない気もした。逡巡している敦志の顔を強く見つめ、深い眼をまともにぶつけてきながら、津田医師は切り出してきた。

「あのカンボジア人の精神鑑定をしなければならないんですが、正直わからないことが多すぎる」

医師は率直に気持ちを広げてきた。

「実は、あなたにも協力をしていただけないか、と思ったんですよ」

医師はあらたまって敦志の眼を覗き込んできた。

「彼は、名前をウォン・ユアンといって、三十三歳です。難民として日本に来た。第二期の難民です。神奈川の南林間にある大和の定住センターで定住のための訓練を半年受けて、日本社会に入り、就職もしたんだが、うまくいかず、奥さんとも何かあったようで、結局奥さんを殺してしまった。子供も。それで逮捕され、今裁判を受けている最中なんです。弁護士が付いている必死でやってくれてはいるんだが、心を開かない。言葉の壁も大きい。精神異常の疑いがあるので、その鑑定がこちらに来た。日本語もうまくない。カンボジアの戦争も経験しているようだし、その状況なんかは皆目見当がつかない。病理として反応を見るだけなら簡単だが、それだけでは足りない不安もある。この鑑定によって、彼の刑が決まる。極端なことを言えば、私の診断書で死刑になるかもしれないし、無罪になるかもしれない。精神異常は犯罪の刑に対する責任能力がないので、刑が科せられない。慎重にならざるをえないんです。私としても万全を期したい」

敦志は、わざわざ敦志と面会を図った医師の意図をあらためて受け止め、そのことが自分と父親に縄のように絡みついてくるのを感じながら、尋ねた。武田の言った通りのことに直面し、何かそこに妙なものが待ち受けている気がして、言葉がくぐもった。

「その彼の診断に対して、私と父に何ができるんですか。何かお役に立てることがあるんですか」

「彼はあなたのお父さんとだけは、不思議に話をする。留置場でも、だれとも口をきかないし、難民定住センターの人とも口をきかない。看護師とも、むろん私とも、口を閉ざしている。なぜあなたのお父さんとだけ話ができるのか、不思議なんです。あなたの目から見て、なぜだと思います？」

「さあ……わかりませんが……」

あのとき漏らした父親の言葉が咽喉まで出かかったが、告げるのを抑えた。「もっと殺している。一人じゃない」と言った父親の言葉が蘇った。しかしそれは不確かなことだったし、軽率に言うべきことではなく、また逆に父も同様の人間であることを告白する結果になる引け目を感じて沈黙で濁した。医師は目を伏せて続けた。

「私もいま、及ばずながら、カンボジアのことをいろいろ勉強しているところです。カンボジア難民のことや、ポル・ポトの虐殺とか、ずいぶん報道されているし、本も出ている。背後を見ていくといろいろあるし、政治的にも国際情勢も複雑だ。しかしとにかく時間がない。患者や病院のことで忙殺されている。短期間のうちに診断しなければならない。ただ、人の命にかかわることなので、型通りの診断にならないよう最善の努力はしたい」

　敦志は、先週紀伊國屋書店の外階段で買ったフリーカメラマンの『沈黙と微笑』という写真集を思い出した。タイ・カンボジア国境のベトナム軍とタイ軍の戦闘や、黒い軍服の兵士たち、夥しい難民の姿が、鮮やかに撮られていたことを妙に思い出した。

「それに、この結果や報道が、今後のインドシナ難民の日本への受け入れにかなり大きな影響を及ぼすらしいんです。注目が集まっている。直接私に言ってくることはありませんが、けっこうプレッシャーもあるんですよ。外務省が報道はなるべく抑えてくれとマスコミにも根回ししている。だから余計私にも目に見えない圧力がかかっているんです。難民定住センターの所長も二度訪ねてきています。彼を精神異常にしたい気持ちはよくわかる。所長は、これは、私だけの意思ではありません、とまで言う。しかし病気は病気、正気は正気、その診断以外にはない。訪ねて来ること自体が言語道断だ。外部は関係ありません。とにかく私も引き受けた以上、責任を果たしたい」

　医師は、自分の立場をくどく説明している。なかなか本論に切り込んでこない。自分たちに何をしろというのか――逆に前置きが長いということは、かなりなことをさせられるのではないかと警戒心が湧いた。

「報道が抑えられているということはどういうことですか。例えばどんなことがあるんですか」苛立ちを込めて敦志は言った。

「あまり彼のことは新聞には出てこないでしょう？　むろんテレビにも。カンボジア難民のことはついこの間まで洪水のようにメディアに溢れていた。しかし難民の殺人事件はほとんど報道されない。少なくとも大きくはね。日本の難民全体のマイナスイメージになるからです。日本政府の今後の難民受け入れにも影響が出るのでね」

確かに彼の殺人事件は、紙面では見なかった。どこかに小さく報道されたのを、見逃していたのかもしれない。週刊誌などには絶好のネタなのに、それらもほとんど目にしていない。言われてみるとやはりそれを隠そうとする大きな力が働いているようにも思えた。

少し間をおいて、津田医師は言った。

「――彼は自分の奥さんをナイフでめった突きにしている」

「めった突き？」

「現場はまともに見られなかったそうです。血が散乱してね。凄まじい傷で」

「そんなにひどかったんですか」

「九十七カ所も刺した。顔もめった切りだったそうです。子供まで」

敦志は言葉が出てこなかった。あの凄味のある重い顔はそういうことをした人間の顔なのか……そんな人間と父はフランクに話をしている……

「彼はクメール・ルージュ、ポル・ポト軍の兵士だったという噂もある」

「クメール・ルージュ？」

その言葉も、ポル・ポト軍という言葉も、たしか写真集に出ていたが、それがどういう意味を持つのか敦志には判然としなかった。医師はまた一呼吸おいてから、強い眼差しで敦志の眼を見つめてきた。

「ところで、風間さんは、日本語の先生だそうですね。いい職業ですよね。夢もある。これから日本もいっそう海外発展して外へ出て行くでしょうし、日本語を勉強したい若者も海外でどんどん増えていくでしょうしね。アジアからの生徒さんもかなりいらっしゃるでしょう?」

「もちろんです。中国人も、韓国人も、タイ人も、インドネシア人も」

話の要点に切り込まずにまだ周囲を回っている苛立ちを返して、敦志は言った。

「どういうことをおっしゃりたいんですか」

「カンボジア人も?」

「カンボジア人はいません」

「これは私のお願いですが、彼に日本語を教えていただけませんか」

敦志は予期していなかった言葉に面食らった。殺人者に日本語を教えたことはない。裁判が進んでいるのなら、そんな時間はない。なぜこんな状況でそんな突飛もないことを言い出すのか理解できなかった。

「いまさら日本語学習が役に立つんですか。判決が下りたら、もう無意味になってしまうのではありませんか」

「確かにもう時間はない。診断の期限もあるし、もし死刑にでもなったらすべては無駄になる。あるいは長期の服役でも、手は届かなくなる。確かにそうだ。しかしそれでも、一つの可能性を捨てることはできない」

「『可能性』って何でしょう」

「この場合、重要なことは、彼の心の中を知ることなんです。心の扉を開けるか、開けないか。彼の心の中を知りたい。日本語学習はその鍵の一つです。教えてあげていただきたい」

その眼差しと語気に、医師の強い意志を覚えた。

「日本語を教える意味がもう一つよくわかりません。繋がりが見えない。それと、どうしてそれを私に依頼するんですか。私以外にもたくさん日本語教師はいます。もっと熟練した教師もたくさんいます。どちらかというと私はまだ駆け出しの部類ですよ」

「風間さんのお年はいくつですか」

「三十三歳です」

「彼と同じ年です。同じくらいの年齢のほうが話しやすいメリットがある。それとこの場合、日本語を教えること以上に重要なことがある」

「それは、何ですか」

「あなたは以前、お父さんと戦跡を巡ってらしたでしょう？　太平洋戦争の」

「はい、そのとおりですが」

「ソロモン諸島の激戦地やラバウルや、フィリピンまで行っている。そう私に話してくれましたよね」

「確かに話しました」

「それはあなたの年齢では貴重な体験だ。お父さんの世代の戦争体験について理解がある。大学でも、太平洋戦争のことを卒論にされたとか」

「表面的な見聞ですし、卒論も本を調べたというだけですよ。ほんとうの戦争体験とはちがいます。それはやはり隔絶したものです」

「いや、受け止めようとするその姿勢が大事なんです。彼も我々の想像を絶する体験を経てきている。あなたは彼の話を聞く耳を持っている。その苛酷な体験に耳を傾けられるかどうかが重要なんです。むろん、彼は何も話さないかもしれない。固い殻を開かない可能性のほうが高い。しかし少しでも可能性があれば、それに賭けてみたい」

「そう言われても……まったく自信がありませんね」

具体的にどういうことをすればいいのか、わからない。そしてそれでどうなるのか、見当がつかなかった。殺人者と話す――自分の妻を九十七カ所も突き刺した人間と、向かい合って普通に話ができるのだろうか。第一、彼がいまさら日本語を学ぼうとするだろうか。こちらの呼びかけに反応するかどうかさえ、おぼつかなかった。

「彼は、英語は話せるんですか」

「ブロウクンで、カンボジアの発音なんでしょうか、巻き舌が強いが、かなり話せるという難民定住センターからの報告があります。よけいな仮定だが、彼はアメリカに難民申請していたら、ちがった運命を辿っていたかもしれない。言葉の壁は少し低くなっていたでしょう。この悲劇は起こらなかったかもしれない。風間さんは、英語はかなり話せるんでしょう？」

「それほどではないですが、横須賀の米軍基地に近いところで育ちましたから、英語は身近に感じてました。友だちといっしょにアメリカ兵と少し話した程度ですけど」

「じゃあ、英語で話し合えるかもしれない。あの重い口は、彼にとって逆に日本語が壁になっているのかもしれませんしね。でも、お父さんに関しては不思議なんです。お父さんは通じ合うものがあるのか、彼と意思疎通ができるようだ。めずらしいケースです。だから、最初はお父さんのそばにいて、彼とお父さんの会話にいっしょに付き添っていればいい。あなたの英語で、彼の言いたいことをもっと伝える手助けをしてあげればいい。彼はお父さんにはなぜか気を許している。最初は三人でいる時間を多くするだけでいい」

医師にとっては、彼の話を聞き出すことが重要で、日本語学習は付け足しの意味しかないように想えた。少し気持ちが楽になった。

南太平洋のソロモン諸島の青い海が、敦志の脳裡にひろがってきた。透明で、心の奥まで透き通ってくる青さがあった。父と行ったあの戦跡を辿る旅で、現地の少年の笑顔が広がってきた。敦志に懇願してきた天真爛漫な顔があった。「日本語を教えてほしい」――あの抜けるような空と海の青さの中で訴えてきたあのときの笑顔が、敦志が日本語教師になろうと思ったきっかけを作ってくれた。戦場になったコロンバンガラ島の原住民の少年の祖父は、日本軍兵士に殺されたという。彼はそれを越えて、日本語を習いたいという真摯な情熱を伝えてきた。そこには純粋に学習意欲があった。新しい世界と、新しい人間と繋がり合おうとする真っ直ぐな意志があった。それに応えることが、どこかで鎮魂につながり、戦争を越えるものになっていくような気がした。最初は「こんにちは」「ありがとう」など簡単な挨拶程度しか教えられなかったが、そのやり取りのなかに見せる少年の天真爛漫な笑顔に、海の青さと呼応する大きな未来を感じたものだった。

「やってもいいですが……」

たまたま今月から、自分の日本語学校の授業がさらに減り、時間的な余裕もある。父とも何か普通に話せることの終焉が近づいているような漠然とした予感がある。少しでも父といっしょにいたい。父といっしょにいれば、彼への何か糸口も見つかるかもしれない。父とそのカンボジア人の繋がり合う基底部が、戦争であり、殺し合う現実の暗黒であるにしても、その闇の中に何か光が見つかるかもしれない。だめでも、父といっしょにいられるなら、それだけでありがたいことのように思えた。

「父の付き添いという形で気軽にそこに同席させてもらえれば、何か糸口が見つかるかもしれませんね」

敦志は躊躇のうちに伏せていた目を上げて、医師の瞳を捉えた。

その気になってくれた敦志の表情に、津田医師は満面の喜びを浮かべた。

「やってくれますか」

弾む声で医師はさらに続けた。

「あまり出せませんが、診断の補助として、また日本語習得の特別費用として、少し御礼もできますから、そちらの手続きも進めておきます」

「そんなことまでやっていただけるんですか。ありがとうございます」

「こちらこそ、お礼を言います。これで私も義務だけの診断書を書かなくてすむ。たとえ彼が死刑になるとしても、万全を尽くしたと自分に言えます」

敦志は手帳を開き、スケジュールを早速照らし合わせた。一月早々日本語学校の生徒が入国管理局の網に引っかかり大規模に摘発されて、敦志の日本語学校の生徒一三人がブラジルや中国やイランの母国に強制送還された。そのため、日本語学校は生徒をまとめてクラスを縮小したため、新米の敦志の授業コマ数は半分以下に減らされた。来月はもっと少なくなる。

病院での難民との授業は、二日後の水曜日から、最初は週三日、その翌週から四日、九時から正午までの三時間、または午後の三時間の枠を取って時間給も普通の倍の報酬を告げられた。

裁判は難民裁判という初めてのケースであることから、診断に長い時間を与えてくれ、次の公判までに、一カ月の期間を取ってくれたという。

「言葉の通じない外国人なのでね。少し余裕をもって時間をくれた。それと、留置場のほうでも言葉が通じないので、病院にいてくれるほうがいいらしい。通訳に来てもらっても、ぜんぜん話さないので、呼ぶだけ無駄だしね。結局厄介払いなんですよ」と医師は笑って付け足した。

四十五歳というその津田医師は、なぜか敦志たちに特に親切に配慮してくれることを感じた。親身の治療のなかに温かみが通っていた。その恩義も感じてはいた。

「次の公判はいつなんですか」

「三月一七日です。確か水曜日でした。彼が来たのが一月七日、もう四日経ってしまっている。一言も喋らず、私たちには貝のように口を閉ざしている。通訳も無関係。私たちはお手上げなんです。ほとほと困っている。時間はたっぷりくれたんですが、このままではその猶予期間もすぐなくなってしまう」

「普通はもっと短期間で診断を下すんでしょう?」

「まあ、そうですが、長い場合もあります」

「先生にできないのに、私にそんな大役を果たせるかどうか、まったく自信はありませんが……」

「うまくいかなくてもともとですよ。やるだけやればいい。あと、こちらでわかっているデータはすべてお渡しします。裁判所の記録や、検察の調書もね。ほんとうは内密にしておくべきものだが、このさいあったほうがいいでしょう」

医師は、柔らかな手つきで、書類を棚から抜き出した。「あとでコピーを取っておきます」

「ああ、それから『クメール・ルージュ』という言葉を御存知ですか」

「カンボジア戦乱の写真集でその言葉を見たことがありますが、内容はよくわかりません。フランス語ですよね」

「私もよくわからないんだが、『カンボジア共産党』ということなんでしょうね。いろいろ本を見てみると、彼らは自分たちのことを『クメール人』といっています。『クメール民族』と呼ぶ。遺跡で有名なアンコールワットも『クメール民族の遺産』だとしている。『ルージュ』は『赤』なので『赤いクメール』すなわちクメール共産党ということになる。あとでポル・ポトが彼らを率いて政権を取ったので、『ポル・ポト派』とも言われる。本来は違うようだが、まあだいたい同じに使われている。虐殺と結びつくので、ポル・ポト派のほうがイメージは悪いですがね」

「彼が『ポル・ポト派』の兵士だったというのはほんとうなんですか」

「まあ、よくわかりません。たんなる噂です。定住センターの所長は否定していました。ポル・ポト派なら、日本には定住できない。暗黙の了解があって、面接ではねられるそうです。日本はポル・ポト派の人間には定住許可しないことになっているんだそうです。ただ、ほかの難民の噂では、ああいう殺し方は、ポル・ポト派の殺し方だという。どっちがほんとうかわかりませんね。こんな不確かなことはお伝えしておかなくてもいい。いや、本来は伝えるべきではないかもしれない。しかし、このケースは特殊で、いろいろな要素が絡み合っているように思える。あなたにならら、お父さんも苛酷な体験をお持ちだし、言っておいたほうがいいと判断した。どんなことが飛び出してくるかわかりません。それを踏まえておいていただいた方がいいと思ったんです」

津田医師はカルテを閉じながら、敦志が引き受けてくれたことへの喜びを素直に表して、頭を下げた。そして、立ち上がろうとする敦志に、気軽な口調で誘ってきた。

「どうです。お昼時だ。いっしょに食事をしませんか。外へ出ている暇がないんで、病院の食堂ですが」

敦志は医者といっしょに食事をするということは初めてだったので、緊張を強いられそうなことにためらいを覚えつつ、曖昧に「はあ……」と返事をした。確か医師は患者やその家族と親しくしてはならないという原則があるように聞いたことがある。これはあえて自分に日本語授業を依頼することへの気遣いなのか、と訝りながら、敦志は誘われるままに付いていった。

病院の食堂は、テーブルと椅子が五セットほど並んだ簡素なもので、メニューもラーメンやカレーライス、卵丼などありふれたものだった。安いには安いが、味も薄くて、あまり食欲をそそらない、病院食の延長のような淡白なものだった。ただ、中庭に面していて、樹木の姿が季節を映してガラス越しに気持ちを和ませる。二人でカレーを注文していっしょにスプーンを握りながら、医師は親しく話しかけてきた。

「すみませんね。忙しいところを」

敦志は水っぽいカレーをスプーンで掬いつつ答えた。

「いいえ、父のことをいろいろ配慮して下さるので、それだけでも私はありがたいです」

「私は以前からあなたに関心を持っていました。お父さんの体験をそこまで共有しようとする人は珍しい。ほとんどの人が『そんな昔のこと、何を大事にしているんだ。今は平和じゃないか。関係ない。忘れちまえよ』と言う。たしかにそれが一般的ですよね。お父さんと戦跡を訪ねる人なんて、めったにいない。私には、とても貴重なことに思えます」

敦志はこれまで心に引っかかっていたことを思い切ってぶつけた。

「先生は、私たち親子にとても親切ですよね。ふつうはここまで親身にやってはくれない。何か私たちには特に目をかけて下さっているような気がするんです。どうしてですか」

医師はゆっくりと庭の欅の高い梢を見上げるようにし、何か苦いものを思い出す眼差しで、敦志を見ずに独り言のように言った。

「人間は悩みの塊ですよね。その苦しみに堪えられなくなったとき、何らかの形で逃げ道を探す。狂うこともその一つだ」

それから医師は敦志の目を見つめてきた。

「私の母親もそうだったんです」

今度は敦志が医師の目を見返した。

医師はそれを受けて逆に虚空へ眼を彷徨わせた。

「私はね、満州から逃げてきた。父親は軍属で臨時召集に取られた。母と私と妹と三人で朝鮮を通って日本をめざした。その間もたいへんだったが、日本への船の上で、海賊に襲われて、母は強姦された。私たちの目の前で、裸にされた。私たちも泣き喚いたが、押さえつけられた。私たちは海に投げ捨てられそうになった。そのとき『子供たちだけは助けて』と叫んだ。朝鮮語でね。母親はその場で輪姦されました。私たちはかろうじて助かった。母は魂が抜けたようになった。日本が見えてきたとき、突然海に飛び込んで自殺した。私はその直前の母の眼を忘れることができない。狂っていました」

医師は沈黙ののち、付け足した。

「それが、私が精神科医をめざした動機です」

敦志は俯いた津田医師の、噛み締めるような唇を盗み見た。

第二章

面談

1

自分の時間的な態勢が整ったとき、敦志の中にあらためて不安が頭をもたげてきた。病院で一瞬見た顔が浮かび上がってくる。自分の妻を刺し殺した人間の顔……妻の顔を傷つける衝動は、いったい何なのか。人殺しの暗い顔が廊下の向こうから振り返ってきた。手錠を嵌められた浅黒い手が大きくなってきた。その手がナイフを握り、妻の肉体に刃を突き立てる……めった突きにし、顔をも傷つけた。さらに子供まで……その人間と正面から向かい合い、話さなければならない。英語を通しても、関係ないだろう。何よりも恐怖が先に立つ。怒りが爆発したとき、その感情や狂気が自分に直接向かってくることも考えられる。そのとき、自分はどう対処すればいいのか。

夜、敦志は医師からもらった資料を読んだ。検察による事件資料と彼の日本定住への経歴と人物アウトラインだったが、特に事件については、犯行が詳細に記されていた。外部所見が中心に書かれていたため、読むのに耐えられない酷さがあり、それは途中で投げ出したくなり、窓を開けて、夜空を見上げた。時間をおいて読み継ぎ、結局そこも読んだ。

日本での難民定住センターでの暮らしや日本語学習成績、彼の日本語の作文も加えられていた。学習成績・到達度は、5段階中3で、普通の到達度だった。「あまり熱心とは言えない」という個別評価があり、その授業中の態度など教師の個別評価からすると3は高かったが、外国語の習得能力は高いものの、熱心さに欠ける、教師への態度があまりよくないと推量された。実際に話してみないとわからないが、学習能力は高そうだと当たりはつけていい気がした。熱心さに欠けるということは、やる気が薄いということであり、むしろやる気を阻害しているものが何だったのか、そちらの究明のほうが重要に思われたものの、それに関する記述は何もなかった。ただ、「夫婦の間がうまくいかず、時々喧嘩をしていた」とある。

殺された妻のウォン・ソピアは、日本語学習成績は高く5段階評価で最高の5だった。環境とよく適応し、外向的、社交的で、勤務していた会社でもうまくやっていたとある。ウォン・ユアンは、性格的に鬱屈したところがあり、ときおり爆発する傾向があったともある。会社に就職したものの、二カ月足らずで辞めさせられた。二つ目のところも三週間で辞めている。それ以後は難民定住センターの勧めや斡旋にもかかわらず、再就職はしていない。本人が就職に向けて動かないということだった。二人の生活にだんだん落差と溝ができ、それが大きくなって妻が夫を激しく責め、お互いの反発が膨張してついに爆発し、凶行に及んだというのが検察側の見解であり、主張だった。ユアンが日本での生活に適応できず、だんだん鬱屈的傾向が増し、それが奥底に溜まって、責めなじる妻に向かって一気に破裂した、とされていた。

以前の経歴を読むと、タイ・カンボジア国境の難民キャンプ「カオイダン」で二人は結婚したとある。妻は二十六歳で、ユアンより七つ下、どちらも初婚だった。やはり難民定住センターでの日本語作文として書いたものが、本人の顔写真付で添付されていた。定住審査の面接時のデータによれば、二人は一九八〇年十月二二日にカオイダンのセクション46という所で結婚していた。ユアンはタケオの出身、のちプノムペンに移住して「タクシー運転手をしていた」とあったものの、ポル・ポト時代のことは記されていなかった。妻は東部ベトナム国境沿いのスバイリエン州の出身で、経歴については「花売り」と「レストラン従事」とだけ記述があり、ポル・ポト時代はコンポントムの共同農場《サハコー》で働かされていた。二人の学歴はどちらも小学校卒業ということだったが、語学の習得に関してアジアの学歴はあまりあてにならないことは、これまでの日本語教育の経験から、敦志もよくわかっていた。高学歴の者でも、日本語習得に関して遅いものもいれば、小学校もろくに出ていなくても、短期間で日本語をマスターしてしまう者もいる。アジアの発展途上国では、高等教育にお金がかかるため、それを出せるのは、裕福な層に限られる。逆に言えば、低学歴でも能力の高い者は多く、ちょっとした機会でそれが花開くケースが少なくなかった。ユアンや妻もそうした部類に属することは、語学習得の評価や作文が表していた。

二人の学習過程での作文を読んでみた。作文はかなり日本語学習が進んでからでないと普通は書かせない。ただ、書きたいことがあるときは、自分で辞書を引きながらでもどんどん表現していく。それを直してあげることも本人にとってはいい勉強になるのだが、二人の作文には、書かせられたと同時にそれ以上の苛酷な体験からの内面の湧出が感じられた。ウォン・ユアンのものは、なぜか作文そのものにひどく重いものが感じられ、字も強い癖があり、読みにくく正面から取り組んで読まなければならないものを感じたので、先に妻のウォン・ソピアのほうに目を通した。

彼の妻の作文は、ポル・ポト時代の農村でのことが書かれていて、短く、稚拙だが、カンボジアの一つの姿がよく窺われた。その苛酷さに興味を引きつけるものがあった。

「カンボジアの不幸　　ウォン・ソピア

わたしは一九五六年三月二〇日にスバイリエンで生まれました。子供の頃、ベトナムでも、はげしく戦争をしていました。B52の大きな飛行機が空を飛んでいました。スバイリエンにも落ちてきました。すごい穴があきました。

一九七四年に、私たち家族はプノムペンに移りました。その次の年、ポル・ポトが攻め込んできて、彼らがプノムペンを支配しました。米軍はヘリコプターや飛行機で逃げました。ポル・ポトの兵士たちはみんなをプノムペンから追い出しました。だれもかれも歩きました。私たちは農村へ連れていかれました。たくさんの人が死にました。

農村では、朝早くから夜遅くまで、働かされました。何でも集団でした。ポル・ポト兵が見張っていました。食べ物はだんだん少なくなりました。おかゆになりました。ニワトリを盗むと殺されました。たくさんの人がポル・ポトの兵隊に殺されました。私の父も母も、兄たち二人も、ポル・ポト兵に殺されました。こん棒で頭のうしろを殴られて、処刑されました。私は共産主義を憎みました。薬もなく、医者もなく、おおぜいの人が病気で死にました。赤ちゃんも、ヤシの木に打ちつけられて、殺されました。逃げ出そうとした人も、殺されました。

それからベトナム軍が攻めこんできて、私たちは助かりました。共産主義はもういやでした。タイの国境へ、逃げました。バッタンバンからシソフォンへ行きました。シソフォンから地雷のところを歩いて、ノンチャンへ入りました。そこは難民村でした。たくさんの難民がいました。それから、カオイダンに入りました。カオイダンは国連の援助もたくさんあり、学校もありました。私はやっと助かりました」

あとから、担当の日本語教師の手もかなり入っていることが感じられたが、三カ月の学習にしてはよくできていた。知識・思考レベルも普通以上と言えた。やはり体験の重さ、特異さが、前面に出てきているので、内容に圧倒されてしまう。ここだけでは、夫になったユアンとの不仲の原因はとうてい推し測れなかった。写真の顔も丸顔で二重瞼の大きな眼と笑顔は、明るい印象があり、だれからも好かれそうな外向的雰囲気が感じられた。彼女がその顔を含めて九十七カ所を刺されたことが、あらためて酷いものとしてのしかかってきた。

ユアンの経歴は、はっきりしなかった。顔写真はひどく暗い表情で印刷されている。眉間に皺が寄り、年よりも老けて見える。素人が撮ったらしいスナップにはその場その場で差が大きく出る。ユアンの場合は特に妻の写真との差が大きく、やはりもともとこのときも暗い顔をしていたと考えるほうが自然だった。

ユアンは大和の難民定住センターを終了後、横浜の変圧器の製造工場に就職している。その生産ラインの作業に従事していたが、仕事が合わなかったのか、周囲に打ち解けなかったのか、二カ月で辞めていた。そのあと、鬱屈がいっそうひどくなったという。

彼の書いたものの癖字には閉口した。右上がりと同時に、最初に力を入れるところや空白部分がつぶれたりすることが多く、読みにくいところがたくさんある。それらの部分を読み解きながら、ユアンの作文を読んでいった。

「カンボジアのこと　　　　ウォン・ユアン

私の名前はユアンです。日本に来て三カ月経ちました。日本は車も鉄道もすごいです。ビルもエスカレーターもエレベーターも新しくてすごいです。カンボジアよりずっと進んでいます。

カオイダン難民キャンプから、バンコクの近くのパナニコム・キャンプに移りました。そこで日本語を勉強して、飛行機に乗って日本に来た。日本は何でも発達している。カンボジアは今も戦争です。平和ではない。ベトナム軍とポル・ポト軍が戦争している。

私の兄弟は四人です。みんな離れ離れになった。妹は二人とも死んだ。弟のチュアンはまだ生きていると思う。ノンチャン難民村にいるという噂を聞きました。でも私は、日本に来てしまいました。

あいつが母を殺した。私は許さなかった。

早くカンボジアに帰りたい」

最後の二行目のところで、突然変調した言葉になっている。終わり方も宙に浮いている。指導教師はこれをどう捉え、どうアドバイスしたのか、疑問が湧いた。指導が不徹底なまま、印刷に回したと想われる。全体に後ろへいくに従って、言葉が飛躍している。もうこの時点で精神状態が怪しくなっているのか、不穏な気配がある。もしそれが進行して現在のような結果になっている場合には、彼は狂気のなかで妻を殺したことになる。その場合は、日本語を教えることはもう意味がないだろう。それにしても「あいつが母を殺した」という言葉が強烈で、普通ではない憎しみが感じられた。それは、初歩の日本語表現を超えて、憎悪が込められた刃の鋭さがある。同時に、敦志の胸元を掴んでくるような別な迫力があった。そしてその言葉は、なぜか敦志個人の胸の深くを震わせてきた。それは唐突に敦志の底を叩き、奥底を振動させた。それがいったい何なのか、なぜそれが自分の胸の底を波立たせるのかよくわからないまま、「あいつが母を殺した」という言葉を、敦志は反芻した。そしてそれに続く「私は許さなかった」という言葉の激しさが、さらに敦志の底を穿ってきた。

敦志が目を通した限りの資料にはやはり書かれていなかったが、彼はクメール・ルージュだったという噂があると、津田医師は言っていた。ポル・ポト時代の記述がないことが、それを暗に匂わせているとも受け取れる。しかし、この作文によれば、彼自身がクメール・ルージュだったという根拠は薄くなるはずだった。母親がクメール・ルージュに殺された。母親を殺したクメール・ルージュへの憎悪が強いということならば、彼自身がクメール・ルージュになるということはないと考えられるからだった。

もう一つひっかかる点は、「私は許さなかった」という部分が過去形で書いてあることだった。そのまま受け取れば、「許さなかった」結果、何か行為したニュアンスもある。それはすでに行なわれてしまったことがそこにあるとも取れる。あるいはそれは推量しすぎで、単に現在形と過去形の使い分けが未熟でできていず、たまたま誤ってそういう表現をしてしまっただけなのかもしれない。あるいは単に心理的な真実として、それを強調しているにすぎないのかもしれなかった。

またポル・ポト派だったから残酷な殺し方をしたという噂も、もう一つ掴みどころがなかった。敦志自身はポル・ポト兵の殺し方がどうひどかったのか、具体的な判断材料が乏しい。彼の妻の作文の中には「赤ちゃんも、ヤシの木に打ちつけられて、殺されました」とあるが、妻をめった突きにしたその殺し方と、赤ん坊の殺し方との間にどう共通点を見つけられるのか、もう一つ説得性が乏しい気がした。

報道ではクメール・ルージュは、自国民を一〇〇万、二〇〇万虐殺したといわれる。具体的にどういう方法で殺したのか。何のために殺したのか。どのように残虐なのか。どれもまだ具体的な姿が浮かんでこなかった。クメール・ルージュがもしそうだとして、その残虐性や実行の方法が今でも彼の中にあるのだろうか。クメール・ルージュは顔を切り付けたり潰そうとしたりする殺し方をやっていたのか、もうひとつよくわからない。あるいはただ、クメール・ルージュの殺し方を彼自身が見ていて、それと同じことを結果的にやってしまったという推論も成り立つだろう。少なくとも、この書類で見る限り、彼がクメール・ルージュだったと断定できるものはなく、むしろそうではないとするほうが有力だと感じられた。

一通り目を通し終わったとき、あらためて病院のあの廊下で、一瞬ではあったが、浅黒い東南アジア系の顔の中に、彼の冷たい、怖い眼差しが敦志のすぐそばにあったことが思い出された。彼にまもなく向かい合わなければならない。怖さもあり、不気味なものに対する怯えも確かに自分の中にあったが、未知の領域であると同時に、そういうものにあえて飛び込もうとするもう一人の自分もいる気がした。父親の戦争の体験に、日常とははるかに異なった現実の奥底を見るとき覚える、一種の興奮が敦志をどこかで昂ぶらせている。それは自身の未来への道とどこか遠く繋がっている気もした。

残虐な事件を追い、カンボジアの状況を追うことにやや疲れた敦志は、別な角度から彼への姿勢を思い直した。

いろいろな偏見を彼に被せることは、日本語教師としては失格だ。教えることに偏見を持ってはならない。たとえクメール・ルージュであろうとなかろうと、妻を殺していようといまいと、そういう先入観で日本語を伝えようとしても、曲がったものになってしまうだろう。学ぶ側は教師の思いや姿勢をすぐ見抜く。それでは真っ直ぐ伝わらない。いっさいの偏見を排除して向かい合うべきだ。そこまでつねに辿り着くのだが、また彼の顔を思い浮かべ、果たして毅然と向かい合っていられるかどうか、不安も頭をもたげてくるのだった。あの暗い顔、浅黒い、肌の荒れた、闇の中から睨みつけるような鋭い眼差しに自分はたじろがないで話せるだろうか。安請け合いをしなければよかったと、後悔も襲ってくる。

第一、彼はこれまで警察にも、弁護士にもいっさい口を固く閉ざしていたという。裁判でもそうだったという。そんな固い口をどうして自分に開いてくるのか、疑問でもあった。日本語を教えるには、そんな口を閉ざした状態では不可能だ。父親にいくら話ができたと言っても、自分に対してその壁を取り除いてくれるかどうかはまったくわからない。その段階で拒否されたらすべては無意味になる。

結局、父親が彼にひどく心を許し、彼と繋がる何かを持っていて、パイプのようなものを有していることに、わずかに希望が持てるだけだった。日本語教育は、結局信頼の問題だ。人間と人間とがどう意思を交わせるか、どう信頼関係を築けるか。それがいちばん重要だ。それさえあればなんとかなる。父親は彼とのパイプができている。人殺しという奇妙なパイプかもしれない。しかしそれでも、意思を通わせ、内面を通じ合わせる一つの回路にはちがいない。それを通して、自分も交流を果たそう。父親にも手伝ってもらう形になるだろうが、とにかくそれでやってみるしかない。不安を強引に父親によって克服し、眠りに就いた。一方でまた殺人者と直接向かい合う恐怖が頭をもたげてきた。

2

彼と話すに当たって、もっと手掛かりや材料がほしかった。紀伊國屋書店の階段の踊り場で買ってきた写真集を開いた。難民の少女がじっとこちらを見つめている。

あらためてページをめくっていくと、タイ・カンボジア国境に溢れ出した難民の姿が克明に撮られていた。またゲリラの戦闘生活やベトナム軍とタイ軍の戦闘の様子や、国連の難民キャンプの様子がそれぞれの表情を持って伝わってきた。『沈黙と微笑』というその写真集には、頭蓋骨が半分割れたベトナム兵の死骸が、炎天下に晒されていた。腕の吹き飛んだ難民の死体が、泥の中に漬かっていた。援助の配給食糧を受け取るために炎天下に並ぶ少年の表情が、やるせなかった。無数のカンボジア人の顔が、亜熱帯の風土の上に戦乱の緊迫感を持って動いている。それらはカンボジアやタイの地で生動する人間の顔をありありと浮かび上がらせた。そしてそれは病院ですれ違ったあのウォン・ユアンの顔と重なり、そこで生きてきた難民の状況を繋げてくる気がした。

敦志は父親の戦場の話をそれに被せて空想に耽った。ガダルカナルで、夜襲のとき、光の川のように曳光弾が流れたこと、その下でたくさんの日本兵の死体が重なったことが、脳裡を駆けた。ガダルカナルでは、激しい銃撃で足に銃弾を受けた者が這って逃げようとするが、段差のある窪みのところでそれ以上這い上がれずにみなそこへかたまったまま折り重なるようにして死んでいたと父親が言った。それがカンボジアの戦乱と互いに追いかけ合う螺旋をなして巡り始めるのを覚えた。

写真集の戦場の写真と、父から聞いた戦場の話が交錯し、今東南アジアで繰り広げられている戦場の現実が、父親の戦場の体験と共通したものを湧きあがらせてくる気がし、カンボジアの戦場の現実に引き寄せられる自分を覚えた。今もある戦場の現実は、いったいどんなふうなのだろう、父親の体験した戦場は過去のもので、もうけっして手の届かないところにあるが、カンボジアやタイ国境の現実はいまも行なわれている戦闘の状況として、生きた現実を敦志の胸に重ねてきた。二つの世界が自分の中でいま何か一つの結び目を持ち始めている気がした。戦争は、遠い現実であり、今日本の平和の中では消え去っているとばかり思っていたものが、何か新たな息吹を持って動き始めようとしている感覚があった。

敦志は写真集のカメラマンとあのとき、もっと話が盛り上がるような手応えを感じつつ、その場を離れたことを思い出した。カメラマンの言葉にカンボジアの状況を伝えてくる力と奥行きを感じた。もっと聞いてみたかった。直接話をして、これから始まるユアンというカンボジア難民との日本語の特別授業に手がかりやヒントが得られるかもしれないとふと思った。タイ・カンボジア国境の詳しい状況や、難民のもっと具体的な知識を聞いてみたい衝動が湧いた。

敦志はあのときもらった名刺を、名刺入れのなかから探し出し、あらためて見入った。フリージャーナリストという肩書があり、電話番号があった。西新宿にあるウィング・フォト・プレスというカメラマンの事務所が記されている。

名刺を持ったまま、しばらく電話を見つめていたが、あのとき視線がしっかり合った一瞬を思い出し、思い切って、ダイヤルを回した。

留守番電話になっていたものの、聞き覚えのある声が出たので、伝言を吹き込んだ。「先日紀伊國屋で本を買わせてもらった風間と申す者ですが、もっと難民の話や戦場の現実を聞かせていただけませんか。お会いしていただけないでしょうか」と自分の電話番号を添えて切った。

それから一時間もしないうちに、武田から電話があった。明日の夕方なら空いていると言う。敦志も夕方以降は日本語の授業もなく、急遽新宿で会うことになった。


紀伊國屋書店の近くの喫茶店へ行くと、すでにカメラマンは奥の席で待っていて、「やあ、どうも」とにこやかに手を上げて迎えてくれた。座席横に少し表面の剥げた黒のニコンFEのカメラを置いている。頑丈そうなモスグリーンのバッグも置かれていた。寒いのに、肘まで腕まくりをして活気を溢れさせている。戦場を駆け巡って取材する旺盛な行動力が動作の隅々まで表れ、言葉にも一つ一つ力が漲っていた。

「すみません、無理を言ってしまって」と、敦志は会ってくれたことに謝した。

「こちらこそバタバタしてしまってすみません。今、売り込みで飛び回っているので、この時間しか取れなくて」と謙虚な姿勢で答えてきた。

「お忙しいのに、ありがとうございます」

「なかなか写真が売れなくてね。きのう岩波の『世界』へ持ち込んだんですが、『カンボジアはもうやったんで』と断られちゃって。次の取材費が作れなくて焦ってるんです。早くタイにまた飛びたいので」

カメラマンは隠すこともなく、ズバズバ目の前の現実を放ってきた。しかしそれが逆に横溢する行動力を表していて、快かった。敦志は彼が戦場を駆け巡る現場を想像しながら
「あの写真を撮る現場もたいへんでしょうね」と興味を傾けた。

武田は危険を冒すことを苦にしている様子もなく、それよりも取材費を用意するのに頭を奪われている表情で、答えてきた。

「現場は入ってしまえば、やることは決まっていますから、まあなんとかなるんですが、出版社を回ったり、日本での発表や取材費を繋いでいくほうがけっこう手間がかかりますね」と、それでもあまり屈託していないような表情で明るく言った。

敦志はカンボジアがいったい今どうなっているのか、カメラマンの写真集を見たり、本を読んだりして得た知識を元に、尋ねていった。

「タイ国境に、ベトナム軍が攻めてきた戦闘の写真は生々しいですよね。ベトナム軍はまだ国境に布陣しているんですか」

「そうですね。難民を挟んで、タイ軍とベトナム軍が対峙している形ですね。数十万のカンボジア難民がその間にいます」

「日本に来ている難民も、そこから来ているんですか」

「そうです。難民は国連が救援をして、第三国へ希望者は出している。アメリカにはもう二万という数の難民が出ている。日本はまだ二〇〇人です。アメリカはもともと移民の国なのでね。受け入れ態勢が段違いです」

話しながら、敦志はカンボジア人に日本語を教えるようになった事情を、いつ切り出そうか、タイミングを見計らっていた。病院で擦れ違った彼の暗い顔がまた浮かんだ。彼ははるばる、そのタイ・カンボジアの戦場を抜けて、難民キャンプに入り、そこからこの日本へ渡ってきたことになる。彼の険しい顔が、カメラマンの話の中にしきりに浮かんできた。それはまた父親の顔と戦場の語りと重なって、交互に浮かび流れた。

「あの写真集にはポル・ポト派の兵士たちの姿もありましたよね。ポル・ポト派の基地にも入っているんですか」

「入りました。タイ国境のほとんどギリギリのところに、基地がある。ベトナム軍に撃破されたポル・ポト軍は、撤退を繰り返してタイ国境まで逃げてきた。国境でタイ軍の支援を受けてかろうじてそこで踏み留まっている状態です。ノン・プルという重要基地があって、あの写真はその基地に入って撮ったものです」

　黒い服を着たポル・ポト軍の女性兵士や、銃を担いだ少年兵の笑顔もあった。雨季の川の中を弾薬箱を担いで渡っている兵士群像もあった。

　カンボジア国境の状況を大掴みに説明しながらの話はわかりやすかったが、難民の状況はあの写真集以上のものは汲み取れない。国連が入っていて、それがキャンプを管理していると言っても、敦志には具体的に想像が及ばなかった。

　当初は一時間くらいの会話のつもりでいたのが、互いの興味と関心が噛み合い、話がどんどん進んで、一時間半がすぐに経ってしまった。カメラマンは時計を見ながら、残り時間を確認している。

　敦志は、裁判のことを尋ねる角度から、ユアンのことへ近づこうと思った。疑問をぶつけた。

「タイやカンボジアで取材しながら、日本の難民の裁判まで追うのは、難しいでしょう。よく両方を追えますね」

　カメラマンは、そんなことはフリーの場合は当然だという表情で、答えてきた。

「たまたま日本に帰ってきているときに裁判が行なわれたというだけですよ。裁判の日程は、かなり前からわかっていますしね。日本からタイに知らせてくれる友人もいます。タイミングが合えば、どんどん行く。タイや他の現場にいて、立ち会えないときは、諦めざるをえませんけどね。フリーはね、ほんの少しのチャンスを見つけてどんどん切りこんでいく。少しの機会でも、そこからとほうもないものが繋がって開けてくる場合があるんです。その可能性に賭ける。しかしこの裁判は、難民を取材するジャーナリストはみんな関心を持っています。朝日や読売の記者も来てましたしね。初めてのケースですし、いろんな問題を孕んでいる。みな興味はある。時間が許せば、だれも追いたい事件ですよね。ただ、表に出しにくい側面はありますけど」

敦志はそこまで聞いて、少しためらいを覚えた。自分が頼まれたことの重大性があらためて外から知らされる気がした。本当は精神鑑定が絡んだこのことは極秘で、他人に喋らない方がいいのかもしれない。喋るべきではないという声が喉まで登ってきた。しかし重大であるそのことが、逆にこのプレッシャーを跳ね返して外へ出さなければならない衝動も覚えた。勢いに任せて、思いきって、言った。

「実は、例のカンボジア難民のことですが」

「え、あのウォン・ユアンのことですか」

「そうです。実は彼と会うことになったんです」

「え？　そんなことができるんですか」

カメラマンはびっくりした声を出した。

「彼に、日本語を教えることになったんです」

「え？　彼にですか」

もっと素っ頓狂な声を上げた。

「そうです」

「ユアンに——あなたが教えるんですか」

大きな驚きを浮かべて、カメラマンは敦志を正視した。

「そうです」

「直接やるんですか。一対一で」

「そうです」

敦志は周囲の席を見回し、急に声が高くなった武田に低くすることを口に指を当てることで示し、自分も声を低くした。

武田は「すみません」と敦志の方に身を近づけるようにして声を低めた。

「しかしそれはまた、驚きですね。彼は黙秘を通しているということで精神鑑定を受けることになったんですよ。そんなことができるんですか」

その驚きは、半分は「警察にもできなかったことがあなたにできるんですか」という敦志自身と日本語を教えることへの疑問も込められているように感じられた。半信半疑のようだった。

「それは実に興味深い。もしあなたがほんとうにそれをやって、彼が喋ることになったら、スクープですね。僕もそのことは大いに興味があります」

声は低くなってもジャーナリストらしい興味を乗せて迫ってくる武田の動きを見て、敦志は後悔した。本来、これは他言してはならず、津田医師も敦志がそのことを外に漏らすなどとは想定していなかっただろう。口止めを直接されたわけではないが、敦志が他に漏らさないことを前提にし、信用して頼み込んできたことは容易に察することができた。

「引き受けはしましたけど……たぶん、無理だと思います。何にもならない可能性のほうが高いでしょう。断りたい気持ちもあります」

急に身を引こうとし、声を落とす敦志の急変を察知して、カメラマンはそれでもなお、裁判の行方に関わることに言及した。

「そうかもしれない。しかし……もし話せたら、風間さんが重大な鍵を握ることになる」

いったん視線を外し、敦志の消極的な姿勢への変化を捉えながらなお、プロ意識を被せて追い打ちしてきた。

「僕もそこに立ち会わせてほしいくらいです」

窺う視線を斜に投げてきたそれに向けて、敦志は釘を刺した。

「今、私が言ったことは、極秘にしておいていただけませんか。他には漏らさないでほしいです。お願いします。そうでないと私はあなたに漏らしたことを後悔することになる。またそれによって彼にも、私に頼んできた医師にも、迷惑がかかるかもしれません」

後悔とともに敦志は武田に向かって念を押した。

カメラマンは少しの間の沈黙ののち、頷いてきた。

「わかりました。他には絶対に漏らしません。安心してください」

話をカンボジア国境の状況に戻し、さらに日本へ来る過程や、食糧配給のことなどを聞いた。難民が日本へ来るまでいかにたいへんか、カメラマンはよく話してくれた。敦志もそれによって少しはウォン・ユアンという難民と話す、材料が得られた気がした。

話はさらに弾み、タイ・カンボジアの国境の状況がおおまかに立ち上がってくるにつれて、いっそう興味深くさらに知りたい欲求が湧いてくるのを覚えた。しかし時間が迫っていた。まだ話し足りない敦志の顔を確認しながらも、カメラマンは腕時計を見ながら他との約束の時間を告げてきた。敦志自身の質問の仕方や内容について、カメラマンは普通以上の質問の鋭さや執拗さを感じたのか、別れ際、微笑みながら言った。

「紀伊國屋で買っていただいたときも感じましたが、戦争に興味がおありのようですね」

「父親がガダルカナルやフィリピンで戦ってきたので、以前からよくその話を聞かされてきたものですから」

「ほう。ガダルカナルですか。フィリピンも」

興味深そうに敦志の目をあらためて見直すカメラマンに、敦志は父親がいま精神病院にいること、いまでも戦争のことを思い出し、あたかも戦場で戦っているような妄想に襲われることを自分の口から告げた。

「そうですか。そんなに激戦地を巡ってきた方は珍しいですね」

その方面でもひどく話が合う手応えを感じながら、「また何か進展したら、教えてください」と言う言葉を最後に、握手をして別れた。

3

帰って来てまた一人の時間を過ごしているとき、カメラマンからガダルカナルのことを言われて、あらためて敦志は父親の戦場に思いを馳せた。

すでに戦争は過去のものであり、古い形骸にすぎないはずなのに、なお過去からの呪縛のように、自身を導き、どこかへ誘っていくものがある。

それは父親の病状が、いまも戦場の体験を内部に鮮やかに蘇らせることで、いっそう悪化していく現実が自分を巻き込んでいるせいかもしれない。過去が父親を冒している。普通過去は衰微し、消滅していくものなのに、逆に生き生きと復活して父親の内部を蝕み、肥大させていく。癌のように過去が肥大して、父親を呑みこんでいく。

敦志が子供の頃から、たしかに父親は奇妙な行動を取っていた。夜中に突然ガバッと起き、枕を右脇にしっかりと抱えて血相を変え庭へ裸足のまま飛び出していく。「空襲だッ」と叫んで地に伏す。地面の冷たい土の感触を頬に覚えて、やっと「ああ、夢だったのか」と我に帰った。呆然と星空を仰ぎ、深い安堵の溜息をつく。枕を抱えている自分に気づき、「ああ、そうだった。そうだったな。もう終わっているんだ」と驚いて見つめる敦志と母親を苦笑いして見返した。汗をびっしょりかいている。荒い呼吸に胸が激しく上下している。星の光を確かめ、裸足の自分に気がついて、ようやく戦場の夢から解放されるのだった。

それはけっして衰えたり、解消されたりすることなく、奇矯な行為として繰り返された。庭に穴を掘り、「防空壕を造っておかなきゃならん」という。それだけでなく、別な穴を掘ったりする。「これは死体を埋める穴だ。犬が掘り起こして死体を食うから深く造らなきゃならん」と背丈ほども深く掘る。またときに穴の底に自分が横たわり、「オーイ、早く土をかけろ」と大声を出したりする。敦志もその底に横たえさせられ、「土をかぶせろ」と母に命令したこともあった。母親が泣いて制したことをよく憶えていた。母親の方をそこへ突き落とそうとしたりした。ただ、当時は夢を見た後だけの行動だった。昼間はそういうことはまったくなかった。しかしそれはむしろ老齢になって、頻繁になった。

父の久治は昭和十七年に召集されてから、ソロモン諸島とフィリピンを歴戦した。秋に第三十八師団の兵員としてガダルカナルに上陸した。そこを撤退後、ガダルカナルの西隣のニュージョージア島へ駆逐艦で送られて再び最前線で闘った。戦況がまた不利になって、数十キロ西にあるコロンバンガラ島へ撤退した。そこもまた米軍にやられ、結局ラバウルへ戻った。ラバウルで米軍機三〇〇機の猛爆撃で負傷し、傷病兵としてフィリピンに移された。

移送されたフィリピンのルソン島も、昭和十九年春の当初は平穏だったが、サイパン島が落ちた直後の秋から、マッカーサーによる奪還作戦の主戦場になった。フィリピンを決戦場として満州の精鋭部隊まで加えて五〇万の兵が配備されたが、海空からの圧倒的な米軍の攻撃の前に粉砕され、戦線は崩壊した。二十年になってルソン北部の山岳地帯への逃避行を経て、終戦を迎えていた。

フィリピンは、決戦として集められた五〇万の兵のうち、一〇人に一人しか生き残っていない。それだけでも少ない生還率だった上に、ガダルカナル島での激戦にも参加し、なおかつニュージョージア島、コロンバンガラ島、ラバウルと転戦しているケースはほとんど聞かなかった。ガダルカナル島だけでも二万人が死んでいる。生存率は三分の一以下で、ニュージョージア島とコロンバンガラ島でも激戦が繰り返され、生存率は低くなっている。死線を越えてきたことが、おそらく数えきれないほどあったはずだった。日本軍の太平洋での戦いを知れば知るほど、それだけの激戦地をいくつも回って生き延びたケースはごく稀であることをいっそう深く実感した。その過去を振り返るたびに、奇跡のような生還を認識し、朴訥な父親の顔をしげしげと見つめずにはいられなかった。

一見平凡な父親のどこに、そのような苛酷な戦闘体験が眠っているのか、普段の顔からは想像もつかない。生き延びたその稀有さは、千人に一人かもしれない。善良で、ただ家族のためにだけ尽くし、もらってきた給料もすべて母に渡す。普段の父はテレビを見て、アンチ巨人で、巨人が負けると喜ぶ。酒もうれしいことがあるとほんの少し飲むだけで一家のささやかな喜びを満喫して過ごす、どこにでもいる平穏な人間にすぎない。趣味といえば、ただ木や草を育てて、庭をきれいに花で満たしたり、盆栽を丹精込めて手入れしたりすることだけだった。ただ、祖父が造船技師であり、空母「信濃」の建艦に携わったそのことを誇りに思っていて、その跡を継げなかった学業の劣った自分を恥じていることで、仏壇によく手を合わせている姿があるだけだった。いつも祖先や親に「すまない」と詫びている姿だけが妙に家の中で際立っていた。本も読まず、映画なども見ず、盆栽とテレビでポツンと一日を過ごしている父親の温厚なのんびりした顔のどこに、激烈で苛酷な体験が刻まれているのか、及びもつかなかった。

しかし逆に言えば、平和な中で、温厚に、穏やかに過ごしている平凡な人間を、突然殺人に駆り立てるものが戦争というものなのかもしれなかった。戦争がなければ一生それで終わっていただろう。そういう平凡な人間を人殺しに駆り立て、変質させていくものこそが、戦争という狂気なのかもしれなかった。

父親が特におかしくなったのは、二年前だった。フィリピンやガダルカナルの戦場のことを、あたかもそこで闘っているように、口走り始めた。「ヤマッ、ヤマッ、ヤマッ」と甲高く言ったかと思うと「撃てっ」と激しい声で銃の引き金をひく恰好をする。またあちこち指さしながら「これとこれとこれだっ。こいつは助からん。ダメだっ。運ぶんじゃないっ」と鬼のような顔で怒鳴り声をあげる。それは一分もしないうちに、「夢だったのか」という表情で終わるのだったが、少しずつ過去に没頭する時間が長くなっていった。

夜中に突然立ち上がって戦場での言動が多くなり、敦志が眠れないので、病院に連れていった。被害妄想症が強くなっているということで、とりあえずの薬物療法で処置し、そのときはそれで治まった。

しかしだんだんまた頻度が多くなり、半年前昼間もかなり出てくるようになったので、敦志は病院の信頼できそうな医師の勧めもあって入院させた。入院のタクシーの中で、敦志は父の手をふと握ったとき、ゴツゴツしたその手の中にあたたかさが伝わってきた。戦場で銃を握り、敵の砲弾の中で爆裂をしのぎ、飢餓と闘い続けた体の、今も生きている温度が流れ込んできた。その温かさを、ひょっとするともう家で感じることはできなくなるかもしれないことが、敦志にかけがえのない父親の存在を覚えさせた。離れ離れになることのどうしようもない寂しさが、そのぬくもりに伝わってきた。

そして二人で行ったガダルカナルとニュージョージア島、コロンバンガラ島の風景が、さらにフィリピンの北部ルソン島の戦跡を辿ったことが、父親の車窓の外を見つめる表情とともに蘇ってきた。過去に耽るあのときの父親の深い、そして沈痛な表情を忘れることができない。

そしてそれと通底した父親の横顔に、ソロモンの美しい海とジャングルやフィリピン北部の山岳地帯が、タクシーの車窓から流れ込む光の反映として移り過ぎていった。

父親の戦場の殺伐とした世界にのめり込むとき、それと反作用的に浮かび上がってくることがある。なぜか父親の経験した激烈な世界と向かい合うように、母親の顔が大きくなってくる。いなくなって、ぽっかりと空虚になっているそこに、母親の顔がむしろ鮮やかに浮かび上がってくる。その顔はいつも少し俯いた横顔だった。笑顔や、正面からやさしく語りかけてくる顔も輝きとともにあったが、それ以上に横顔が奇妙な存在感で大きく浮かんでくるのだった。祈る顔と、何かを思いつめるように目を落とした顔だった。

クリスチャンだった母は、毎週日曜日の午前中には教会へ出て行って、祈りを捧げていた。教会で古着などを集めて、台風の被害に遭った地方の人々へ古着の寄付を行なうなど、率先してやっていた。敦志も小さくてもう着れなくなったオーバーやズボンなど自分の手で出すように言われて、衣服ケースをひっくり返して探し出したりした。編物の収入のなかからやりくりをして、教会の募金にも応じていた。

礼拝堂の厳かな光の中で、じっと両手を組んで瞑目する母の深い陰影を宿した横顔を、敦志は母親の別な顔を見る不思議な気持ちで眺めていた。眉間に皺を寄せ、それはすべてを委ねることの安堵というよりも、もっと深いところへ、罪の暗い影の領域へ沈んでいくような雰囲気を感じさせた。母は教会へ、平穏や心の清めを得るためではなく、むしろ人間の罪を思い出し、底なしの暗闇を見つめ直すことのために祈りに来ているようにさえ想像した。心の平安と救いを求めるためではなく、恐ろしい罪を確認し、それをひたすら忘れないようにするために、そしてそこへ回帰していくために、祈りを捧げ、手の指を組んでいるように想った。その苦しそうな祈りの表情を見ていると、他の人はみな自分をだれかに委ねるために、それによって平穏を得るために目を閉じてそこに崇高な安らぎを宿しているのに、母の横顔は、眉間の皺をいっそう深め、祈れば祈るほど苦しみを増していくように見えた。そして母はそれを自らに課し、自身を苦しめるために祈りに耽り、自身を苦悩の荊で責め苛むために祈りに没頭する――母親のその表情に、敦志はむしろ自分たちの日常を壊すものを感じ、忌避し遠ざけようとするものを覚えた。讃美歌は美しく母の祈りの顔を包んでくる。人々の敬虔な、弱々しいがひたむきに祈る美しさは、一つの姿勢として清らかなものを感じた。しかし、母親のその苦しみを深めていく表情は、暗いものに落ちていく不穏な気配を感じさせ、避けたい気持ちを呼び起こした。

クリスチャンだった母の、教会の礼拝堂での眼を閉じて祈る横顔――それが今、何だったのかという問いかけとしてそこにある。沈む薄暗がりの中で目を閉じて両手を固く握り、ひたすら祈りを捧げる表情が、敦志の隣に別な空間をつくっていた。敦志の目と同じ二重瞼の閉じた目が、祈りの空間の薄暗がりに溶けている。果てしない闇の底へ降りて厳粛なものに踏み込んでいく祈りは、敦志の立ち入ることのできない清冽なものがあり、その下に蔵されている恐ろしい闇が、拒否的な世界を主張していた。それは敦志に何かを探らせ、知りたい欲求を掻き立ててくるものでありながら、逆に峻拒し、踏みこませない拒否の壁を立てているものでもあった。眼を閉じて何かに苦しげに思いを馳せ、苦しみと希望を抱きつつ、同時に地獄のようなものと向かい合う激しい闘いを想わせる。それはまたそれによって母の顔を美しく深く見せていた。

幼い時からずっとその祈る横顔は、敦志のそばにあり、教会へ連れて行かれるときだけでなく、朝や夜のひとときの垣間見える姿でもあった。それに基づいた何かが逆にいつも家に安らぎを与えていたようにも思う。それは姿を消した今でも、家の空白に存在し続けている横顔だった。ただ、それがなぜ、父親の戦争の体験と対峙するように浮かび上がってくるのかは、いまでもわからなかった。

母のことを思い出すとき、自然に怒りも憎しみも湧いてくる。どうして自分たちを突然捨てて、出奔したのか、その唐突さと理不尽さに怒りが湧いてくる。あのとき敦志は受験で、大学進学の希望に燃えて、国立大の文学部史学科をめざそうとしていた。母が突然いなくなったとき、受験そのものが自分から遠ざかっていく崩落感を覚えた。すべてがぶち壊しになり、未来へ敷かれていた軌道が失われていく気がした。受験は家庭の問題とは関係ない、本人の能力と努力の問題であり、片親で受験する者など大勢いるとは思っても、実際に食事の支度や入浴の用意、洗濯などを自分の手でやる日常を課されると、母親を恨まずにはいられなかった。どうしてわざわざ受験の大事な時期に出て行くのか、その軽挙を憎み、呪った。怒りが燃えた。もし母親に再会したら、怒鳴りつけ、殴りつけるかもしれない。罵倒し、母親失格の悪態を投げつけずにはいられないだろう。怒りと怨みの嵐が、受験が終わってもしばらく治まらなかった。しかし大学に入り、新しい環境の中で友人もでき、学生生活も軌道に乗ってくると、少しずつその炎は下火になり、母親の穏やかな顔や、自分を大事にしてくれたやさしい側面が思い出され、何かよほどなことが背後にあったのではないかと想像する余裕が生まれた。懐かしさが、母親の行動をもっと深く推理することをもたらし、客観的に突き放して母親を捉えようとする見方も持てるようになった。それでも最後の部分での怒りだけは残っていて、しばしばそれに火が点くが、穏やかな母親の表情が身近に思い出されることが、多くなり、奥を探る意思が事件を包むようになっていた。

そうした回顧の中でもう一つ燻っているのは、敦志が父親の経験を聞いているとき傍らで編物に耽りながらそれとなく耳をそばだてている横顔だった。

母親は編物をやっていた。趣味以上に家計を助ける意味もあって、あちこちから頼まれて、セーターやチョッキを編んで、お金を得ていた。家にはいつも編機の音がし、敦志が学校から帰ってくると、編機で編んでいる場所から「あっちゃん、お帰り」と声を放ってくるのがつねだった。

父の体験を聞いているとき、たいてい母親は機械を使う以外の、袖や肩綴じや手編みなど、声の邪魔にならない静かな作業をしていたが、そのときの母親の態度がひどく気になった。父親の話に耳を傾け、戦場の苛酷な現実を聞き出す敦志の姿勢に、表向きは協調しようとはしていたが、その奥底で何かそれを遠ざけようとする強く冷たい意思が感じられた。眉間に皺を寄せ、それを嫌悪し、憎むような眼差しや表情を見せる。そして頑なな、貝殻のようなものをさらに堅く閉ざそうとする意思を感じさせるのだった。本当に嫌なら、そこから離れればいいのに、なぜかそこにいる。嫌い、憎み、峻拒しながら、なおそこに立ち会おうとする姿勢も感じられるのだった。

母親は敦志の父親への質問に絶対に口をはさむことはなかったし、父親の語りを阻もうとする態度は微塵も見せなかったが、逆に戦場のすさまじさを拒否する冷たい突き放しと壁とを感じさせた。編み棒を動かしながら、父親と敦志の聞き語りをただそのまま聞いていた。関心があるともないとも思える横顔が、つねにあった。

あの頃、敦志はそれを、破壊や戦争の現実を忌避する女としての生理から来るものだと勝手に解釈していた。世間一般の、戦争に蓋をし、平和のなかに安穏とした日々を過ごそうとする一般の女性の傾向であるとあえて拡大していた。

母親との間に溝ができたのは、そのことも影響していたと同時に、中学生の頃から敦志が教会に行かなくなり、キリスト教の信仰から遠ざかったためもあった。小学校三年から始めた剣道が上達するにつれ、依存的な祈りよりも、内部を静かにさせ、自分自身を見つめる自立的な黙祷のほうに魅かれていった。他を祈るよりも、自己の精神を鍛錬することのほうが、剣道では求められた。中学・高校になるにつれて、祈ることや献身よりも、自分を見つめ、能動的に行動するほうが、スポーツには適っているように思えた。受験勉強や進学も自立的な精神の上に努力が実を結ぶ気がした。キリスト教の信仰を依存的なものと見がちになり、実際試合の前に、神に頼って祈ることをしても、負けるとかえって不愉快になり、冒瀆している気分になった。何にも頼らずにただ自分を信じて闘う方が理に適っているように思え、それが少しずつ教会や聖書の世界から敦志を遠ざけていった。母親はそれを感じ取り、寂しく思っていたにちがいなかった。敦志が父親の戦争体験に傾斜していくのと反比例するように、母親の信仰と教会の世界から離れていったことが、母親が出奔した原因に繋がっているのかもしれないと思うことがあった。少なくとも、横顔の孤独と連動していることは確信できた。

そして父親の体験を聞き、父親がそんな世界を生き延びてきたことに感心し、敬意を払うようにさえなり、そのことを通して父親をより身近に感じるようになるのに伴って、ますます母親の信仰の世界を否定し、ときには反発さえ感じて自立心を強めたことが、母親との溝を深めたことを振り返った。時が経てば経つほど、それはより鮮やかになり、確信として立ち上がってきたが、しかし一方で、それくらいのことで家を出るだろうかという疑問も膨らんでくる。少年期に母親から心理的にも離れ、隔たりを作っていく者は少なくないし、むしろ一般的とも言える。それは遠因ではあっても、直接の動機ではない気もする。結局わからない空白を深めて、虚しさと苦しさに立ち戻るのだった。

4

大学時代の思い出は、母親の失踪の余波と周囲の学生運動の騒々しい動きとの間で、それから逃れるように太平洋戦争の記録文献を読み漁ったことしか残っていない。高校時代からの傾向をさらに加速させただけだった。早稲田の古書店や神田の古本屋を回って、ガダルカナル戦やラバウル基地の記録、ソロモン海戦のことなど、狂ったように読み漁った。B29のことも、日本を壊滅させた爆撃の全容だけでなく、その開発についてもいろいろ知識を得た。さらに朝鮮戦争についても、興味を覚えて、かなりの文献を買い集めた。二階の祖父の書斎だった部屋は、敦志が集めた本や、もらった本で二倍の量になった。

東洋史学科でも何人か友人はできたものの、知識仲間として親しさを覚えるだけで、飲み会に適度に参加したり、気晴らしに誘われるままにディスコにも行ったり、映画にも行ったりしたに留まった。母親や父親のことを、腹を割って話せるまでにはならなかった。ただ、卒業旅行でインドに行った西洋史学科のアメリカ史を専攻した友人だけには、旅行の最中そのことも話し、親しさを深めた。当時学生たちの間の一つの共通的な話題だった、マルクス主義関係の本は、やがて時代がその主義や思想に合わなくなっていく気がして、ほとんど読まなかった。その点では、特にその友人と馬が合った。彼は、現在も大学に残り、アメリカ現代史の研究を進めていた。原爆の開発についても、彼はかなり詳しく知っていて、彼が教えてくれるままに、敦志も何冊か読んである程度の知識を得ていた。

異性関係は高校時代の強烈な体験があったことで、なかなか踏み込めず、適度に散らす付き合いしか持てなかった。ときどき襲われる性欲の嵐は、家庭教師のアルバイト収入が入ったとき、横須賀の飲み屋街やピンク映画で、虚しく発散させた。

敦志はもともと新聞記者になる夢を追っていて、朝日新聞をはじめ、地方新聞も含めて四社の入社試験を受けたが、すべて落ちた。一次試験、二次試験まではどれも通ったものの、面接で家族のことが話題になると、素直に母親が失踪して不在であることを吐露し、そのことで結果的に最終審査に通らなかった。出奔したまま帰らないことを馬鹿正直に言うと、面接官は一様に顔を曇らせた。「警察には届けないんですか」となかにはあからさまに言ってくる面接官もある。母親の置手紙に「探さないでほしい」とあったものの、結局は届けて探したが、埒は明かなかった。経緯を説明するのも面倒で、三回目以降の面接では、「母親は死んでいる」と嘘を言ったが、戸籍謄本を調べられればすぐにわかることなので、後ろめたさは拭い切れなかった。

それに加えて新聞記者の動機に、父親の戦争体験を挙げて、その戦歴を言うと、しだいに自分が興奮してきて、戦争への思いが必要以上に露骨になることも、悪い印象を与えたようだった。親のことに面接官が触れてこなければそうはならなかったのだが、どこも履歴書と身上書を眺めながら同じことに触れてきたのは不運だった。

出版社も狭き門で、どこにも採用されなかった。小さい出版社を含めて受けた五社は、すべて落ちた。敦志は大学に残って太平洋戦争を中心とした現代史の研究を続けるか、ジャーナリズムや出版の道を諦めて他の職を探すか、挫折感の中で、新たな道を模索せざるを得なかった。高校のとき、新聞記者への夢を語った初恋の相手に、無念さと恥ずかしさを覚えた。

そして同時に、落ちるたびに母親のことを恨んだ。突然いなくなったその空洞感が別な角度から一つの現実として自分に押し寄せてくる。もし母親が失踪していなければ、すんなり就職できたかもしれない。就職とは関係ないことだと思いつつ、姿を消した日のことが重い空白感で這い上がってくる。

前日までそんな素振りもなく、普段のままだった母親の明るい顔が、逆に憎しみの対象として浮かんでくる。なぜ自分たちを捨てて、突然姿をくらましたのか、どうしても解けない疑問が怒りに変わって、胸底を波立たせた。ずっとこの恨みと重い空白を抱えて生きていく未来が、どこか自分を歪めていく気もした。

すべて就職試験に失敗したとき、もう一つあった選択肢が、後悔とともに蘇ってきた。ガダルカナル戦のレポートや、B29戦略爆撃機についての卒業論文を読んだ東洋史学科の教授から、「大学に残って、このまま太平洋戦争を研究する気持ちはないか。情熱と意欲を感じるので、君だったら推薦してやってもいい」と言われた。自分の中に、確かにもっと太平洋戦争のことを研究したい気持ちはある。じっくり腰を落ち着けて、研究してみたい。そしてあの戦争の本質と歴史の姿に深く迫ってみたい意欲も覚えた。しかし、実社会に出て、現実の世界の中で様々な経験をし、行動によって、自分を鍛え、表現したい気持ちも強くある。経済的にも、家の事情としても、安定した状態にない。戦争のことは、自分自身でさらに学んで行く方法も考えられる。後ろ髪を引かれながら教授の言葉に事情と断りを返していたのだった。

就職がすべて失敗したとき、むしろその挫折感が、大学に残って修士への道を歩むことを苦い後悔を伴って蘇らせた。

敦志はしかし今、自分がカンボジア難民と関わるようになって、急に時代の舞台に近づきつつあることを感じていた。太い大きな流れが近づいてくる。一つには過去の領域に過ぎなかった父親の戦争体験が、カンボジアの戦争の現在に合流するように蘇ってくるためであり、もう一つは自分が携わっている現在の職業が、現実に外国への動きを帯びて、外へ向かって流れ出していきそうに感じられるからだった。

タイ・カンボジア国境とか、タイ軍とか、耳に飛び込んでくるようになって、敦志はふと生徒の一人のタイ女性のことが身近に感じられた。新宿のバーで働いている人なつこい笑顔の生徒で、「センセ、センセ」と近寄ってくる。目の大きな明るい屈託のなさが、人のよさに重なって、つい心を許してしまう。彼女が勤めているバーにも二、三度行ったことがある。大袈裟なほど喜んで迎えてくれた。確か東北タイの出身で、農家の長女で、病気の父親と五人の弟妹を助けるために、日本へ働きに出てきたということだった。ブローカーへの借金を返すまであと一年半タイには帰れない。教師と生徒という関係もあって、あまり酒に溺れず乱れない敦志をからかいながら言う。

「センセはカタブツだからね。でも、やさしい、おもいやりがある。タイではそれを水心《ナームチャイ》というんだよ」

水牛のいる家の写真を見せながら、タイの夕焼けの美しさを語って、望郷の思いを募らせる。嘘かホントか、真顔で言う。

「先生、タイに来たらウチに寄ってね。歓迎するよ。先生は私を助けてくれた。だからみんなで歓迎する」

そんな他愛のない言葉も、自分がタイやカンボジアの方向へ靡いていることを自覚させた。バーから出た帰り道、一目で東南アジアからとわかる女性たちが、呼び込みをやっている飲み屋街を歩き抜けていく。売春にも繋がっているその裏構造は、影と歪みを窺わせる一方で、彼女たちの明るさが陰湿さを薄めているのが心強かった。

敦志は日本語学校へ来ている大半の生徒たちが、こうした日本の繁華街で働いて、故国の家族に仕送りしていることをあらためて思案した。アメリカに次ぐ経済大国にのし上がった日本に、借金までして働きに出てくる原動力は、賃金の格差にあることは明らかだった。一カ月働いて、一万円前後にしかならない現地での労働が、日本では数倍、極端な場合は一〇倍以上になる。それが外国人労働者を日本に引き寄せる最大の要因だった。インドへ行ったとき、掃除人の給料は一カ月一五〇〇円で、驚かされた記憶がある。現在の日本の経済の一部は、その格差によって動いて成り立っている。それを生むものはいったい何なのか、労働にどうしてそのような極端な差ができるのか、不思議な気持ちになる。その差は一方では貧困を生み、貧困をますます深めているのかもしれない。それがどこから生じ、どこで人間を歪めているのか、何か考えるべき問題が横たわっている気もする。その深い原因を追究し、知りたい欲求もどこかにある。いつかアジアへ出て行きたい、その方向に、それも考えてみたい、一つの領域が広がっていることを、敦志は喧騒の中にふと感じた。

最初の日本語の授業を明日に控えた深夜、敦志はなかなか寝つけずに、何度も寝返りを打った。暗い底から刃のように光る眼が、自分に切りかかってくる妄想がある。それは敦志がこれまで経験したことのない陰惨な世界から覗いてくる眼差しだった。自身の妻の体を九十七回も突き刺した、憎悪と狂気の行為が、その眼の奥に繋がっている。想像を超えた惨酷な世界が、入口を見せている。そして自分は明日その前に立ち、もしかするとその扉を開くことになるかもしれない。自分が考えている以上に、それは重大なことであり、本来は自分の力の及ばないことなのかもしれなかった。敦志は怯えを覚え、引き受けなければよかったと後悔した。もともと門外漢がそんな精神科医師の診断に関与すること自体があってはならないことなのかもしれない。津田医師の勇み足とも言えるはずだった。そんな殺人者に、日本語を教えるなどということは最初から不可能なことのように思えた。あの狂気がもし自分に降りかかり、迫ってきたらどうするのか。逃げ出せるのか、恐ろしくもあった。

明日行って断ろうか、と逃避したい気持ちが大きくなってきたとき、父親の顔が浮かんできた。フィリピンの安宿で「私も人の肉を食いました」とみんなの前で告白したときの父の俯いた眼がカンボジア人の顔と重なった。あのときの衝撃と、カンボジア人の陰鬱な顔が、何か一つの共通な根として地下茎のように繋がっている。それを感じたとき、敦志は扉の前に立たなければならない覚悟が新たに湧き出してくるのを覚えた。力が及ばなくても、逃げてはならず、とにかく全力を投じることに集中しよう。そこに新たな領域が広がってくるかもしれない。そしてそれがなぜか運命として自分に課せられたことであり、未来へ遠く繋がる道であることを感じた。父の顔が少しずつ大きくなってくる。父の戦争体験の世界がより大きな闇として広がってくる。それに包まれる気がして、敦志は眠りに導かれた。そして同時に、なぜか母親の顔がその闇の中に大きくなってきた。

5

病院の門から二本の棕櫚が長い葉枝を垂れている。寒さの中でそれが委縮して見える。冷たい空気の厳しさを頬に覚えながら前庭を通って受付に入る。受付でいつもの名前の記入をすると、もう伝わっているらしく、「風間さんですね。津田先生からお聞きしています」と、すぐ看護師を呼んでくれた。

津田医師は今日どうしても避けられない用事があって、遅れて一一時過ぎに来るということだった。ほんとうは直接会って最初だけは立ち会ってお願いしたかったが、やむを得ない用事ができて、それができない、申し訳ない、と遅れることを詫びるメモを渡してくれた。『くれぐれもよろしく』とのことです」と看護師は言った。「ああ、それから、これは津田先生から渡してほしいと頼まれたものです。彼に関する追加資料だそうです」と病院の名入りの封筒を渡してくれた。裁判所の記録の一部である検察側の調書の追加コピーで、犯罪現場も含めてかなり詳しく彼に関することが記録されている。読むのも時間がかかりそうだった。

一九八一年十一月に第三回の日本定住難民として日本に来ている。神奈川県の大和の難民定住センターに三カ月いたことが記してあった。そこだけに目を走らせて、封筒に戻した。

係員は九時半から一一時までの時間の割り当てを告げてくれたが、短く切り上げてもいいし、逆に延長も自由なので、その辺は柔軟にしてくださってけっこうです、と付け加えてきた。

また日本語のレッスンだけでなく、何を話してもいいということを強調した。

敦志が「先に父と会ってもいいですか」と聞くと、「いいですよ」と答えてきた。

「とにかく自由にやってくださっていいそうです」

「それから」と係員は横目で敦志の顔を覗いてきた。

「可能なら録音させてもらいたい、ということですが」と、ポケットから小さなテープレコーダーを取り出した。

「できたらこれで……」

その話は聞いていないと思ったが、様々な面で優遇してくれている津田医師の処置を断るわけにもいかなかった。そして声を記録してはまずいという理由も見つからなかった。

「わかりました。預かりましょう。彼自身はそれを知っているんですか」

「言ってないんですが、もう裁判でさんざん記録されていますし、実質的に問題はないでしょう。治療の一環ですし。彼もたぶんそういうことはもう気にする段階ではないと思います。でも、まあ目立たないようにやっていただいた方が、本人も気が楽でしょう。すぐ慣れてしまうこともあるでしょうが」

敦志は黙ったまま、小さく頷きだけを返して、承諾の意を示した。係員は、今回の特殊なケースに個人的にも特に興味を持っているらしく、事務的な態度をかなり超えて、立ち入った言葉を投げてきた。

「彼は、あなたのお父さんとはなぜかリラックスできるようです。最初にお父さんもいっしょにいてもらいましょうか」

係員は、近づいてきた独居房の角で鍵をジャラジャラさせて手繰り上げながら、さもいいアイデアを思いついたとでもいうふうに、その音をことさら大きく立てて、言ってきた。

敦志も父といっしょのほうが気が楽で心強かったし、何よりも父との時間が多くなるので、思わず歓迎の笑みを浮かべて、

「そうしていただけるとたいへんありがたいです」と言った。「私もそのほうが楽に対面できますので」

「では、そうしてください。彼はこれまで暴れることもないですし、激情を表すこともない。ただ沈黙しているだけです。あなたのお父さんと話すとき以外は――。むしろ話すように傾けること、言葉を喋らせることの方が、彼に対しては難しいかもしれない。何か問題や要望があったら、遠慮なく言ってください。津田医師からその点、できるだけの補助をするように言われていますので」

彼はまた、少し不安そうに付け加えた。

「ここへ来てから、いちおう独居房に入れてありますが、暴れる様子もないし、比較的落ち着いている様子なので、留置場のほうにも連絡を取って、手錠は外してあります。留置場の職員

も一応近くに付いてきてはいます。危険なことになったら、このポケットベルを鳴らしてください。すぐ駆けつけるはずです」

　敦志は、係員の眼を見つめ返した。

「そういうことになっているんですか。ありがたいですね」

　すべてに見つめられている自分の立場が、あらためて浮かび上がってきた。

　最初に会ったとき、カンボジア人の浅黒い顔が廊下の暗がりでひどく暗鬱に沈み込んで見えた。その表情の奥に、凍るような硬いものが沈んで見えたことを思い出した。

　その彼にこれから直接向かい合い、話しかけ、日本語学習を試みる。撥ね返される気もしたし、無謀な気もした。これまで教えたことのないカンボジア人であるという壁以上に、難民というもっと厚い壁があるだろう。まして殺人者という人間の心の負の領域に踏み込めるだろうか。まったく受け付けないかもしれない。日本人に、底で敵意を持っているかもしれない。その敵意や憎悪が自分に向かって爆発する可能性もある。不安があり、恐怖がある。しかしそれとは相反するものも自分の中にかすかにある。そういう人間と向かい合って話をすること自体に興味もある。父親自身、戦争で実際に人を殺している。それが肉親だ。それと共通しているからこそ、父親と彼とが話せるのだろう。父親と話をしてきている以上、彼とも話せるはずだという奇妙な楽観もあった。自分の心の中が波立っている。動揺している自分を覚えた。

　先に父と会い、少し父と話してから、いっしょに彼と会ってもらうことにした。父が彼との間を取り持ってくれるだろう。それは救いだった。逆に父のほうが心配になる。敦志は父の顔を思い浮かべた。

この廊下から、棕櫚の木が見える。なぜかこの病院には樫と椎以外に棕櫚と蘇鉄が目立つ。木が多いだけ、まだ病院としては緑に囲まれているようで、落ち着いた環境に見えるのだが、中庭の棕櫚の葉が垂れ下がっているのを見ながら、敦志はこれから会うはずの父の病状にふと懸念を覚えた。三週間前、父親はあの棕櫚を指さして、「あのヤシの木に米兵が隠れている」と言った。突然「ヤマッ、ヤマッ」と叫んだ。

陸軍は戦場では、敵兵と味方兵を識別するのに、「山」と「川」という言葉を用いることになっている。「山」と呼びかけて「川」という答が返ってくれば味方だった。相手の姿が見えず、わからないとき、三度「山」という言葉を投げて返事がなければ発砲してよかった。父の口から直接それを聞いたことがある。しかしそのときはいきなり甲高い声で父からその言葉が放たれた。敵をそこに発見したような臨場感のある真剣な叫びに、敦志は驚いた。

「父さん、ここはちがうんだよ。ガダルカナルじゃない。ソロモンじゃないいんだ」

敦志は父親の肩を抱いて、「病院なんだ」と説得した。父親の眼には、あの棕櫚がヤシに見えること、戦場が現在としてなお蘇っていることが、衝撃だった。妄想が父親を包み込もうとしている。病が深化している。敦志はそれを認めざるをえなかった。

まず父親の様子を見る。病が進行していることに重い懸念を抱きながら、係員に応接室に父親を連れてきてもらった。応接室から棕櫚が見える。今日も父親は、突然「ヤマッ、ヤマッ」と絶叫し、「あそこにアメリカ兵が隠れている」と言うのだろうかと、切迫した表情を思い返しながら、父親を待った。

ドアを開けて入ってきた父親の顔は、思いのほか明るく、生き生きとして感じられた。

「よお」といつになく父親は手を上げて声をかけてきた。敦志も思わず笑顔で、

「元気そうだね」と返した。

いつもの差し入れの吹雪饅頭を出す。父親はうれしそうに綻んだ顔でその紙包を剥き、まず一つを頬張った。うまそうに口を大きく動かし、「病院からはこんなものは出ないからな」と満足げに外へ眼を向けた。その方向に棕櫚が見える。敦志はヒヤッとしたが、それに続く言葉は出てこなかった。

「これ、あいつにやってもいいかな」と敦志のほうを見ずに、外へ目をやったまま言った。

「『あいつ』って、あのカンボジア人?」

「ああ。あいつ、甘いものを好きみたいだしな」

「カンボジアにはこんなお菓子はないのかな」

「アンコみたいなものはないようだ」

父親との会話はごく滑らかに進んでいく。しかし突然破調していくことがよくあるので、警

戒しながら、調子が良さそうな今日の状態を敦志は危ぶみつつ見守った。

「もちろん、喜んでもらえるんなら、いいよ」と父親の目を覗き込んだ。

父親は笑みを浮かべて敦志の目に応えてきた。以前、フィリピン旅行をしたときの、行きの飛行機の中で、窓の外の青空に向けて見せていた弾む笑顔を再び見た気がした。

「彼とはいろいろ話すみたいじゃないか。彼はどう?」

「あいつはいいやつだ」

「それは前に聞いたよ。どう、『いいやつ』なんだ」

「奥さんとは嘘の結婚をして日本へ来たそうだ」

「嘘の結婚? どういう意味なんだよ」

「結婚した方が日本へ来やすくなるそうだ」

「日本へ来るために嘘の結婚をしたということか。偽装結婚なんだな」

「そういうことらしい」

敦志は津田医師からもらった彼に関する資料を頭の中でめくった。あの分厚い資料のどこにもそんなことは書いてなかったはずだった。読み落としたかもしれないと自分自身を訝りつつ、そういうことまで話す、父とカンボジア人の短期間での打ち解けも、気になった。

「『嘘の結婚』がどうして、『いいやつ』なんだよ」

「奥さんのほうが家族と生き別れて、困っていたらしい」

確か津田医師の資料には、カオイダンで結婚した際、どちらも初婚と記録されていたはずだった。殺した相手のことを彼がこれほど平然と話すことに、違和感と恐怖を覚えた。

「二人で日本へ来るために、結婚したということか」

「奥さんの方が外国へ出たがっていたそうだ。彼自身は日本へ来ることには気が進まなかったらしい。奥さんがアメリカへの移住を断られて塞いでいた。しかし思い直して、日本の審査を受けた。日本はみんないい暮らしをしていて、安全だからということを変に信じた。奥さんのために、その話に乗ったらしい。とにかくカンボジアを出たがっていたそうだ」

そんな話も資料には書いてなかった気がする。そこまで話して親密になっていることに、敦志は奇妙さと驚きを覚えた。敦志は覚悟を決めて、父親に言った。

「彼といっしょに会っていいかな。『日本語を教えてやってほしい』と津田先生に頼まれたんだ」

「日本語？」

「ああ」

「おまえがあいつに日本語を教えるのか」

父はまじまじと敦志の顔を見直してきた。

「あまり自信がない。ほかの人とは全然喋らないらしい。少しでも喋ってくれれば、それだけでもいいそうだよ。それで、父さんがいっしょに付いていてくれたほうが、彼も気を許すんじゃないかな。だから教えるときいっしょにいてくれないかな」

久治はめずらしく唇の端に薄ら笑いを浮かべ、それからさらにその笑いを大きくした。

「フッフッ。先生がそんなことを言ったのか。変なことを頼まれたんだな。あいつは片言の日本語は喋るし、頭もほんとうはいい。どういうふうにするのかわからんが、おもしれえな。見ているよ。おまえがどんなふうに教えるのか、息子の先生ぶりを見るのもうれしいや」

敦志は、ユアンのことよりも、むしろ父親がしっかりした会話の繋がりと生き生きした反応を見せることに、驚きと心強さを覚えた。言葉や関心がしっかり繋がって、何かに向かっている活力を感じさせる。彼との関係が、父親をも生き生きとさせていることに不思議な手応えを覚えた。父親はこの調子なら、快方へ向かえるのではないかという希望が、その反応の中に感じ取れた。

これなら、ウォン・ユアンを教えても大丈夫だと、安心した。それでも、彼が殺人者だという一抹の不安は残った。とにかく今はもう滑り出している。腹をくくって向かい合うしかなかった。

係員を呼び、彼に会って日本語の授業を開始することを告げた。

父といっしょで心強かったが、父の前で日本語を教えるのは、初めての経験だった。少し面映ゆい気持ちもあった。

日本語の授業は、特別室を使うそうだった。係員の案内で別な棟に向かった。

通された明るい部屋には、机も椅子もあり、話しやすく学習もしやすい用意がなされていた。

ホワイト・ボードまである。父親もいつもと違う場所で新鮮だったらしく、上機嫌だった。

「いま、お連れしますから、しばらくお待ちください」と言い、係員が出て行った。

敦志は部屋の様子を見渡しながら、落ち着いた雰囲気の中で、とりあえず用意してきたテキストや筆記用具をバッグから取り出した。英文の入った日本語教師の名刺も横に置いた。彼はどんな顔をしてここに入ってくるのだろう。彼はどうして父親には心を許すのか、人を殺すということの想像を超えた心理を、隣の父親の顔の中にもう一度探ろうとした。彼が殺人者なら、父親も同じだった。戦争という時代の大きな流れと圧力の中で殺《や》っているにしても、結果的に行為は変わらない。父親にすでに恐怖を抱いていないのに、彼に恐怖を覚えるというのはおかしな話だった。父親はもっとひどいことをやっているかもしれず、数もずっと多いかもしれない。そういう戦争による殺人者と生まれたときから付き合ってきて、何の恐怖も違和感も覚えない。ユアンという彼に怖さを覚えるのは、他人だからであり、カンボジア人という外国人だからかもしれない。結局慣れてしまい、何らかの親密感が出、あらたな人間の繋がりが出てくれば、それは自然に乗り越えられるとも言える。もう時間はないにしても、場合によってはすべて乗り越えられるかもしれなかった。

テープレコーダーは横に置いたが、これが彼の心を頑なにすることも考えられる。彼に了解を取るにしても、拒否されたら、録音は最初から諦めることを覚悟した。

津田医師は、日本語の授業にそれほど重きを置かないと言っていたので、とにかく話すことを優先すべきだった。日本語を学習させることは二の次に考えてもいい。父親を交えての三人の雑談という形になってもそれでよく、とにかく打ち解けて話すことがこの場合は重要だった。医師や調査官、警察の前でほとんど口を閉ざしているその殻のような内面に風を通すことの方が重要だった。敦志はそのことを何度も頭の中に確認した。そして同時に、それはカンボジア人と父親と敦志自身の個人的な行為や繋がりであるだけでなく、裁判という最終的な法的処置が伴い、警察や病院診断や、難民やマスコミのすべてに繋がっているものであることが背後から押し寄せてくるのを感じた。彼と話すこと、彼と通じ合うそのこと自体が、社会的なリアクションを持ち、波紋のように社会に広がっていく。彼自身の死刑になるかもしれない可能性も含めて、何か大きな力がここに集まり、そしてまた広がっていく。敦志は監視され、何か大きな舞台の上に乗っている自分たちを感じた。

部屋には窓がなく、ただクリーム色の壁が四方を囲んでいる。大きな文字の富士山のカレンダーが掛けられている。閉じられているが、しかし不思議にどこか温かく、清潔で落ち着く部屋だった。テーブルと椅子の薄いグリーンの色もそれを醸し出すのを助けているようだった。人工的な、あえて調和的で落ち着いた雰囲気を醸し出すように造られたその空間に、逆に治療上の意図が感じられたが、今はとにかくそれに従い、その中で行動していくしかなかった。ひょっとするとどこかにカメラが隠されているのかもしれないと妄想を抱きつつ、それにしてもよく整った平穏感が漲っていることに少し落ち着きを覚えた。

隅にポットと湯呑、お茶が置いてある。水も用意され、津田医師の配慮と期待が感じられた。逆サイドに電話がある。緑色のなだらかな曲面の電話器だった。

ドアがノックされ、病院警備員といっしょに浅黒い顔の男が入ってきた。彼が入ってくると部屋の雰囲気が変わった。あらためて近くで見ると眼が険しい。黒眼には鋭い光がより深く沈み、白目の部分が濁っている。厚い唇に紫が濃い。表情の陰鬱さに威圧感があった。

背は係員より少し低く、丸い顔形だが、頬がこけて顎が横へ張って見える。左右に鼻孔を広げた少し扁平型の鼻が本来の精悍さを保っている。ニキビ跡のようなぶつぶつした皮膚が色の黒さとともに荒れた感じを与えた。

鋭い視線が敦志を一瞬射すくめた。敵意と警戒と、何か氷のような冷たさを孕んだ眼差しがよぎった。しかし横に父親がいっしょにいるのを見て、すぐに敵意が解けた。父親を見て、破顔した。

警備員が、何も言わないことがわかっているカンボジア人を無視して、形だけ紹介した。

「ウォン・ユアンさんです。こちらは風間さんの息子さんの風間敦志さんです。日本語を今日から教えてくれます」

「風間敦志です。よろしく」と敦志は握手を求めた。

浅黒い手がそれでも応じて鈍く差し出されてきた。係員は握手に応じるその動作にも驚いたようだった。

握ったその掌《てのひら》は、ザラザラとして厚く、骨のゴツゴツした感触を伝えてきた。骨太だった。一瞬だったが、人差し指の部分に特に偏った固い曲がりを感じた。しかし全体はひどく温かかった。こだわりたくなかったが、この手が妻を九十七カ所突き刺したことを思わず連想した。しかしまたよぎったその忌避感を、父親の言葉がすぐに被った。

「おれもいっしょにいていいかな」と父親が言った。

ユアンが答えた。

「イイですとも」

敦志にはまずそれが驚きだった。口を開いた。なぜかわからない。とにかく一つの扉が大きく自分に開くのを感じた。そして同時に、そこからとほうもない世界がはてしなく広がっていくのを覚えた。

それは初めて聞く野太い声だった。嗄れてどこか引っかかるような声に、鍛錬を経た厳しい響きがある。しかも最初の「い」だけが強調される奇妙な抑揚のある日本語だった。

「私はこれで」と警備員はとにかく言葉を交わしたそれに、驚きと満足を示しながら、退室した。

「何かありましたら、あの電話で連絡してください。09で直接私につながります。時間は二時間が目安ですが、長くなっても、短くなってもかまいません。終わったらまた呼んでください。お茶も水も自由に飲んでくださってけっこうです」

ドアを閉めた音が、敦志の仕事が始まったことを告げてきた。

あらためて彼と正面から向かい合った。その眼の黒さと鋭さが、自分の奥底を射抜いてくるように感じる。こういう眼に敦志は初めて会った。自分の底を脅かしてくるものがあり、それがいったい何なのか、見当がつかなかった。その瞳が深く自分の底を覗き込んでくる。彼はいったい自分の何を覗き、何を探っているのだろう。敦志は逃げるように彼の視線から眼を逸らした。

父親が横からまた話しかけた。

「まずこれを食べよう」と手にしていたビニール袋の吹雪饅頭を出した。自分からお茶を入れた。

父親に対しては壁が感じられなかったが、敦志に対しては、彼は拒否するような、蔑むような突き放したものが含まれている。久治の息子であるということで心を許す視線であると同時に、何かに疑問を抱き、何かを端《はな》から信用していない、ある意味で蔑みのようなものが含まれている。

タイミングが悪いと感じながら、義務として敦志は横のテープレコーダーを中央に取り寄せて断りを入れた。

「テープは録音《と》らせていただいてもいいですか」

彼は冷たく鈍い表情のまま黙って頷いた。無関心とも言えたし、何かをとうに諦めている無表情さだった。

「イイですよ。ケイサツでも、リュウチショでも、カメラがありましたから」とぶっきらぼうに言った。殷々と響いてくるような声だった。とにかくまた答えてきた。彼とは、対話ができるかもしれない。日本語を教えることも可能かもしれなかった。

お茶と饅頭を勧めた父親に、「アリガト、ゴザイマス」とユアンは丁寧に応えて、それを頬張った。うまそうにそれを食べ、お茶を飲んだ。父親も、饅頭を口にしたまま、無言でユアンを見守っている。

食べ終わって日本語の学習に移ろうと、彼の顔を正視したとき、敦志は威圧感を覚えた。こちらがどんなに動いても、一瞥で圧倒されてしまう、しかもその底に自分には見ることのできない暗澹としたものがある。高校生の頃、剣道でいくらかかっていっても太刀打ちできない七段、八段の剣技を思い出していた。面金の向こうに見る眼の、すべてを射抜き、すべてに反応を予測して、いっさいを圧してくる重い威圧感に似ていた。底の見えない力の違いが、敦志を金縛りにしてくるようだった。そしてそのとき、同時に、近くにいるとばかり思っていた父親の存在が、同じように重く威圧感を伴って、彼と並んで見えた。彼と同じように、地に足が着いているその根の張りの強靭さが途方もない力となってあらためて敦志の前に大きく立ちあがってきた。父親と息子という親しさの中で隠されていたものが、その被いを外して、彼と響き合いながらあらためてその裏側の相貌を露わにしてくるのを覚えた。人を殺すということの行為の、タブーを越えてきた危うさが、ひどく生々しく立ち現れてくる。父親から聞いていた凄惨な戦闘の現場が、まったく違った相貌を持って解き放たれ、押し寄せてくる気がした。ただ、彼というカンボジア人を隣にしただけで、こうも父親が経てきた戦争の体験が違った相貌をもって立ち現れてくるのか、敦志は現実というものの奇怪な魔力をあらためて突き付けられているのを覚えた。今初めて、父親が何人も人を殺し、戦争の現場で敵の肉体や原住民の肉体を突き殺したことを実感した。その行為がウォン・ユアンというカンボジア人の存在を通して、あたかも彼がその触媒となっているように、あらためて生々しく、鮮やかにそこに現前してくるのを覚えた。

そのとき、浅黒いユアンの顔に奇妙な冷笑に似た表情が浮かんだ。敦志を見つめている。二人して、敦志を殺しに来ても、おかしくない気がした。その笑みは敦志を蔑み、嘲笑っている。かすかに唇の端に浮かんだ笑みが、想像もつかない冷酷なものを宿している。現実をいっさい凍結させるような、気味悪い笑みが敦志に投げ下ろされていた。

考えてみれば、父親にとって、敦志は確かに子供だったが、戦争の体験を経たのち、命からがら苛酷な体験を生き延びたそのあとで、結婚して誕生したものにちがいない。その殺人と戦闘の世界が優先するのであって、結婚と子供の誕生とはそのあとの幸運な結果にほかならず、付け足しの意味があるのかもしれなかった。ユアンと向かい合い、その赤裸々な世界を共有した者同士として並び合うとき、後のことは遠のき、その峻酷な世界が剥き出しになって歩き始めるのが自然かもしれなかった。そのとき、敦志は確かに彼が人を殺していることを実感し、だからこそ父親と共鳴し、響き合っていることを感じた。そしてそれがむしろ自分を弾き飛ばし、戦争の現実の前に敦志を無視し、踏み躙《にじ》って跳梁し始めるのを覚えた。

それは敦志を嘲笑い、敦志を拒み、敦志を遠ざける。「おまえに何がわかるんだ」と嘲っている。父親とユアンと二人して嘲っているようだった。敦志は、そうだ、その通りだ、おれにはわからないと屈服し、居直るしかない気がした。

そのとき敦志はなぜか母親の横顔を思い出した。奇妙なことだった。なぜこんなところで突然母親の顔が浮かんでくるのかわからなかった。しかしそれはむしろ彼と向かい合うことのうちに自然に湧き出てくるもののような気がした。不思議に彼の何かがそれを思い出させていることを直感した。共通なものがどこか繋がっている匂いを嗅いだ。

敦志は逃げるように、テープレコーダーのスイッチを入れた。どうせ嘲笑われ、侮蔑され、拒絶される。それなら「ダメもとだ」と、自棄《やけ》気味に、その赤い録音の光が点いているのを見ながら、とにかく始めようと思った。

「ユアンさんは何年生まれですか」

彼は冷笑をいったん奥に引いて、敦志を試すように応えてきた。

「一九四九年生まれです」

「生まれはどちらですか」

「カンボジアのタケオです」

「兄弟は何人ですか」

「四人です」

それまで口を開かなかったということが、嘘のように思えた。簡単に扉が開いてしまっている。なぜかわからないが、とにかく普通に喋っているのだった。これならうまくいきそうだった。受け答えはしっかりしているし、日本語も悪くなかった。日本語の授業に熱心ではなかったにしては、かなり身に着いていると言えた。発音も「イ」の発音から癖を感じたが、連ねてみると、それほど悪くない。父親の久治とある程度話ができ、親密になるのも納得がいった。

話すうちに、自分の日本語教師としてのペースができ、流れが見え始めた。少し落ち着いた。

「ユアンさんは長男ですか」

「はい、そうです」

「下は弟さんですか、妹さんですか」

「弟が一人、妹が二人です」

敦志は、そこであとの質問をためらった。

資料にも、彼自身の作文にも、妹二人は死んだ、という記述がある。どうして死んだのか流れから尋ねてみたかったが、それを言わせることは、最初から重い領域に踏み込んでいくことになる。初回からそれでは、急激すぎるようにも思えた。今回はそれは避けるべきと思った。

とりあえず、こちらの質問については付いてくるようだし、普通のコミュニケーションは取れるということが確認できただけでも、初回としては十分だった。

津田医師は、警察でも、検察でも、とにかく彼は口を閉ざしているので、困っていると言った。しかし今は不思議に言葉を喋り、意思を疎通させている。閉ざしたその貝殻のような蓋を今はなぜか開いている。カメラマンの武田の「あなたが」という言葉が思い出された。そこには「警察も、弁護士もだれも口を開かせることができなかったのに、あなたにできるわけがない」というニュアンスがあった。しかしとにかく彼は今、話している。その現実は、第一歩としては成功したと言えるのかもしれない。とにかく答えてくるということは、やはり父親が隣にいるからだろうか——。儀礼的に、父親の顔を立てて口を開いているとも考えられたが、しかし警察に対して口を閉ざすということは、たとえ外国人であっても、尋常ではない、よほどの強い意志か、頑強さか、それとも病気か、一筋縄ではいかない何かがあるはずだった。単純に父親の存在が理由だと断定することはできないのかもしれなかった。敦志は父親のほうを見ずに、話題を変えて、質問を続けた。いまはとにかく打ち解けることが重要だった。どんな形であれ、会話を続けることが最優先だった。もし会話が続くとなると、それ自体、津田医師の診断の大きな参考になるだろう。敦志は、テープレコーダーの感度を少し上げた。

敦志は別な角度から質問することにした。いろいろ聞いて、彼が関心のあることを引き出し、それに沿って日本語の聞き取りや表現を高めていくのが、特にこの場合は適っている気がした。一般的な質問によって周囲から柔らかくアプローチしていくのがいいのではないかと思った。

「日本に来てから何カ月ですか」

「……」

返事がなかった。考えてはいるようだった。

「一年以上ですか」

「……そうです」

「日本はどうですか」

「……」

また返事がなかった。あの作文には、「日本は新しくて、すごいです」という感想があった。その新鮮さはすでに色褪せているということか。別なものがすでに覆ってしまっていることのようにも受け取れた。突然彼は険しい眼を敦志に向け、唾棄するように言った。

「日本人はきらいだ」

敦志は突然の露骨な言葉に驚き、思わず父親の顔を見た。父親は目を瞑っている。「日本人はきらいだ」というユアンに対して、なぜ父親は打ち解け、ユアンも心を許しているのか、敦志はまだ見当がつかなかった。敦志は狼狽を抑えて問いを返した。

「なぜですか」

彼は敦志の眼を射抜くようにして答えた。

「……みんな、仮面《マスク》をつけている」

もう一つはっきりわからなかった。ただ、彼は本音を言っている。それは注目すべきことだった。なぜ唐突にこのようなことを言い出すのかわからなかったが、とにかく彼が何かを表現していることは、重要だった。

「どういうことですか。意味がわかりません」

昂ぶりを抑えて敦志が聞くと、思いがけず、父親が助け舟を出してきた。

「『仮面を被っている』と言うんだな。それは最初におれも聞いたよ」

彼は、明確な大きな声で怒鳴るように言った。

「殺すなら、はやく殺せばいい。ポル・ポトのほうが早い」

斧を振り下ろすような声が部屋中に響いた。その圧倒的な言葉に、敦志はいっさいが粉砕される気がした。自分の試みも、津田医師の試みも、そして彼を裁こうとする裁判そのものも、微塵に打ち砕かれるのを覚えた。その前にはすべてが空転してしまう。それは直接に、自分たちに向けられてくる破砕的な言葉であると同時に、この日本社会そのものに対する挑戦的な、否定的な言葉だった。

最初からこのような根底的な言葉を交わすことに、敦志は驚きとともに、困惑を覚えずにはいられなかった。こんな会話の上に、日本語を教えるという行為そのものがすでに無意味に思えたし、このまま会話を続けていける自信もなかった。日本語授業とは別な次元にすでに行ってしまっている。どうすればいいのかわからなかった。敦志は混乱の中にひたすら方向を探した。

「あなたは殺されるとは決まっていない。死刑になるとは決まっていない」

こういうことを日本語教師が言うべきではないことはわかっている。しかし苦し紛れにとにかくこの場を打開するしかなかった。

「あなたを救いたいと思っている人たちがいる。それは嘘ではない」

彼は疑いを深めていく眼差しで、敦志を睨み返してきた。それは、何かを探るように敦志の奥底へ降りてきて、まさぐるような、抉るような執拗な鋭い視線を投げてくる。おまえに何がわかるのかというどす黒いものをそのままのしかけ、敦志を、ユアンが祖国で体験してきたとほうもない領域にそのまま引き摺り込んでいくようだった。恐怖のただなかへそのまま落とされていく気がした。そして同時にその中に、奇妙な希求として、何か別のものをも必死で敦志の中に求めている蠢《うごめ》きのようなものが感じられた。黒い鈍重なものの中に異質なものがあり、何か絆を求める気配を感じた。それはどこか遠い、そして深いところで、共通なものの匂いをかぎ取ろうとしているようだった。

敦志自身の発した言葉は、ある意味で空々《そらぞら》しく、ある意味で偽善的であり、彼にとって何も実質を持たない、単なる言葉によるその場限りの繕いにすぎないのかもしれない。敦志でなくても、だれが発しても、結果としてもそうなるしかない、浮いた言葉だった。本気で彼を救いたいと思っている人間が、この日本にいるだろうか。敦志自身を含めて、だれもその言葉に適うような人間はいないのかもしれない。弁護士にしても、難民定住センターにしても、同僚のカンボジア難民たちにしても、本気で彼を救いたいと思っているだろうか。弁護士はただの職業上の役割にすぎない。難民という興味はあるにしても、仕事が済んで報酬を手に入れれば、あとはごくまれなケースとしての実績と体験としてしか記憶に残らないだろう。マスコミもニュース・バリューとして追い求めているだけで、彼の内面に切り込んで、問題の本質に近づいていく迫り方はしないだろう。そうすると結局、彼を断罪しようとする日本の社会そのものが、空回りして、彼を死刑に追いやって虚しく終わっていくのかもしれなかった。難民も戦争も空疎に巡って消えていくだけのように思える。その儀礼的な空虚さの前で、彼の日本での行為を断罪しようとしている裁判の本質に向けて、彼の言葉は、鋭く刃を向けていくものだった。

敦志はすでに敗北を認めるように、父親に救いを求める意味で力なく問いを発した。

「この日本のお菓子はおいしかったですか」

彼は長い沈黙のあと、言った。

「……おいしかった」

「好きですか」

彼は、敦志の問いを外して、父親の久治のほうを見、笑顔で言った。初めて見る笑顔だった。それは子供のような表情だった。

「カザマさんも、これスキですか」

甘党の父親は、ユアンに相槌を打つように言った。

「おれはこれが大好きなんだよ。いつもこれを息子に頼むんだ」

なぜ父親はこのようにユアンに打ち解け、ユアンも心を許しているように見えるのか、まだ理解できず、その壁の前に自分が弾かれているそれが、また敦志を苛立たせた。饅頭を叩き潰したくなった。

「わたしもスキです。これ、うまい」

父親はもう一つを勧め、ユアンは黒い手を包みに伸ばした。敦志はほっとした。机にひろげた日本語の教科書など、すでに役に立たない。敦志はそれを閉じた。

殺すという罪を犯した者の前で、死刑になるべく法に裁かれようとしている者の前で、日本語など役に立たない。それはよくわかった。では、自分はここでいったい何をすればいいのか。

敦志は父親の方を見て、父親はこれまで彼とどういうことを話したのだろう、とその共通な基盤を知りたかった。その打ち解ける内容はいったい何なのか——やはり、人間を殺したというその経験と実感からなのか、もしそうだとすれば、ほぼ永久に自分は彼の心の中に入っていけないことになる。その回路は自分には決して見えないのだろうか。そこまで到達し、そこから入っていけないことを悟ったとき、彼との間には何か別の回路があることを、敦志は奥底の直観として感じた。それは本能的な匂いのようなものとして、互いに漠然と何かを感じ取っていた。しかしそれがいったい何なのか、敦志には考えが及ばなかった。

その直接の回路に立ち入ることはできないにしても、自分と父親との関係——その一部に彼は心を許している。そうでなければ口を開かなかっただろうし、このような場も許さなかっただろう。自分は父親と戦争中の体験を辿るため戦地を旅した。体験の内質には迫れないにしても、それを受け止め伝えようとする息子としての行為は、ひょっとしたら彼も共鳴するものを感じ取ってくれたのかもしれない。敦志は、思い切ってそれに賭けてみた。父親を通して、父親のルートを使って彼への回路を通そうとした。

「私の父は、第二次世界大戦のとき、戦闘に参加しました。私はとてもそれに興味を持ちました。父といっしょに戦争のあった場所へ行きました。それは私に大きな変化を与えました。わかりますか」

彼は関心なさそうに、饅頭の最後の一塊を呑み込んで、儀礼的に頷いた。斜《はす》に視線を投げて敦志を見返した。

父と彼だけが共有しているものが、むしろ自分を拒み、侮蔑し、冷笑している。父親までが、その向こうから敵対するように自分を隔てて嘲笑っている。その壁の内側へ、たとえそれを大きく破壊するにしても入っていかなければならない。敦志はその破壊の意思の中に、むしろ二人に共通しているものへの参加の鍵が横たわっているのを覚えた。父への反発もある種の残酷な意志として動いた。

「戦争のなかでとはいえ、私の父はフィリピン人を殺したんです」

彼の眼が動いた。敦志は自分の吐く息が熱くくぐもるのを覚えた。

彼は言った。

「カザマさんはそれをいいました。わたしはもう知っています、それ」

彼は自分と久治の絆を見せつけるように、敦志の眼をその鋭い瞳の光で覗き込んできた。「だからといって、おまえにそのことがわかるのか」と問いかけてくるようだった。

次に放った敦志の問いが、ただ単に父親と言う者の存在を問いかけたにすぎないにもかかわらず、予想もしなかった激昂を彼にもたらした。

「あなたのお父さんは何をしていたのですか」

彼は突然恐ろしい形相で敦志を睨んできた。今にも敦志に襲いかかろうとするような険悪な表情になった。敦志は一瞬殺気を覚えた。

「My father!　You don't know my father!」

そのあと、敦志の知らない言語が解き放たれ、機関銃のようにわけのわからないカンボジアの言葉が溢れ出た。敦志の父親もあっけにとられ、またその激しい、怒りを伴ったすさまじい言葉の流失にただ任せていた。しばらくその言葉の奔騰が続いたあと、彼は肩で息をしながら、「死んだ」と言った。

そしてさらに憎悪に燃える眼を虚空に彷徨わせた。放心と憎悪とそして狂気が混じった、ひどく空白感のある奇妙な領域がその部屋に生まれた気がした。彼はそして、久治の方を一瞬見たあと、もう一度敦志を正面に見据えて唾棄するように言った。

「わたしが殺した」

父親が驚いた顔で彼を見つめた。それは、父親も初めて彼から耳にする言葉だった。敦志は呆然とし、言葉が出なかった。その言葉をどう受け止めればいいのか、彼が何を言おうとしているのか、どういう意味でそれを言っているのか、理解できなかった。言葉通り「父親を殺した」とすべきなのか、父親の死の原因に彼自身の行為が関連し、その偶然のために、父親が死ぬことになったのか、憶測した。ただ、彼の言葉には、尋常でない語気が感じられた。それはけっして嘘ではない。彼が内部から渾身の力を込めて言っている迫力があった。なにかとてつもないことを言っている、そのことは確かだった。そして敦志は、この日本語を教えるという授業が最初から予想をはるかに超えて、とんでもない方向へ走り出すのを覚えた。

第三章　契り

1

夜の底がざわめいている。広い一人だけの横須賀の家で、外の草木や海の闇さえも、気味悪く動いてうねっている気がした。それがまたひどく現在の孤独感を深めてくる。頼るべきものも縋るものもなく、ただ夜の奇怪な褶曲の直中に晒されているようだった。病院でのことが強烈に蘇り、眼が冴えていつまでも眠れない昂ぶりを掻き立ててくる。そしてその昂ぶりが熱を持てば持つほど、自分が暗闇の中に置き去りにされ、しかもその暗黒が深く自分を包みこんでくる気がした。

ユアンの言葉は衝撃だった。「はやく殺せばいい」という言葉、そして「わたしが父を殺した」という言葉、どちらも敦志の根底を揺るがす激しい言葉だった。

津田医師と会って第一回の日本語授業の報告をしたものの、そのあと家に戻ってからも、それを自分としてどう捉えればいいのか、わからなかった。

あのとき、父親はユアンのことをどう思ったのか、もっと聞けばよかったと思った。しかし狼狽がその冷静さと余裕を奪い、ろくに父の方を見ることさえなく、負け犬のようにその場を立った。逃げたのだ。

この孤立感はいったい何なのだろう。独り闇の底に放り出されたようだった。そして彼の言葉が、どうして自分にそういう感覚を呼び起こし、根底まで揺るがし、荒野に投げ出される素裸の孤独感を呼び起こしてくるのかわからなかった。

彼の圧迫感の下で、彼と父の二人の戦争の世界が自分を拒み、それによって父に裏切られた気がするからだろうか。父親からも、どうせお前には戦争の実態なんかわかりはしないのだと、突き放された感覚に襲われたからだろうか。彼と二人して、敦志自身の根の浅さを嘲笑われたように感じたからだろうか。確かにそれもある。いままで父親の戦争体験を絶対的なものとし、それを全部自分に打ち明けてくれていたものと信じていた父親の中に、まだ隠している何かがあり、それをまったく新たな壁としてあの場で立ち上げてきた。二人が自分を冷笑し、どこかで嘲笑っているように感じた。確かにそれもあるが、それ以上に何かまだ敦志が知らないとほうもないものが隠されていることを、彼の言葉が暗示しているように感じたことが敦志の底を揺るがせてくるのだった。彼はまだ言っていない重要なことがある。それは巨大な氷山を想わせる。まだ今日の言葉はごく一端にすぎない。そしてそれは、奇妙なことに、どこか自分の奥深くの部分に抵触してくる何かを孕んでいる。はっきりしないものだったが、それが自分の奥底を漠然と脅かしてくるからだった。

　そしてそれだけでなく、裁判や資料には表れていない、彼についてまだ日本の警察や裁判所が明らかにしていないことがたくさんあり、それが直接自分たちに向かって意外な露出を見せ、それが一気に自分たちにぶつけられたことに重圧を覚えたことも混乱を助長していた。なぜ自分たちにそんなことが振り向けられるのか、彼は何を自分たちに吐露し、何をぶつけようとしているのか、それは自分たちに受け止めきれるものなのか、まったく予想ができなかった。しかし確かに自分たちにたいして傾けようとする何かがそこにあった。しかもその理由が、まったくわからない。ただ投げ出されてきたものの重さが自分を圧倒してくるのだった。

　同時に何かが自分を脅かしてくる。それが何であり、自分のどことどう繋がっているのか、わからない。しかしこの動揺の底に渦巻いているものは、自分の奥底にある、何かに漠然と働きかけてきて、深く底を鳴り響かせてきていた。

　彼は死刑になるのか、彼は日本の社会で吊るし上げられ、判決を言い渡され、そして社会から消えていくのか、彼に接し彼が身近に感じられれば感じられるほど、その死の可能性と間近に迫った運命の岐路とが、自分を突き上げてくる。

　あの言葉は確かに本音だった。彼は人間としての本音をぶつけてきたのだ。警察でも、難民定住センターでも、カンボジア人の仲間にも見せなかった彼自身の内部とその秘密を、どうして父親と自分には示そうとするのか——その意図は何なのか、まったく見当がつかなかった。

そしてこれがどう裁判に影響し、判決に反映されるのか、その怖さもあらためてのしかかってくる。

敦志は彼との授業の試みが終わって、津田医師に報告をしに行ったときのことを思い返した。遅れて病院に出てくると聞いていた津田医師は、すでに看護師の報告を受けて、自分の控室で敦志を待っていた。

室に入ったとき、津田医師は敦志の動揺を察知し、「たいへんだったようですね」と労いをこめて言ってきた。しかし顔を正視することなく、そのまま何も言わなかった。敦志は録《と》ったテープを渡して「この通りです」と言ったものの、うまくいかなかったことを告白せざるをえなかった。「日本語の授業はほとんどできませんでした」

「あとでゆっくり聴かせてもらいます」と津田医師は言い、重要な点を質問してきた。

「彼は喋ったんですね」

敦志は深く頷いて「喋りました」と答えた。

「まず、その点がとても重要なんです。彼は警察ではまったく喋らなかった。弁護士にも喋らない。難民定住センターの所長にも喋らない。しかしあなたには喋った。なぜだと思います?」

「私の方がそれを聞きたいです」と敦志は津田医師の眼を疑うように強く見つめ返した。

「やはり、そばにお父さんがいたからでしょうかね。でもお父さんがいるとなぜなんでしょう」

敦志は、言いたくなかったが漏らすように言った。

「共通点があるからでしょう」

「共通点？」

「どちらも戦争の現場にいた。人を殺したり、殺されたりする現場にいた、ということです。あまり言いたくないですが」

津田医師は沈黙した。

敦志は追いかけるように尋ねた。

「この録音は自白証拠にもなるということでしょうか」

「使い方によってはね」と医師は苦いものを抑えるように口を曲げて答えた。

「でも、私はあくまで診断の根拠としてしか使わない」

「そうですか。私もそのほうが安心して話ができますが……彼はよくわからないことを言いました」

「どんな」

「『父を殺した』とか」

「ほう……」

「やむをえない事情があって父親を死に追いやってしまったのか、彼が自分の手で殺したのか、わかりませんでした。しかし日本語で言ったにしても、強い言葉でした。私にはショックでした。このことは、もし自分の手で実際に殺した、ということが明らかになって、検察が知ったら、裁判では不利を招くことになりますか」

「普通はね。心情的な面からでしょうが」

「ということは、今後その方向に行ったら、これは表に出さない方がいいですよね。比喩としてだけの言葉でしたら問題ないでしょうが」

「その『殺した』という言葉だけではなんとも言えない。しかし何かありそうだ」

「正直に言って、私には荷が重いです」

医師は敦志の逃げ腰を察して焦りを込めて結論を急いだ。

「ぜひもう少し続けていただけませんか」

敦志は日本語教師としてのプライドが粉砕された恥ずかしさが自分を包んでいるのも覚えていた。

「……とにかく最初から、そういうことになってしまって、日本語の授業にはなりませんでした。私には荷が重いです」

半ば逃げるように、立ち上がり、ドアのノブに手をかけた。敦志はふと思い出したことを最後に付け加えた。

「彼がクメール・ルージュだったということは、当たらないかもしれません。『殺すなら、はやく殺せばいい。ポル・ポトのほうが早い』と言っていましたから」

津田医師が呼び止め「あさって、また……」と言ったのがわずかに聞こえたが、ドアを閉める音でそれを遮った。

あのとき、まだゆっくりそこにいて、津田医師の見解を聞けばよかったと後悔がこみ上がってくる。

引き留め、続けてほしいと懇願する津田医師の顔が、鮮やかに浮かび上がってきた。

ふと敦志は自分が置かれている闇のただ中で、むしろその闇を深く蝕知したくなるような衝動に駆られて、起き上がり、庭の縁側からつっかけを履いて、土の上に立った。

自分の家は荒廃を深めている。ここへあまり戻ってこないことが、それを加速させている。父親の心の荒廃に比例しているようだった。

庭は、昔父や母が育てた草木が手入れされないまま荒れ放題に伸びている。梅がやがて春の開花を孕んで、冷えのなかにそれでも密かな力を溜めているようだった。

以前、父親はその庭に真夜中よく枕を持って飛び出し、「敵機の攻撃だ」と必死の形相で伏せたことを思い出した。また庭に穴を掘り、防空壕を造って、そこに飛び込むことを何度もやって敦志と母親をあきれさせた。そして別な深い穴を掘り、母親を座らせて上から土をかぶせようとしたり、また自分が底に横たわって「おおい、上から土をかけろ」と怒鳴ったこともあった。その情景がありありと蘇り、父も母もそこにいままたいるような気がした。

ガダルカナルの父の戦争のことが思い浮かんだ。闇夜に木や草を掻き分けながらジャングルを進む熱い息が渦巻いている。マイクロフォンがジャングルに仕掛けられた中を、罠にかかっていく闇夜の行軍が、皆殺しの緊張を孕んでいる。遠い砲声とともに真っ暗な中にいきなり曳航弾が走る。いきなり明るくなる。そして砲弾と機関銃の嵐がいっせいに襲いかかってくる。米軍との熾烈な戦闘の現実が、濃い闇夜に潜んでいるような気がした。たくさんの死体が置き去りにされたままジャングルに残されている話が、脳裡に蘇った。

隣の家との境界にある梅の木に母親が手を掛けて、父の穴を掘る作業を見つめていたことを思い出した。そこから手を離して父に言われるままに穴に身を横たえた母がいた。父親の異常さも強烈だったが、その父の言いなりになって身を横たえた母も、奇妙だった。その素直さが、夜の中でひどく浮き上がったものとして、敦志の胸に今も残っている。それは、失踪にも遠く繋がっているのかもしれなかった。あのとき、たしか二月で、梅が丸い濃い紅の花びらを夜の冷えの中にいくつか開かせていた。その梅は、母親が岡山の実家に帰ったとき、どこか広島のほうに足を延ばしたさいに持ち帰って植えたものだった。数年して細い樹にかわいらしい花が初めて咲いた。母はそれを見て、涙をこらえるようにして「えらいね。えらいね」と繰り返して喜んだものだった。母親はそれに唇をつけていた。その花の可憐な色と、まだ蕾としてこれから咲こうとする力を孕んでいるいくつかのふくよかなものが隣の家からの薄明りに浮かんでいた。敦志は以前、梅の幹に触れ、紅い開花を宿したそれに、ふと闇の中から浮かび上がって遠い地へと繋がっている何かを感じた。闇を通し、東京の夜の底から星空へと昇りどこか彼方へ遠く翔けていく一つの思いがある。それは自分の思いであると同時に何か母の意思のようにも思えた。そしてそのとき、敦志は母親の生存を想った。母親は、この世界にまだ生きている。自分たちを置き去りにしてどこかへ行ったが、知らない地で必ず生きてこの夜の空気を吸っているという実感が、あたかも天から降りてくるように自分に届いてくるのを覚えた。母親は生きている。自分たちを裏切って出奔したものの、どこかに必ず生きていて、自分たちのことを思っているという確信が天啓のように自分に降り注いできた。そしてそれがどういうわけか、ユアンの放った言葉とどこかで繋がり、この夜の闇の中に絡まり合って星空へ昇っていく気がした。星の瞬きの中から降るように下りてきたそれは、一つの確実な力として自分を励ましてどこかに連れていくようだった。導いていくその力を微かな縁《よすが》として敦志は前へ進んでいく自分を覚えた。

ふと、逃げてはならないと敦志は思った。もし逃げたら、自分は闇の中で光を得ることなくどこまでも彷徨い続けるだろう。奈落の底への渦に吸い込まれていく。もう永久に浮かび上がれない。逃げてはならず、ただひたすら降りかかってくるもののただ中へ身を投げ入れることでしか、この渦から脱出できない気がした。

空に半月が傾いている。逆方向にオリオンの星座も輝いている。敦志はもう一度、あさっての彼との授業のために、日本語授業よりも、彼との話を深めていくために、決意を固めた。父親との時間も多くなる。父親も回復しないとは限らないのだ。ただ父親を現実の中に留め戻らせようとする敦志の意思だけが、この世界とを繋げている。その絆を少しでも強くするために、いっしょにいる時間を増やすことにも適っている。

敦志はまたユアンの資料のことを思い出し、前に買っておいたカンボジアの現代史の本や難民に関する本をひろげて、その状況に対する知識を得ようと部屋に戻った。

2

翌日になっても、やはりユアンと向かい合う胸の不安はまだ残っていた。続ける意志は確固たるものが立てられたものの、いざ向かい合ったら、どうすればいいのか、自信がない。どんな方向へ進めていけばいいのか、具体的なイメージが浮かばない。彼の底なしの黒い眼を見返すことさえ、恐ろしく感じられた。不安を払拭するために、ヒントや手立てが欲しい。自身の混乱をもっと落ち着かせるために、具体的なものが欲しかった。縋る思いでまた『沈黙と微笑』の本をめくっているうちに、突然衝動を覚え、あのカメラマンに会って、何か聞きたくなった。彼がカンボジアの世界を直接に伝えてくれて、何か助言を与えてくれるかもしれない。受話器を上げた。

プッシュボタンを押して、呼び出し音が二回繰り返されると、受話器の向こうから、快活な声が返ってきた。

――やあ、どうも。僕も気になっていました。難民に日本語を教えるのはどうでした？――

よく憶えていてくれたことに、うれしさが湧くと同時に、日本語の授業が失敗した後ろめたさが戻ってくる。

「……それがどうも、……うまくいかなくて困ってしまって……」

とにかく会いたい旨を伝えると、強い声が跳ね返ってきた。

――僕も彼のことは聞きたいです。でも、申し訳ないんですが、六時にタイから電話が入ることになっている。タイの新聞社からなんです。いろいろやりとりがあるんで、事務所にいないとまずい。離れられない状態なので、よろしければここに来てくれませんか。よかったら、この事務所へ来てくれるとありがたいんですが、どうです？――

フリーカメラマンの事務所にも興味が湧いた。何より難民の話が別な角度からもっと聞けるだろう。事務所は新宿にあるという。新宿まで、笹塚からは二駅だった。すぐ行くことにした。

西新宿のビル街の奥裏に隠れる位置に、燻んだ茶の壁のマンションがあり、その三階に事務所はあった。狭いエレベーターで上がって四階で降りると、すぐ右手前の扉に「Wing Photo Press　ウィング・フォト・プレス」と、英語と日本語の表札が掛かっていた。フリーのカメラマン三人が集まって使っている合同事務所で、武田の名前を含む三人の名前がプラスチックボードに記されていた。インターフォンを押すと、「やあ。ようこそ」と声が返ってきて、扉が開いた。

初めて見るカメラマンの事務所は、男だけの乱雑さが目立った。

入口近くに小さなキッチンがあり、奥に二部屋がある。トイレは写真現像のための暗室にも使われているらしく、赤い大きなセロハンに「暗室」のラベルが貼られ、ドアに赤い磁石がいくつも付いていた。新聞や雑誌の切り抜きが壁一面に貼ってある。カンボジアの難民の記事の切り抜きも幾重にもある。他のカメラマンのものらしい沖縄や韓国の記事の切り抜きもあった。赤で囲まれた新聞コピーもある。大型のＦＡＸが横に置かれ、最奥のやや広い部屋にはそれぞれが仕事をする三つの机が置かれていた。照明器具やフラッシュの機材も並べられている。インスタントラーメンの容器が他のカメラマンの机に放置されていた。机の上に積まれた本やライト・ボックスを下へ降ろして、予備の折り畳み式の椅子を広げて、武田は敦志の座る場所をつくった。それからキッチンに立ち、ネスカフェのインスタント・コーヒーを淹れながら、「みんなそれぞれ取材やロケに行っているので、あんまり顔を合わせないんですよ」と事務所の現状を説明した。

「ミルクは入れますか」という声に「お願いします」と答えながらも、予定表のボードに三人のそれぞれのスケジュールが記入されているのを見て、武田の欄にタイ行きが矢印とともに記されているのを確認した。そのボードの下に連絡帳がぶら下げてあり、それぞれが不在のときの留守当番が記入して連絡を記すことになっているらしい。緊急の場合は、県外でも、外国でも電話連絡するという。

「一人で借りると、家賃が高くて払いきれないので、三人で分担して合同事務所を作っているんです。こんなに狭くても家賃一三万円なんですよ」

壁の新聞切り抜きの小さな一つに、「カンボジア難民、妻と子供を刺殺」のベタ記事があった。神奈川タイムスの切り抜きで、赤の線で記事が縁取られている。敦志はそれを指で差して尋ねた。

「あれがウォン・ユアンの事件なんですね」

それが本題に入る契機になることを感じた。武田もそのことを早く聞きたい様子だった。二人を殺した事件にしては扱いが小さいのは、やはり津田医師も言っていたように、報道が抑えられているせいであることを推量した。そのことを言うと、

「そうですね。朝日も読売も、出ていない。確かにメジャーな報道は抑えられているんです」

という予想した答えが返ってきた。

「やはり……そうですか」

「彼はポル・ポト派だったという噂があって、もしポル・ポト派を受け入れたとなると、外務省の落ち度になる。しかも、難民が殺人事件を起こしたとなると、今後の難民受け入れに大きなマイナスになるのでね。マスコミも協力させられたわけです」

敦志は初めての日本語授業で自分の失敗を吐露する躊躇が混じって、まだ肝心な報告を切り

出せなかった。

武田は敦志が自分から話さないことに、それとなく失敗だったことを察しているようだった。そこに「案の定」という予測が含まれているようで、結局いたたまれなくなって自分から切り出していった。

「ウォン・ユアンとの日本語の授業はうまくいきませんでした。失敗です」

溜息とともに、言葉を切り上げた。

「……ほう。具体的にどうだったんです？　詳しく知りたいですね」

敦志はそのときの状況をむしろ自分自身を振り返るようにありのままに話した。特に「You don't know my father!」という言葉と「私が殺した」という言葉を、あのときの衝撃とともに、カメラマンに告げた。

しばらく黙って聞いていたカメラマンは、敦志の結語を引き取ったのち、一呼吸置いて、ぽつんと言った。

「……彼は喋ったんですか……」

そしてまた、カメラマンは黙り込んだ。それからコーヒーを一気に飲み干したあと、

「裁判は振り出しに戻るのかもしれない」と呟いた。

ユアンの最後の言葉も気になるようではあったが、それよりも武田にとっては、ユアンが喋ったことの方が、驚きであり、衝撃であるようだった。警察も、検察も、裁判官も、いっさい拒

否していた容疑者が、なぜ突然話し出したのか、そのことのほうが重要であり、裁判の行方に大きく関わることを懸念していた。

そのとき突然、電話のベルが鳴った。壁に跳ね返るのか、けたたましい音で、普通の呼び出し音より大きく響く。「すみません」と言って、カメラマンはすぐに受話器を取り、耳に当てた。

「ハロー。イエス。ディスイズ　タケダ、スピーキング」

タイからの電話らしく、英語で応対する武田の顔は、タイの世界にもう繋がっている遠方への表情をして、険しい顔をしていた。「アイ　スィー」を繰り返しながら、何か先方の説明に聞き入っているようだった。最後に「サンキュー　ソウ　マッチ」という言葉と「ザ　デイアフター　トゥモロウ　アイル　コンタクト　ユー　アゲイン」という言葉を言って、受話器を置いた。

「ベトナム軍がポル・ポト軍の基地に攻撃をしかける準備をしているということです。タイの知り合いのカンボジア国境にいる朝日新聞の情報提供者《ストゥリンガー》からです。個人的に頼んでおいたので、こちらにも情報を回してくれた。タイに戻ったらちょっと忙しくなりそうだ」

いろいろな情報ルートを持ち、それが日本に帰国しても直接電話がかかってくるネットワークに驚きつつ、同時にそのことがフォト・ジャーナリストというものの一面を示しているようで、その活動的な仕事ぶりに敦志は新鮮なものを覚えた。それは敦志がこれまで見たり聞いたりしてきた職業とはまったく違う、行動的で先鋭的な仕事に映った。

武田は、頭を切り替えるようにして、また敦志の前に座り、言い直した。

「彼は、喋った。あなたに口を開いた。それは重大なことだと思います。正直言って、私はあなたにそんなことができるとは思っていませんでした。失礼しました」

敦志は、武田の正直な吐露に、逆に信頼感を覚えた。

「喋ったことが、そんなに裁判に大きく関わるんですか」

「たぶんね」

「しかし、私はもうやらないかもしれませんよ。もうできない気がします。彼は怒って私を否定したんですよ」

「いや。とにかく彼は内部を見せたんです。怒ったということ、それ自体が劇的なことで、それは彼の扉をかすかに開けたんです」

予期しない言葉に、敦志は戸惑いを覚えた。彼の怒りの声と表情を思い出し、自分にはとうてい踏み込めない領域を触知した気がして、心が震えるのを覚えた。内心は、もう一度だけやってみようとは決まっているが、それでも踏み出せない恐怖がある。武田はそれを見透かすように、きっぱりした口調で言った。それはカンボジア国境の難民の現場がそのまま押し出されてくるような力がこもっていた。

「もうやらないと決めたんですか」

「……あと一度だけは、と思っていますが……」

「もっと続けてください。彼にはとんでもない背後があるような気がします。それを開けられるのは、あなただけだ。いま彼の、あんなに堅かった扉が開きかかっている。我々の想像を超えたカンボジア難民の世界がある。それに彼はポル・ポト派かもしれない。ひょっとしたらそれも出てくるかもしれない」

見つめてくるカメラマンの眼差しに、迫ってくるものがある。彼自身現場の報道では触れられない大事な何かがそこにあるのを察知しているようだった。敦志はその真剣さにたじろいだ。

「頼みます。難民の報道に携わる人間からも、お願いします。なんとか続けてください」

武田は敦志を励ます以上に、懇願のように、頭を下げた。

「我々は真実を知りたい」

そこには難民を長く見てきた者の、何かを引き受け、もっと深く知ろうとする強い姿勢と情熱が滾っていることが感じられた。それは彼の、現実と向き合う一つの根本的な態度を想わせた。

敦志は報道に携わる人間の強壮な姿勢を見せられた気がして、胸を打たれた。その情熱を受け止めずにはいられなかった。彼へと同時に、敦志は自分自身へ向けて言葉を投げ降ろした。

「わかりました。努力してみます」

頷きが返ってきた。

3

就職試験で軒並み失敗し、挫折感を味わったあと、敦志が結局潜り込む形でなんとか就職できたのは、父親の間接的な仲立ちで実現した中規模の印刷会社だった。電気やカメラのメーカーのマニュアルや紹介パンフレットを受注する営業部に配属された。最初は先輩や上司の営業マンに付いて行き、得意先の宣伝部に顔を覚えてもらい、そこから仕事を繋いでいく。慣れてくると一人で車を運転して各企業の宣伝部を訪ねて、新製品などの印刷物の発注があるかを根気よく伺い、機会を得て印刷物の注文をもらう。

印刷技術も一から習得しなければならず、当初は帰宅してからも、夜遅くまでトンボや断ち落としなどの用語を理解し、色校正や紙の種類や厚さなど新たな知識を詰め込まなければならない。印刷インキと機械油のにおいの立ち込める工場内を回って、刷版やオフセットの輪転機の工程を学び、どの段階でどれだけの修正が可能かも頭の中に叩き込んだ。印刷の営業マンとして一人前になるには相当な知識量と経験が必要だった。

やっとなんとか印刷知識も身に付き、独り立ちできる自信がつきかけたとき、車の追突事故に見舞われた。赤井電機というビデオのメーカーの工場に向かって走行中、信号で停車した際、後ろから二トントラックに追突されて、鞭打ち症で入院した。病院のベッドでギブスを填めて寝た深夜、やはりこの職種をずっと続けていくことは自分の将来に展望が見えないことを痛感し、退院のあと、惨めな気持ちで退職願を出した。入社して一年も経たずに意気地なく挫けたヤツという視線が、背中に注がれていた。

そのあとは、どの求職もうまくいかず、職種を転々とした。児童書籍の訪問販売もやったが、口先だけで母親を騙すような営業行為は、虚しかった。ビルの補修工事にも従事したものの、セメントをこねてコンクリートの隙間に埋めていく作業は、一時しのぎにはなるが、自分に合った仕事には思えない。あとは臨時の働き口がほとんどで、どれも長く続かなかった。辞めるたびに、どんどん落ちていく不安を覚えた。父親が自分の会社の上司に尋ねてあげようと慰めてくれたが、倉庫番を一生していく気持ちもなく、早稲田の同級生の自分より成績の悪かった仲間が一流出版社や放送局に就職して羽振りよく活躍している姿に触れるたびに、惨めな気持ちになった。

働き口のない辛さや、無為感や、社会への非所属感に苦しんだ半年を経て、あるとき新聞で見た学習塾のアルバイトに応募したところ、すぐ面接の通知が来て、少しの面談のあと、翌日から出勤してくれと言われた。教師の職を得てやっとひとまず落ち着いた。

教えることは嫌いではなく、数学、英語、国語と何でも教えた。塾側も何でも教えられる便利さを買って、たくさんのコマ数を持たせてくれた。要点を掴んだメリハリのある授業で子供たちもすぐになついてきた。子供と話をしながら、受験勉強以外にいろいろな話をすることがおもしろかった。横道へ逸れることはほどほどにしなければならなかったが、以前父親から聞いた戦争の話をしてやると、子供たちは静まり返って、真剣に敦志を注視した。飢餓の話、爆弾の話、米軍機の機銃掃射の話など固唾を飲んで聞いている。「センソウ」というあだ名がつくほどに、子供たちに人気を得た。塾長からは注意されたが、子供たちからせがまれるので、五分以内に終わるようにして、細切れに話した。一年もするとかなり貯金もできるほど収入も増えたが、ある塾生徒の母親から、授業の合間に戦争の話をし、子供に残酷な体験を伝えるのはどうかというクレームがついて、塾長から呼び出された。敦志はそれが悪いとは思わなかったし、ほとんどの子供は目を輝かせて聞いていたので、それを止める意思はなく、抵抗を示した。塾長も人気の点から「控え目に」という主張だったものの、経営を優先する塾長の言葉の「戦争の話なんか金にならんよ」と言った言葉への反発が、つい感情を掻き立てて、結局衝突してしまった。重要な過去の遺産が、受験という欺瞞にまみれて消されていくことには耐えられない。それを曲げてまで生活の糧を得ることに固執するのは我慢できなかった。あれほどの犠牲、あれほどの死者が出ている直前の歴史をどうして直視しないのか、その犠牲を子供たちや後世に伝えていかないのか、腹の底に怒りが湧いてくる。学習塾の授業にそんなことを振りかざしても無意味なことはわかっていたが、これをどうすることもできない自分にまた怒りが湧いて、結局そこも辞職した。塾を出て歩く自身の上に青空が広がり、その抜けるような深い鮮やかな色に孤独を覚えた。

職を転々としていたあの頃、時代背景としてインドシナの情勢もつねに動いていた。自分の辛い時代に、背後を流れていたシーンとして、意外に鮮やかに記憶されている。

敦志が高校から大学の頃、新聞紙面にはつねにベトナム戦争が報道されていたし、テレビでも、南ベトナムの大統領のことや米軍の動き、サイゴンの様子やアメリカの北爆、沖縄のB52のことなど、頻繁に放映されていた。まだ中学の頃、映画のニュースやテレビで、ベトナムの仏僧がガソリンを頭からかぶり焼身自殺をして戦争反対の抗議をした映像も鮮烈に残っていた。生きたまま炎に焼かれていく衝撃的な映像は、いま振り返ればベトナム戦争の長い戦乱の幕開けを象徴していた。

大学時代、全共闘の学生運動の嵐が吹き荒れていたときも、インドシナの戦争はつねに傍らにあった。ベトナムでは、民衆勢力が命がけで戦っている。米軍の爆撃や砲撃で毎日のように犠牲者が出ている。その事実が、学生運動を鼓舞し、共に戦う連帯感を湧き起こさせていた。アジ演説の中に「ベトナムでは……」という言葉が入り、戦争の具体的事例がその言葉に共闘感を持たせ、運動を煽っていた。

敦志が浪人のときの新宿騒乱も、アメリカ軍の航空機燃料が新宿経由で運ばれていることが動機だった。米軍への協力を許していいのか、断固阻止するという反戦行動が、発端だった。横田基地経由で、沖縄やベトナムに運ばれる兵站物資が確かにあの頃大量にあり、それの遮断はベトナム戦争に関わることにはちがいなかった。一般的には気づかれないところで、日本はベトナム戦争に大きく関わり、軍需景気も含めて、それに深く連動していたことは否めなかった。

あの頃、新宿などではゴーゴーバーが流行り、顔もよくわからない暗い照明の中で大音響の激しいロック音楽に身を委ねて狂乱に酔いしれることが先端的な遊びになっていた。早稲田に入った当初クラスの友達ともの珍しさと興味半分で入ってみると、そこは確かに暗闇を利用して造られた刺激の強い空間だった。内部の強烈な原色の色彩は「サイケデリック」という言葉で流行色になっていた。ショッキングピンクなどのけばけばしい色は、今振り返ると、麻薬の幻想が基調になっていた。すさまじい原色の乱舞が陶酔感を煽って、それに溺れることを強要する。言葉が聞こえないほどの音の中で、ときどき眩しいフラッシュに瞬時の姿を固定させて、残像の幻を叩きつけてきた。現実を忘却させる異空間に溶けることが、若さというエネルギーの発散の形の一つとして謳歌されていた。それはしかし、ベトナムのサイゴンや、沖縄や、タイの米軍基地周辺の米兵の享楽を基盤にして生み出されていたはずだった。戦闘の恐怖から戦場でも周辺でも麻薬が蔓延し、死と隣り合わせの危険を忘却したいその衝動が、強烈な刺激を求める。それがはるかな距離を隔てて、安全の中の都市の若者の享楽と結び付き、グループサウンズなどの流行と融合して、遊興の一面を彩っていた。結局その流行は、インドシナの戦争の一側面を反映していたことになる。麻薬も、その頃は東南アジアから横田基地などを経由し、米兵を通して日本人にもたらされた経路もあった。それほどベトナム戦争が日本の風俗にも影響を与えていた。

横須賀でも米軍の艦船が戦場の熱気を帯びて帰港していた。そのときは上陸した米兵たちの喧騒が横須賀の街を不夜城のように祭気分を盛り立てていた。高校のクラスメートが、私服でそれに紛れて米兵たちの酔狂に加わって特異な体験を楽しんだりし、敦志もそれに加わったこともある。体のいかつい兵士たちの歓声に、戦場の緊張からの解放感が爆発していた。あの歓楽の勢いには、ベトナム戦争の裏側の顔が満ち溢れていたことを、今になって振り返ることができる。高校二年の時も、クラスでベトナム戦争反対の討論がなされ、米軍基地そのものに抗議のデモをかけようという過激な提案もあったり、一部は実際に大学生に混じって羽田闘争に参加したりした。敦志の生活の様々な場で、インドシナの戦争は激しく渦巻いていた。

しかし敦志が大学を卒業し、就職失敗の彷徨と挫折に喘いでいたとき、インドシナの情勢も劇的に変化していた。七三年一月にベトナム和平協定が結ばれて、それに基づいて米軍が撤退を始め、戦争の高揚感が潮のように引いていったあと、日本の学生運動も行き詰まりと挫折を見せて、武闘派や過激派が分裂台頭し、結局警察に追い詰められて、自壊していった。浅間山荘事件が起き、赤軍派のハイジャック事件が起き、三菱重工ビルの爆破事件が起きて、社会の支持を失い、崩壊していった。

敦志が最も苦しかった一九七五年に、ベトナム和平協定を破って、北ベトナム軍が南ベトナムに侵攻し、四月三〇日戦車部隊をサイゴンに突入させ、陥落させた。あのとき、大統領官邸の上で高々と勝利を謳って旗を振ったのが、北ベトナム軍兵士だったことに、敦志も驚きを覚えた。そういう形でのベトナム戦争の帰結は、日本に正反対の二つの反応をもたらした。

ベトナムはアメリカとの長い戦争に勝ち、打倒したという、抵抗勢力の完全勝利を祝う声と、やはりベトナム戦争は北からの侵略戦争であり、和平協定を破って侵攻した、共産勢力の狡賢いやり方の結果だと非難する声もあった。マスコミ自身も狼狽しているなかで、結局現実に追随する形を取って、抵抗勢力側の勝利であり、ベトナム戦争はこれで完全に終わったと結論付けていたように記憶している。

サイゴンのセンセーショナルな報道の陰で、すでにカンボジアのプノムペンはそれより約二週間前に共産勢力によって陥落していた。当時敦志自身もそのことを新聞の紙面から見逃していたことをあらためて振り返らずにはいられなかった。華々しいサイゴン陥落に目を奪われ、カンボジアの出来事には目がいかなかった。それは日本の報道そのものが小国のカンボジアにたいしては周辺弱小国家のこととしてそれほど目を向けず、重視されていなかったことにもよっていた。敦志にとっても、それがちょうど自分の働き口のない最も苦しい時期に重なっていて、その苦い思いの方がカンボジアのできごとを遠くさせ、覆っていたことを、今さらながら思い起こすのだった。

敦志が印刷会社を辞めて足掻いているとき——一九七五年の四月一七日にポル・ポト軍に

よってプノムペンは陥落している。インドシナ関係の本によれば、当時首都から放射状に延びる主要道路はすべてポル・ポト軍によって抑えられ、首都は完全に包囲されていた。砲撃が空港にも及ぶ中、ヘリコプターで脱出する米軍や外国人関係者、軍高官とその家族などで、プノムペンは末期状態だった。市街は都市住民と政府軍の残存部隊、流入難民や外国人などで騒乱状態にあった。

今になれば脈絡を持って振り返ることができるものの、当時は、ベトナムがどうなっているのか、なぜ北と南に分かれて戦うのか、なぜ政治混乱が続くのか、ホー・チ・ミンがどういう人間であるのか、勉強して初めてわかることだった。この世界のどこかにある激動の一部であり、確かに存在はするがあくまで遠い戦争として漂っていたにすぎなかった。

インドシナの戦争の現実をそれほど把握することなくある熱に浮かされていた当時の世代感覚を、敦志は自分の歩いてきた道筋の背景としてあらためて思い返した。

これらの様々な本を読めば、あの当時ベトナム戦争はたんに北と南のベトナムだけの戦争ではなく、カンボジアやラオスをも含んだインドシナ全体の戦争だったことが認識される。B52の爆撃機がなぜベトナムやカンボジアを爆撃するのか、太平洋戦争よりはるかに多量の爆弾がなぜ落とされたのか、そしてなぜその効果が薄かったのか、なぜカンボジアの元首シハヌークは亡命生活を続けるのか、それらの事情は遠い出来事として、脈絡を持たないまま断片的に浮遊しているにすぎなかったが、一〇年以上経ってこれらを読むと、やっとそれらが繋がってくるのだった。

ユアンがもともと住んでいたタケオは、そのB52の爆撃地域であり、ゲリラ戦の激しい地域だった。そこから避難するため、家族でプノムペンに移住したのかもしれなかった。

プノムペンでどういう生活をしていたのか、タクシー運転手をしていたというが、詳細はわからない。その後ベトナム軍がカンボジアへ侵攻するまでの四年間はどうしていたのか、履歴には表れていなかった。

4

なかなか寝付けなかった。目を閉じると、ユアンの顔が浮かび上がってくる。暗い顔の中から、憎悪に満ちた眼差しが鋭く光っていた。その攻撃的な光が、また自分に向かってくることを想うと、苦しくなってくる。津田医師はだれともほとんど喋らないと言っていたが、それはほんとうだろうか、と訝りたくなってくる。ほんとうにだれとも話さないのか。もしそうだとしたら、なぜユアンは父親と自分だけには話し、しかも自分には攻撃的になるのか、牙を剥いてくるように何かをぶつけてくるのか、その理由がわからなかった。怒りを硬い殻のうちに凍結しているはずなのに、なぜ激しく自分に生の感情をぶつけてくるのか——。なにかその怒りを通して、むしろ迸り出てくるものがあるようにも思えた。ユアンの意思以上に暗い大きなものが喉をひろげている気がする。それが、ユアンという人間を媒介にして黒雲のように大きくひろがってくる。ユアンの殺意がまだどこかにくすぶっていることを感じる以上に、それが自分を呑み込んでくる恐怖が襲ってくるのだった。

奇妙なことに、それと同時にこれまで聞いてきた父親の戦場の体験の世界が、より鮮やかに、大きく渦巻き始めるのを覚えた。双子の生きもののように動き出している。それはユアンの世界と互いに追いかけ合い、螺旋運動をなしながら、勢いを強めていく。求め合うように巡りつつ、それぞれがいっそう膨張して生き生きとその世界を鼓動させてくる。そして激しく燃え上がる野火となって敦志を大きく巻き込んでいき、炎の竜巻に膨張していっさいを吸い上げどこかへ運んでいく予感を起こしてきた。

父親がどうなっていくのか、立ち上がって来る不安の中に、逆に父親から聞いた戦争の情景が動き始めるのを覚えた。

ガダルカナルの闇夜は熱帯植物の呼吸がそのまま溶け込んでいるような濃密さがあったという。その中に、蛇や蠍《サソリ》や大百足《オオムカデ》が蠢いている。瘴気が立ち込めていた。昼間は米軍飛行場からの飛行機の監視と攻撃で動けない。夜の闇に乗じて動くしかなかった。一日一回降る豪雨で、何もかもびしょ濡れになる。テントも跳ね返りの雨滴が激しく、役に立たなかった。音を立てないように言明されていたが、歩行とともにときおり水筒が銃身にぶつかる音や、飯盒《はんごう》が触れ合う音などが湿気の密林に響く。熱帯植物の大きな熱い葉を掻き分ける音も、ときおりバサッと響く。アメリカ軍は、密林のあちこちに小さなマイクロフォンをしかけていて、それで日本軍の動向を探っているのだった。

時間をかけて全体の動きを把握し、日本兵を完全に罠に捉えて射撃準備が整うと、一斉に攻撃してくる。袋の鼠として殲滅戦をしかけてくる。それは遠くから打ち上げられる照明弾によって口火が切られる。いくつも空の高い位置で強い光が放たれ、真昼のようにあたりが明るくなる。二つ、三つと続けて打ち上げられ、パラシュートでゆっくり降りてくる間、ずっとジャングルは明るく照らされるのだった。その光の下で、味方の兵の姿が浮かび上がる。知っている顔が向こうで振り返り、背嚢や飯盒の形や銃を持つ手が浮かび上がる。太い熱帯雨林の木々や蔓などすべてのジャングルの様相が照らされる。そしてそこに一斉砲撃が開始される。さらに機銃掃射が始まるのだった。白い光が筋を曳いて、横殴りの雨のように降り注がれる。米軍の夜の攻撃は、すべて曳航弾によって行なわれ、弾の軌跡が手に取るようにわかる。それは光の川のように白い筋を曳いて闇夜を裂いてくる。そしてその中に味方がバタバタと倒れていく。うつ伏せになる者、仰向けに弾かれた者、脚を粉砕された者、真っ赤な血を噴き出している者と、夜の中の真昼に、戦闘の地獄が浮かび上がる。あまりのすさまじさに撃つことはもちろん、顔を上げることさえできない。父親の久治はただ地に伏せて、砲弾が地を抉って土を巻き上げ、銃撃が嵐のように降り注がれる轟音の攻撃に耐えていた。砲弾が破裂し、木々を薙ぎ倒す。白い銃弾が、熱帯の厚い葉を貫く。新たな穴があちこちに開き、それまでのジャングルの形が土ごと変わってしまう。爆風が頭上を荒れ狂い続ける。動けば殺《や》られる。土にしがみついて頬をひたすら埋めるしかなかった。

父親から聞いたその情景がなぜかひどく鮮やかに浮かび上がってきて、ユアンの瞳のどす黒さに重なった。

5

病院の津田医師に電話で連絡し、カンボジア人との授業を続けることを告げて、あらためて手配を頼んだ。津田医師は喜ぶ声で、それを受けてくれた。一方でこれが最後になるかもしれないという危惧を払拭できないまま、敦志は翌々日病院へ足を運んだ。父親と会えることも、歩みを誘った。

授業になるかどうかわからなかったが、とりあえずまた日本語授業の用意をして、敦志は同じ部屋で一人ユアンを待った。再び踏み込んだものの、不安は拭いきれない。前回のときのように、最初から激しい言葉に対して何も応ずることができないまま、また逃げ出すような失態に終わるのではないかという恐れをかかえ、対話室のテーブルに教科書とメモノートをひろげた。

父親は病状が悪く、その日はいっしょに立ち会えないということだった。それもまた不安を深めていた。もし今日も前回と同じように彼の感情が激しかったら、日本語を教えることも今日で打ち切りにするほうがいいだろう。自分の力不足で、何もできなかったことを素直に認めることで、津田医師に謝罪しようと腹を決めていた。

父親のことがひどく気になった。前日夜中に発作を起こし、興奮状態がひどく、鉄格子を叩き、喚いたり、怒鳴り散らしたりしたそうだった。「おれはやってはいないぞ」「眼が飛び出しているぞ」とわけのわからないことを叫び続けたという。当直の係員が駆けつけて、医師と看護師の三人がかりで押さえつけ、鎮静剤を打って、鎮めたと聞いた。まだ目が覚めず、面会もできなかった。

最近よくなっていると思っていたことが覆された気がする。ユアンが現れて、間接的にしろそばにいて話すことで、父親も安定し始めたと思っていたのも錯覚だった気がした。こうなってみると、逆にユアンと話すことで、過去がぶり返すように勢いを増してきていることも考えられた。このままもうずっと悪くなっていくのかもしれない。

ここへ来るとき、廊下の窓から棕櫚が見え、そこに米兵が隠れていると言ったときの父親の真剣な、そして敵意に満ちた眼が蘇った。銃を撃とうとするような殺意を含ませた疑いの眼の鋭さが、敦志を圧倒して棕櫚の陰に注がれていた。その鋭い眼に、自分が何も遮ることができず、錯覚であることを示して過去を断ち切ってやることができない無力さを、いまさらながら、空しく感じつつ、ユアンに対しても同じ自分を思い重ねていた。

ドアがノックされた。

ユアンが入ってきた。ユアンは病院服を着ていた。ユアンが係員に促されるように椅子に座ったとき、その動作や顔の表情に、変化があった。

底へ沈んだままの沈鬱な頑なさや、いつ暴発するかわからない鋭さはそのまま確かにあったが、どこか低いような姿勢がある。敵意を硬く殻にしているものの、その一部にわずかに柔らかなものが感じられた。思いがけない変化だった。ユアンは下を向いている。そして敦志が「こんにちは」と言ったのに対し、伏せていた眼を上げて、敦志に合わせた視線を投げてきた。その眼に真摯な光がある。

「せんじつ、すみませんでした」とユアンは言った。ユアンからこのように謝られることが意外な気がした。敦志は首を横に振って、

「いや、私こそすみませんでした」と答えた。敦志は儀礼的にテープレコーダーを指し示して、

「これ、また録音《と》らせていただいていいですか」

「いいです。どうぞ」

従順な声が返ってきた。スイッチを入れるとすぐにユアンのほうから言葉を出してきた。

「おとうさん、ダイジョブですか」とユアンは父親への懸念を示した。父親のことを知っているそれに、敦志は意外な驚きを覚えた。敦志以上に父親のことを知っている気配があった。

「私は今日会っていないので、確かなことはわかりません。でもだいじょうぶでしょう。もし危険な場合は、何か医師から言われるでしょうから」

「おイシャは何も言っていませんか」

「何も言ってきていません。ただ、眠っているので、今は会えないということでしたから」

「ソウ……」

ユアンは、これまでの険しい眼差しを弱めていた。この変化は何なのか、敦志が訝しく思っているところへ、意外な言葉をぶつけてきた。

「わたしのせいです。おとうさんが悪くなったのは」

「どういうことですか」

ユアンは黒い瞳を敦志に向けてきた。

「わたしがポル・ポトの殺し方をはなしたとき、おとうさん悪くなった。おとうさん、急におかしくなった」

「ポル・ポトの殺し方？」

「そう」

「どういうことを話したんですか」

「穴をほらせる。それが終わると、手を後ろにしばって、穴のそばにすわらせる。目かくしする。うしろから、棒で首をたたく。強くたたく。穴に落ちる。そのことです」

「そんなことを話したんですか……。そのあと父は、どうなったんですか」

「急に大声あげた。どなった。『おれはやってない』言いました」

敦志はフィリピンで、父が原住民を殺した話を思い出していた。あのときは銃を使わなかったはずだった。そのときの棍棒で打つ殺し方が、ユアンが話したポル・ポトの殺し方と同じかもしれなかった。それに強く反応したのかもしれないと敦志は思った。あらためて、ユアンの顔を見つめた。

「わたしのせいです」とユアンは繰り返した。

「あなたのせいではありません」と敦志は否定した。父親が直接手を下していないにしろ、部隊の仲間といっしょに原住民を殺したことに変わりはなかった。

「私の父は、フィリピンで村の人を殺しました。戦争に参加して、たくさん人を殺している。それを思い出したからでしょう。あなたのせいではない」

「わたしはもっと殺している」とユアンはすぐさま言った。

敦志は次の言葉が出なかった。どう言えばいいのかわからない。「もっと殺している」というのはどういうことなのか。「何人」とか「どのくらい」とかを聞く流れになるのだろうが、こういう質問を投げることが憚られた。自分の聞くべきことではないと思った。敦志は黙ったまま、ぎこちなくテープレコーダーに眼を落とした。躊躇があったが、思い切って胸に溜めていた疑問を投げつけた。質問を投げたとたんに後悔が走った。

「あなたはポル・ポト兵だったという噂がある。あなたはポル・ポト兵だったんですか」

彼は敦志の眼を正視した。じっと敦志の眼を覗き込んできた。そして深く頷きながら言った。

「……ポル・ポト兵でした」

驚きとともに、敦志は言葉を継いだ。

「……しかしポル・ポト派の難民だったら、日本の難民定住審査にはパスしなかったでしょう」

「わたしは隠しました。たくさんウソつきました」

質問すべきことではないという警告が頭の中で鳴り響いていた。こんなことに踏み込むべきではないと赤ランプが明滅している。しかし自分の意思とは関係なく、激しい勢いで進んでいくものがある。歯止めがきかなかった。雪崩れ落ちるように深入りしていくものを感じた。敦志は、姿勢を正し、正面から向かい合わざるをえないものを感じて、覚悟とともに、疑問をぶつけた。ユアンにわかるように、ゆっくり、言葉を発した。

「あなたは、弁護士にも、警察にも、何も話さない。ずっと、黙っていた。口を開かなかった。そうですね」

「そうです」

「なぜ、私の父と私には話すのですか。そして、私にはどうして隠していたことを言うんですか」

ユアンは敦志の眼を見つめ、カンボジアと日本という国の隔たりを越えるもっと強烈なものを直接打ち出してきた。肌の色も、言語の壁も乗り越えて、敦志の底を覗き、まさぐるような視線を投げ入れてきた。ぞっとするような、底なしの谷を覗き込む眼差しだった。そんな視線を敦志はこれまで見たことがなかった。それは怒りや憎悪や呪いを鋼鉄のように固めて何かに向けて発しないではいられない、鋭利な刃を感じさせるものだった。呪詛よりももっと暗黒の力を蔵した瞳の光を敦志は初めて目の前にしていた。

ユアンはそしてその眼を閉じ、それを封印するかのように、天井に頭を向けた。それは部屋の閉ざされた空間で上を向くというよりも、建物の上に広がる空へ向けて閉じた目で天を仰ぐように見えた。天に向かう黒い意志があり、それがここに再び戻ってくるようにあらためて言葉を発した。

「……なぜか……なぜかわからない……わたしは死刑になるでしょう」

「まだ決まっていない。だからみんなが……」

「わたしはたくさん人を殺した。だから死刑になってもしかたない。当然です」

言うべき言葉を探したが、やはり敦志には見つからなかった。なぜか父親のことが被さってきた。父親も人を殺している。間接的にしろ戦争とは無関係なフィリピン原住民も殺している。米兵も撃ち殺し、刺し殺している。父親とユアンと殺した数はどちらが多いのか。父親のほうかもしれない。しかしユアンがポル・ポト兵だったとしたら、直接手を下した相手はユアンのほうが多いかもしれない。どちらかはわからない。――しかしユアンは裁かれ、父親の行為は問われない。時代がそうしたからか。戦争がそうさせたからか。ユアンの罪とは何か。ユアンの「たくさん人を殺した」という言葉の周りを、事実が掴めないまま、ただ虚しく駆け巡っている気がした。

「わたしは死ぬ。ただ……」

ユアンはその言葉のところで言い詰まった。必死で言葉を探しているようだった。そして何かに思い当たったように、低く言った。

「死ぬまえに……言っておきたい。だれかに」

たどたどしい日本語であっても、それは鉛のように重い言葉として敦志を撃ってきた。そして、なぜ彼がそれまでだれにも何も喋らなかったのに、父親と自分だけに口を開き、言葉を発してきたのかわかった気がした。同時に彼の言葉を受け止めることの重大さとあまりの役割の大きさに自分が堪えられるのか、不安を覚えた。

「あのひとたちには、はなしてもわからない……」

彼は唾棄するように言い、その眼差しを内部の黒い領域に彷徨わせた。

「わたしは怒りでいっぱいだ……これはあの世へ持っていって、神にぶつけるしか、ないのかもしれない。わたしは神を呪っている。日本の裁判はわたしを裁けない」

彼はまた瞑目し、天井を仰ぎ、眼差しをしばらく彷徨わせたのち、深くうなだれた。その眼はひたすら自分の中の暗黒を見つめているようだった。彼は自分の死を想っている。死の現実を自身の姿として、人生として受け入れ、受け止めている。すでに死を重い鎧のように着ていることが、彼の存在を敦志とは隔てていた。

ユアンはそれからまた、もう一度敦志の眼を覗き込んできた。

「わたしの人生の最後に、わたしはあなたのお父さんとあなたに会えてラッキーでした。あなたたちと会えたこと、とてもよかったです」

その眼差しは、死を賭けた何か痛切なものが込められていた。そしてそこに死の向こう側に投げられる強い願望のようなものが潜んでいることを感じたとき、敦志は彼の奥底の深い部分で自身の何かを震わせ、共鳴してくるものを感じた。それは何かわからない。しかしユアンの最も奥にあり、彼の行為や行動や人生の生き方そのものを支配している原動力がそれを基軸に動いていることをいまはっきりと感じると同時に、それが敦志自身の中の何かと共鳴し、奥底を鳴り響かせてくるものであることを覚えた。それは人間を殺したという父親と彼との共通行為以上に、もっと自分と彼との芯に潜む血の脈動として動き続けているもののような気がした。彼はまだそれについて言葉を発していない。しかし直観的に敦志は理解した。それが何かわかった。敦志は彼に共感を覚えた。彼と自分とを繋ぐものがたしかにあり、それが何であるか、得心し、受け止めたのだった。敦志は母親の顔を思い浮かべた。

それを確認したように、ユアンは言った。

「わたしは、父親を殺した。この手で、わたしは殺した」

話が別の方向に向かうことを感じたが、根を二人の間に残したままそちらへ移った確信があった。

「それは、前にも言いましたね。そのことはこの病院以外でだれかに言ったのですか。日本人のだれかに」

「いいえ。だれにも言っていない。ここで言ったのが初めて。あなたたちだけ」

敦志はテープレコーダーに視線を投げた。これはすべて録音されている。これが津田医師だけでなく、弁護士や検察、さらに裁判官の耳に入ったとき、決定的な悪材料になることは明らかだった。敦志は止めようとそれに手を伸ばした。その手を、ユアンの手が遮り、テープレコーダーにかかった手の上から、彼の掌が強く包み込んで制止した。

「止めないでください。わたしは残しておきたい。この世界に」

「しかし裁判で不利になることも」

「私は、死刑、覚悟してます。死をもう恐れてはいない。ホントウのことを言っておきたい」

彼はそしてまた敦志の眼を穿ってきた。それは黒い瞳の底で、死を覚悟した者に宿る静謐な重さを宿していた。包み込んできた彼の手がかすかに震えている。それは敦志の奥底を直接震わせてきた。

「ホントウのことを……いいデスね……」ユアンは念を押した。

敦志はその震えの中で、震えそのものを返すように黙って頷いた。失踪した母親の姿が鮮やかに蘇り、ユアンの瞳の中で手招いていた。そうだこれだ、ユアンとの間で震え合うもの――そいつはこれだ。そしてこれと同じものがこいつの中にもある。だからこいつはおれに言葉を発したんだ。同じものを背負っている。憎しみと愛と二つが狂い踊っているその内奥をこいつも持っている。敦志はただ見つめることのうちにそれを伝えてユアンに共鳴を送ると、ユアンもまた震えの伴った頷きを返してきた。ユアンは微笑んだ。黒い意志の中で、その笑みは旅立ちの気配を伝えて、きれいに空気に溶け込んだ。こんなことが、こんなことが人間を結びつかせるのか――敦志は奥歯を噛み締め、一つの現実の強烈な迸りを感受した。

　ユアンは満足したように、表情を落ち着かせて言った。

「もう時間がありません。あとどのくらいここにいられるのか、あなたとどれくらい話せるのかわからない。いそがなければならない」とユアンは言った。

　ユアンは壁に掛けられた富士山の写真のあるカレンダーを見ながら、時間とあらためて向かい合う姿を示した。命と向かい合う者の切り立った険しさがあった。カレンダーに、ユアンと面談を開始した一三日水曜日に、赤い丸がしてあった。それから何日間が許されているのか、二週間か、三週間か……彼の眼がその数字の上を彷徨っていた。

「一週間……二週間……」

「津田医師は一カ月くらいはこの病院に留まると言っていました。あと一カ月……時間はなんとかなりそうです。津田医師の力で引き延ばせるかもしれない。来月からは私ももっと時間が取れるので、週五日は来れます」

「日本の裁判も、日本人も信用していない。あなたとお父さん以外は」

「……確かにそういう意味では時間はないかもしれない」

「英語でもいいですか」

「英語でも、もちろんいいです」

「クメール語が――自分の国の言葉が、いちばんいいですが、それももうできないでしょう」

「通訳を頼むにはまた時間がかかるし、裁判所を経由したら、すべてわかってしまうでしょう。わかりました。あらゆる手段を使って、わからないときは書いてもいい。言いたいことを言ってください」

「ありがとう……」

ユアンはそしてニッコリ笑い、手を差し出してきた。

「あなたには何かがわかってもらえる気がする」

握ったその手に温かなものが伝わってきた。何人をも殺してきたその手の温かさを敦志はあらためて感じた。殺人者を友として引き受ける手応えを覚える。しかし何かが脈動し、生きている熱さを伝えてくる。罪の色と人間の色が混じっている。彼の血の脈動する音が聞こえてくるようだった。こいつはここまで生きてきた。そして今生きている。その体温と鼓動が太い流れをなし、敦志の中に流れ込んでくるようだった。そして同時になぜか彼の死がすぐ身近にあることが感じられた。それは確かな確信となって、彼の存在とこの現在を屹立させてくる。そしてその温かさの中に、何かが音を立てて、自分の中に流れ込んでくる気がした。滝のような音を立てて落ちてくる。彼の生きる意思が敦志の体の奥に入り込んで、生きていく気がした。

そして自分も何かに染まっていく。敦志は彼の手を握り返した。

第四章 ガダルカナル

1

父親の久治は、戦後三〇年が経った頃から、よく「戦地に行きたい。もう一度あそこの土を踏んでみたい」と言っていた。靖国神社などでの戦友会の集まりに参加し、高度経済成長の恩恵に浴してガダルカナルやフィリピンを訪れた人の話を聞いたりしたことも影響していた。

ふつうは過去がどんなに苛酷であり、厳しい体験であっても、時間が遠ざかるほど、少しずつ忘却の作用によって、薄らぎ、遠のいていくはずなのに、父親の場合は逆に戦争中の夢を見るのが多くなり、しかも鮮やかになってくる傾向があった。年をとれば凄惨な体験は薄らいでいくだろうと楽観視していたにもかかわらず、枕を持ち出すのも回数が増え、爆撃や砲撃の恐怖が蘇ることも逆に増えてきた。機銃掃射される幻覚にも襲われ、体を穴に突っ込んで、ブルブル震えている。布団の中でも夢に魘《うな》されていた。「タナカ、しっかりしろ。B17はもう行ったぞ」と戦友の名を呼んで持ち場を固めるような仕草も増えた。そしてその頃から、現地に戻ってみたいと口にするようになった。「ガダルカナルの戦友が忘れられない。撤退の海にもう一度立ってみたい」「フィリピンへ行きたい。北部ルソンの山中の白骨の谷に行ってみたい」と強く渡航を訴えてきた。

戦友会でもよく現地戦跡ツアーを催していたので、それに便乗して行くことを敦志もしばしば勧めたが、なぜか父親はそれに加わりたがらなかった。「あいつらが行くツアーは通り一遍の観光慰霊で、戦友のことを何にもわかっちゃいない」と嫌っていた。確かにフィリピン戦では、ルソン島を例にとっても、一〇人中九人は死んでいる。北部山岳逃避行では、自動車輸送部隊で生き残ったのは父一人で、最終的に残った同行の三人は数百人の合流混合兵のうちの三人だったので、北部山岳地帯の実際の生存率は一〇〇人に一人もなかっただろう。ツアーで訪れる場所は、フィリピンの場合には、マニラとその周辺にすぎず、北部ルソンの山岳地帯まで踏み込んでいるツアーなどなかった。敦志は、大学に入って父親といっしょにその戦友会に行き、少し会話に紛れ込んで父の言葉を代えて伝えると、「そんなことはない。こんなにみんなで実直に、真剣に慰霊しているじゃないか。侮辱だ」と否定の答えが返ってきた。しかし父親は頑として考えを変えなかった。「あいつらは、嘘つきか、偽善者だ」と言う。敦志も父親が何を考えているのか、真意はわからないまま、同行の勧めを引っ込めるしかなかった。

そう言い張るものの、では父親が独りでそこへ行けるのかと言うと、実際には不可能だった。およそ海外旅行の経験もなく、町内や勤め先の観光旅行で台湾や韓国のツアーへ行くのさ

え も、「買春観光だ」と言って軽蔑し、拒否して、一度も参加したことはない。パスポートの知識さえよくわからない身では、とうてい単独でガダルカナルをはじめとするソロモン諸島やフィリピンなど行けるはずはなかった。

敦志は大学四年の夏休みに、大学の友人と二人でインド旅行をしたことがある。当時インドは、学生運動で挫折した若者の、海外への転換的な新天地として注目されていたし、ビートルズがインド音楽を採り入れたり、マリファナなどが日常的に吸引されていたりする地として脚光を浴びていた。敦志たちも、日本にはない別世界の刺激を求めて、その旅行に挑戦した。ビザを取ることや、航空券の購入や、現地の交通機関など、ガイドブックを片手に冒険に踏み込んだ。無謀だったが、とにかく二人で羽田を飛び立った。当時はまだ成田は開港しておらず、反対闘争の真っ最中だった。カルカッタに入って、ガンジス河の聖地ベナレスや仏塔彫刻で有名なカジュラホ、美しい大理石建築タージマハールのアグラなどを巡り、パスポートを盗まれそうになったり、激しい下痢に襲われたりしながら、なんとか三週間の旅を終えることができた。カルカッタの一流ホテルが建つ先進的な通りを、羊の群れがよぎっていき、クラクションを鳴らしてその群れを英国製高級車ロールスロイスが掻き分けるように進んでいく。牛が道路の真ん中に寝そべっていて、その大きな糞を拾って、土壁に円盤状にして貼り、乾燥させて炊飯などの燃料に使う。聖地ベナレスでは、牛の腐った死体が流れてくるその泥水で沐浴していた。異なった文明と風土から受けたショックは強烈で、日本に帰って来て、畳の部屋に座って和式の生活習慣をあらためて新鮮に感じたことが忘れられなかった。

外国へ行くことに関しては、それで自信がつき、他もなんとかなるだろうと楽観していた。ガダルカナルなど南太平洋のソロモン諸島は、島嶼地域だけにまた別な困難もあるのかもしれないが、インドのときと同じように、ある程度旅行案内書などで事前に調べて、準備をしっかり整えれば、行けないことはないように想えた。

インド旅行をするまでは、ガダルカナルも、フィリピンも、手の届かない想像の世界でしかなく、またそのあとも、就職試験での挫折が続き、自分の基盤を整えるのが先で精神的余裕も時間の余裕もなかったが、学習塾に勤めるようになって落ち着いてから、父親の願望に耳を傾けられるようになった。少し貯えができたことも、実現に近づいた気がした。

敦志自身も父の闘ってきた戦地に興味がある。実際に米軍との激戦が繰り広げられた太平洋の島嶼部を訪れ、父の口から直接当時の闘いを聞きつつ、戦跡を巡るのも、やってみたいことだった。失踪した母親のことを、父にも自分にも忘れさせる意味もあった。自分たちだけの行動をもっと取っていけば、母親のことは忘れてより新しい天地が広がるようにも思えた。

一九七七年は、ちょうど父の六十歳の定年の年で、高度経済成長下、長く勤めた倉庫会社を退職するにあたってかなりの額の退職金が出た。一五〇〇万という、父にすれば望外の高額が振り込まれた預金通帳をホクホク顔で見せながら、「これでガダルカナルに行こう」とうれしそうに言ってきたその笑顔を、敦志はよく憶えていた。

父の久治は一九四二年十一月にソロモン諸島東部のガダルカナルの戦闘に参加して以来、さらにソロモン中部のニュージョージア島、コロンバンガラ島へと転戦している。

ガダルカナル島を撤退したあと、一時西部ソロモンのブーゲンビル島にいたが、一九四三年春にすぐまた東のニュージョージア島最前線に投入されている。しかし夏に戦況は不利になり、追い詰められて、隣接するコロンバンガラ島に撤退した。しかしさらにそこも激しい攻撃を受け、結局駆逐艦によってラバウルに戻った。ラバウルで、勢いに乗る米軍三〇〇機の猛爆撃を受けて負傷し、傷病兵として一九四三年の暮れにフィリピンに移動した。

敦志は激戦の地のソロモン諸島に、戦後三二年経った現在、個人の立場で行けるものかどうか、調べた。

ソロモン諸島は元々英領で、太平洋戦争初期に日本軍が侵略奪取した。ソロモン東部のガダルカナル島に造られた日本海軍の飛行場をめぐって日米の激戦になり、結局日本軍は敗れて撤退した。西へ続く諸島での激戦も漸次敗北を重ねて退き、戦後結局英領に戻っている。その後も長く英領に留まっていたが、七六年のつい最近、自治権を獲得して、実質的には独立している。ただ、日本に大使館などはなく、ビザを直接取ることはできなかった。

飛行機の直行便はなく、まずパプア・ニューギニアの首都ポートモレスビーに行き、そこでビザを取得し、乗り継いで、ソロモン諸島国のガダルカナル島の首都ホニアラへ飛ばなければならない。ガダルカナル島で戦跡を巡るには三日かかり、そこからニュージョージア島へは飛行機を使わざるを得ない。そのチケットは現地で手配するしかないという。またコロンバンガラ島へ回るのは、ニュージョージア島のムンダ港で船を一日チャーターしなければならず、それも現地で、しかもかなり高額で手配する必要があった。ホテルも、ホニアラ以外はガダルカナルにはどこにもなく、昼食がとれるレストランもほとんどないということだった。ホテルで弁当の代わりになるものを用意してもらわなければならなかった。島巡りの空間的な広がりをカバーするための、現地での車の手配、コロンバンガラ島へ渡るボートの手配も手間がかかりそうだった。英語はかなり通じるようだったが、やはり現地ガイドは必要で、案内なくして動くのは危険だということだった。

戦跡ツアーに便乗するのが簡便ではあったが、それらのツアーは三つの島までは回らず、しかも夏に限られていて、費用もそれほど変わらない。毎年行なわれてはいなかった。

どちらにしても、すべてを含めると、一人七〇万円を超える費用がかかる。ニューブリテン島のラバウルまで入れると八〇万になるという。旅費だけでも普通の海外旅行の三倍はかかり、マラリアやコレラ、チフスなどの予防薬や予防注射も準備が必要だった。時間的にも、少なくとも八日、できれば二週間をかけるのが望ましいとアドバイスされた。

しかし父親は、費用も手間もいくらかかってもいいから、行こうと言う。敦志の分も全部出すので、どうしても実現させてくれと強く言ってきた。敦志も父親の長年の夢をぜひ実現させてやりたかったし、自分も行きたい思いが募っていたので、父親がその気になっている今が時機だと思い、実行に動いた。父親自身の旅券《パスポート》を取得することからまず始めて、飛行機の便を調べ、観光会社をいくつも回ってホテルや車の手配を頼み、予防注射を受けて着々と準備を整えた。そして七八年の五月連休《ゴールデンウィーク》を利用して、父親と二人だけの戦跡旅行を実現したのだった。

2

「ガダルカナルの雨は、土砂降りなんてもんじゃない。日本の夕立の二倍、三倍の激しさだ。天からの水を一度にぶちまけたような豪雨になる。音がすごい。雨粒の大きさが違うんだ。葉を打つ音、土を打つ音で何にも聞こえなくなる。水煙がもうもうと立って、五m先も見えなくなる。テントも何も、雨を防ぐものはいっさい役に立たない。葉や土からの跳ねっ返りだけでずぶ濡れになる。すべてグショグショのままジャングルの中を進むんだ。一時間くらいで止むが、何もかもグッショリ水を含んで二倍くらいの重さになる。体で乾かすしかない。シダのでかいのや、トワランやマホガニーの巨木で鬱蒼としている。さらに巻き付く蔦類や着生植物がはびこっているうえに、ラタンヤシや巨大なガダルカナルヤシやらが厚く重なって、緑の壁のように突き立っている。それらに穴を開けるように切り開いて進むのはとんでもない労力がいる。湿気のある地面には、蛇や蠍《サソリ》や蛭《ヒル》がいて、水浸しの軍靴も、脱ぐわけにはいかない。五〇cmもあるムカデがうようよしていて、眠っている胸の上に這い上がってくる。敵と闘う前に、ジャングルそのものと闘わなきゃならなかった。そして補給が途絶えたときは、そのジャングルが恐ろしい敵として襲いかかってくるんだ。マラリアやデング熱や赤痢が蔓延する。飢餓で体力が衰えた者に容赦なく襲いかかってくる。緑の悪魔が取り憑いてくるようだった――」

真夏のある日、突然夕立に襲われてずぶ濡れになったとき、なお降り注ぐ激しい雨の音を聞きながら、敦志は父親が語ってくれた熱帯雨林の豪雨の凄まじさを想い浮かべていた。

オーストラリア大陸の真上にかぶさる形で、ニューギニアがある。その東端からさらに東の海へ突き出すように並ぶ一〇〇余りの島々がソロモン諸島だった。ほとんど赤道下、南緯九度の熱帯雨林帯にある。大きな島はガダルカナル島、イザベル島、ニュージョージア島、チョイセル島、ブーゲンビル島などだが、これらの島をめぐって、海戦、航空戦を含めた激烈な争奪戦が繰り広げられた。なかでもガダルカナル島はミッドウェイ海戦と並んで太平洋戦争のターニングポイントとなった戦場で、上陸した日本軍の合計三万の兵のうち二万以上が死者となる凄惨な戦いとなった。根拠基地となるラバウルから一〇〇〇km離れていたことによって、航空機の燃料が続かず、制空権を握ることができなかった。近づく艦船も敵飛行機に攻撃されるため昼間は動けず、海上の補給輸送が夜しかできない。駆逐艦や潜水艦による島への食糧弾薬補給も途切れがちになった。補給物資の不足のため餓死者・病死者が一万五〇〇〇名にも上って、戦闘以上に飢餓との戦いであったところから、「餓島」と呼ばれた。

ガダルカナル島はソロモン諸島の東部に位置し、東西一六〇km、南北四八kmで、横に広いイモ型をなしている。千葉県より少し広く沖縄本島の二倍にあたる約五三〇〇平方kmの島だった。南は山岳部で最高二三三五mの高峰が聳え、北部四分の一くらいに平野部が広がる。平野部も山岳部も、ほとんど熱帯雨林《ジャングル》に被われ、ポリネシア系の原住民がごくわずかに住んでいるだけだった。

この北の平野部の中央西寄りに、一九四二年五月から、日本海軍がジャングルを切り開いて飛行場を建設し、夏に完成した。対岸の小島ツラギにも飛行艇基地を建設した。

ガダルカナル島の位置は、東西に延びるソロモン諸島の東端で、ここはアメリカとオーストラリア大陸を遮断する先端になる。日本軍は、開戦初頭の勝利に酔いしれ、敵を侮り、アメリカの本格的反攻は一九四二年秋以降になると見て、無謀にも航空基地ラバウルから一〇〇〇km以上離れた島にいきなり航空基地を建設した。零戦をはじめとする日本軍航空機の航続距離の限界を超える位置にあった。

アメリカ軍は、反撃の糸口をこのガダルカナル島に決め、日本軍飛行場の完成を待ってそれを奪取し、オーストラリア海路への脅威を取り除いて、攻勢の基盤とする反撃第一歩の準備を大規模に進めた。八月五日飛行場完成の翌々日、米海軍大艦隊支援の下に上陸作戦が決行され、二万人の海兵師団が上陸して飛行場を占領した。それを発端に、奪還と防衛をめぐって陸・海で熾烈な闘いとなったのが、ガダルカナル戦だった。

3

調べてみると、それは凄まじい日米の死闘だった。敦志は高校の夏休みから、一貫してそれを追究してきたが、何度掘り返してみても、そのたびに戦いの熾烈さを認識した。学校などではほとんど教えない血みどろの戦いだった。

飛行場を急襲によって奪われると、日本海軍はただちにラバウルの第二十五航空戦隊五三機を向かわせて反撃した。しかし敵空母機動部隊による迎撃と燃料の限界で三四機が失われ、打撃は与えられなかった。さらに海軍は「鳥海」をはじめとする重巡五隻を含む第八艦隊八隻に反撃を命じ、八月八日夜第一次ソロモン海戦となった。三川中将の第八艦隊は米軍重巡四隻を撃沈、一隻を大破させて海戦は勝利したものの、揚陸中の米輸送船団に攻撃は加えられないまま離脱した。この武器と物資の揚陸があとの戦闘に大きく影響することになる。

陸軍も動いた。しかし太平洋開戦当初、シンガポール、フィリピン、さらにビルマと緒戦の勝利に酔っていた統帥部は、敵を侮り、米兵力を正確に把捉せず「敵兵力は二〇〇〇」として、八月一八日一木支隊の一部のわずか一〇〇〇名弱を上陸させて奪還攻撃をさせた。夜襲を得意とする日本軍の戦法を研究し尽くして準備していた米軍は、マイクロフォンなどを密林に仕掛けて日本軍の動きを捉え、厚く準備された防御陣地に加えて、照明弾を打ち上げて夜の戦場を真昼のように明るみに晒す方法を実現しただけでなく、光の尾を引く曳航弾を使って、夜戦への完璧な対処をした。これによって八月二一日夜の攻撃は粉砕され、日本兵の屍の山が築かれた。翌日の昼には残存支隊は包囲され戦車に蹂躙されてほぼ全滅した。わずかな日本兵がジャングルに逃げ込んでかろうじて生き延びたにすぎず、日本軍は初めて夜戦戦闘に完敗した。

八月二三日帝国海軍はガダルカナルとツラギ奪回に向けて「翔鶴」「瑞鶴」「龍驤」三隻の空母、「比叡」「霧島」「陸奥」三隻の戦艦を含む巡洋艦、駆逐艦五二隻の大艦隊を出撃させ、翌二四日、米海軍「エンタープライズ」「サラトガ」「ワスプ」三隻の空母、戦艦一隻、巡洋艦、駆逐艦二七隻と戦う第二次ソロモン海戦となった。日本側は艦隊攻撃とともに海軍陸戦隊を上陸させる予定だったが、三隻の敵空母の把捉に失敗したばかりでなく、囮《おとり》の空母「龍驤」が撃沈されたうえ、海戦の混乱で輸送船が危機に瀕したため、上陸はならなかった。

一木支隊の失敗を受けて、陸軍は続いて八月三一日から九月七日にかけて川口支隊三〇〇〇をガダルカナル島に上陸させた。

川口支隊は陸軍精鋭部隊の第十八師団「菊」兵団から分かれた連隊で、フィリピン戦にも参加した勇猛部隊として知られ、奪還が期待されたが、上陸以後、厚いジャングルに阻まれて作戦展開が難航した。一木支隊の失敗を繰り返さないために防御の厚い海岸沿いではなく、南の山側から飛行場を攻撃する作戦を取った。しかしそのため鬱蒼とした密林に阻まれ、部隊間の連絡が不十分で部隊が揃わないまま、九月一二日から一三日に総攻撃を行なった。飛行場南の山岳部ムカデ高地は、血で血を洗う激戦となり、「血染めの丘」と呼ばれた。一部はそこを突破して、飛行場に肉薄し、海軍の巡洋艦・駆逐艦の艦砲射撃の援護もあって、飛行場に切り込みを果たした。しかし援護の部隊が続かず、孤立して、結局半数の死者を出しジャングルおよびオースティン山に撤退した。

事態の深刻さをやっと認識した大本営は、日本陸軍の面子《めんつ》にかけて第二師団を急遽派遣し、大本営参謀部から辻政信中佐を派遣して本腰を入れた。海軍からも空母「翔鶴」「瑞鶴」が再出撃し、戦艦「金剛」「榛名」、重巡「鳥海」「衣笠」などが飛行場に艦砲射撃を浴びせて上陸を支援することとした。サボ島沖の巡洋艦の前哨海戦を経て一三日、戦艦「金剛」「榛名」などの艦砲射撃による艦隊支援の下に、十月一四日、第二師団は飛行場より西方のタサハロングに上陸した。丸山政男師団長、辻政信大本営参謀が以後作戦を統括した。しかし輸送船が敵飛行機に攻撃され、師団総兵力の半分にも満たず、重火器もわずかに揚陸されたにすぎなかった。

二二日までに連日のように日本艦隊の支援艦砲射撃が行なわれた。このすさまじい艦砲射撃は一時米軍に持ちこたえられない危うさを覚えさせたほどで、のち米軍はこの艦砲射撃を逆用して日本の迎撃陣地を粉砕していくことになる。

第二師団の攻勢は川口支隊と同様、飛行場南の山岳部「血染めの丘」のムカデ高地方面から行なうとし、十月二二日に決行される予定だった。しかし豪雨とジャングルのため統括が整わず準備不足のため、一日延期された。それでもなお全体が不揃いだったことから、総攻撃は翌々日の二四日に決行された。米軍は大量の補給によって、川口支隊のときよりもさらに堅固に陣地を構築しており、数倍の厚い迎撃態勢を整えていた。それに対して日本の第二師団は豪雨に見舞われたうえ、バラバラのまま攻撃したため、結局敵中枢に届かず、多くの犠牲者を出して撃退された。

この直後飛行場を占領したという誤報を受けて、空母機動艦隊を向かわせたさい、十月二六日、日米空母部隊の激突があり、南太平洋海戦となった。日本海軍はアメリカ空母ホーネットを撃沈、エンタープライズも中破させて、海戦には勝ったが、揚陸物資支援は不成功に終わった。

4

大本営陸海軍部は、さらに十一月一五日第三十八師団をガダルカナル島に上陸させ、四回目の攻撃を企図した。上陸支援に戦艦「霧島」「比叡」などの艦隊を派遣し、第三次ソロモン海戦となり、戦艦「比叡」「霧島」の二隻が撃沈された。輸送船は敵飛行機に攻撃され、重火器や食糧のほとんどは海に沈んだ。陸と海で凄まじい激戦が続いた。

父親の久治がガダルカナルの土を踏んだのはこの十一月一五日の第三十八師団上陸のときで、真夜中に駆逐艦から大発に移って西部の浜辺に立ったのだった。当時名古屋にいた父親は、一九四二年夏に召集され、陸軍第三十八師団で機関砲の訓練を受け、十一月に軽機関銃兵としてラバウル経由で、駆逐艦に乗った。ガダルカナル島の海岸に第一歩を踏み下ろしたとき、もう生きて帰れない気持ちに包まれたという。

「上陸地点からすぐジャングルの中へ入ったんだ。夜が明けたらすぐに米軍機が襲ってくるということで、とにかく暗いうちに何もかもしなきゃならなかった。揚陸地点には、重砲が陸揚げされ、弾薬が積まれていたが、それらも必死でジャングルの中にみんなで運び込んだ。しかし全部はとてもその夜のうちには運びこめなかった。

案の定、夜明けとともに敵機がブーンと高い音で飛んできて、そこら中、徹底的に機銃掃射しやがった。残っていた砲や弾薬なんか吹き飛ばされ、爆発して、なにもかも吹っ飛んじまう。おれらはただ、ジャングルの中に身を潜ませて、空襲をやりすごすだけ。味方の物資がぶっ飛ばされ、燃え上がるのを見ているだけだった。ときおり、ジャングルの中まで機銃掃射してきやがって、弾丸がヤシの木をへし折っちまったりした。

熱帯の密林は、鬱蒼としていて、蔓や蔦が大木に絡みついている。何年もたまったままの朽ち葉で、足が沈む。厚いそれらが土を被い、湿った生臭い空気がジャングル全体に漂っていた。

不気味なものが息づいている。太い木が林立しているうえに、攀縁《はんえん》植物も蔓延《はびこ》っている。熱帯植物の分厚い葉が、人間なんか邪魔だとばかりに広がっている。シダも密生して進めるような状態じゃなかった。

先の兵が切り開くんだが、五m進むのに一時間もかかる。蚊はもちろん、蛭《ヒル》やムカデがいる。蛇がいる。蠍《サソリ》がいる。その下からさらに生臭いものが絡みついてくるようだった。

前に上陸した部隊の敗残兵がジャングルにいた。もうすでに、あばら骨が浮き出、髪がぼうぼうの幽鬼のようになって彷徨っていて、こちらを見るとフラフラ揺れながら近づいてきて食糧をせがむ。眼窩が落ち込んでいて、ボロボロの軍服を纏った骸骨が歩いてくるようだった。上陸した兵は、食糧など補給がなければ三週間後にはだれもかもみんな同じ姿になっていく。兵隊なんて補給がなければただの餓鬼の群れだ。それを最初から見せられて、死に場所だと覚悟せずにはいられなかった——」

敦志は孤独になるとき、父親のことを思い出し、戦地での話を思い浮かべる。その限界状況を想像することが、自身を支えてくれる気がする。話にすぎなくても戦場の苛酷な状況に比べれば、どれも取るに足りないことのように思え、どんな状況にでも耐えられそうな気がする。そして、孤立するとき、いっそう戦闘の過酷な状況に縋《すが》りつきたくなる。それは、一方では戦後のこの平和な世の中で、あくまで置き去りにすべき忌まわしい過去のようにも思いながら、なお逆に大事にしなければならない赤裸々な人間の姿でもある気がした。それは普段は底に眠っている現実を自分に教え、その状況を通して人間の奥深くにある真実を知らせてくる。そしてそれを知ることによって自身の内部に結晶のように堅くなっていくものがある。奇妙な力が宿ってくるのを覚えた。

「米軍の一斉射撃は凄まじかった。三方から機関銃が豪雨のように降り注いでくるんだ。けたたましい轟音となって襲いかかってくる。ほとんどはその連射の弾に当たって、動けなくなる。おれらは必死に窪みに逃げる。その窪みに日本兵が重なる。それをめがけてまた機関銃が集中する。ボコボコ穴が開いて、血が吹き出る。脚をやられて這っているやつが多い。段になっているところがあって、そこから上へ這って登ろうとするが、そこを登れない。そこへまた集中して機関銃が撃ち込まれる。人間の屠殺だわな。迫撃砲もどんどん撃ち込まれる。まぐろのように仲間がゴロゴロ転がって、ところどころ重なってるんだ。おれは死体の下にいたからたまたま助かっただけだ。夜明け近くまで、死体の下で固くなっていた。

砲撃もすごかった。

こちらが一発山砲を撃てば、その地点を狙って一〇〇発も二〇〇発も撃ってくる。報復攻撃なんてもんじゃない。地面をひっくり返す地響きになってくる。みんな逆に吹き飛ばされる。

しかもそれだけじゃない。最初は外れていて、安心していると、そのうちどんどん広がって辺り一帯木も草も根こそぎ吹っ飛ばされる。あいつらは敵を狙って撃っているんじゃない。日本兵がいそうな場所全体を根こそぎ土ごと抉ってふっ飛ばしてやろうと砲弾を降り注いでくるんだ。山の頂きなんかまるごと消してしまおうとする。その轟音は土地そのものをそっくり変えてしまう凄まじいもんだった。吹き飛ばされて舞い上がった大木が今度は上からおれらを襲ってくる。土くれも飛んでくる。そんなのはまだ運がいい。直撃弾で腕なんか一〇〇メートルも離れた所へ飛んでくるんだ。おれらはただタコ壺という自分で掘った穴に身を埋めているしかなかった。実際、砲撃が止んでみると、ジャングルだった所は、木も草もない広場のようになっている。土肌が露出して、倒れた木や割れたり千切れたりした木の残骸が散らばっている。そして土といっしょに人間の足や手が突き出したりしているんだ。手でも足でも、まだ残っているだけましだった——」

中学、高校の頃は父親が辿ってきた戦闘の意味がよくわからず、ただ同世代のどの父親も激烈な体験を等しく体験しているものとばかり思っていたが、戦史の流れを知り、さらに友人や知人の肉親からの戦争体験を多く耳にするうちに、父親の激戦地の遍歴は、稀有であることが少しずつわかってきた。大半の父親は、外地での戦闘体験はなかったし、前線へ行っても、たいてい一つの地で終戦を迎えていた。ソロモン諸島の戦闘だけでも稀な戦場体験なのに、さらにフィリピンのルソン戦を闘い、飢餓の逃避行を経て帰還している例は、聞かなかった。激戦地でほとんどが死んでいるのだった。

「オースティン山という飛行場の南の山頂を占めていた岡部隊もたいへんだったと生還した兵が話してくれた。ボロボロの服の兵が伝令に来たんだ。連日猛爆撃と猛砲撃で攻撃されても、なお死守していた。山には補給がないので、雨水を飲み、蛇やネズミを食糧にしている。しかしそれらもうもういなくなり、ゴキブリを食べたりしている。ときたま蜥蜴《トカゲ》が現れるが、それも貴重な食糧になる。付近にはその蜥蜴さえ、皆に獲られて、いなくなっていく。砲弾で辺りはもう草も生えていない。食糧にするために草や鬢老樹《びんろうじゅ》を採りに行くが、そこは特に危険地帯で、砲弾が雨のように降ってくる。敵はそうやって、どんどん草地を裸にしている。

朝になって冷たくなっている者が増えている。餓死者は真っ暗のうちに昇天する。日の出を見ることはない――。

立つことのできる者はあと三〇日。体を起こして座れる者は三週間。寝たきりの者は一週間。寝たまま小便を漏らす者は三日。ものを言わなくなった者は二日。またたきをしなくなった者は明日――。そしてそれらをおれらもやがて経験していくんだ。

砲弾、爆撃の中、豪雨に打たれながら、それでも岡部隊は、オースティン山を死守していた。山の頂きが遠くからおれたちにも見えることがあった」

「塩が大事だったな。塩のないやつが先に死ぬ。おれは幸い死んだ戦友の持ち物の中からもらったりしてかなり持っていた。海岸では海の水を煮沸するからなんとかなったが、ジャングルの中ではそんなことはできない。飢えてどうしようもなくなったときも、塩を嘗めて、がんばった。銃剣を突き立てながらヤシの木に登ってヤシの実で飢えをしのいだり、鬚老樹の実を食ったりした。だからおれは比較的だいじょうぶだった。ついてたんだ。しかしそれらが採れない部隊の兵がほとんどだった。あっても採りつくしたりしていた。おれはみんなといっしょにサゴヤシの芯を食ったりした。しかしだんだん痩せて、髪の毛もぼうぼうになった。骨も浮き出てきた。おれの部隊はあとから上陸したから、まだいいほうだったが、それでもだんだん飢えで死ぬ者が出てきた。フラーリフラーリとジャングルの中を彷徨う。そうなったら機関銃もへったくれもない。闘うよりも飢えをどうやって凌ぐか、そのほうが重要になる。上陸したとき見た、ジャングルの中の幽霊のような存在におれたち自身もなっていった。密林の中に、軍服を着た白骨が転がるようになった」

5

昭和一七年一九四二年の暮れ、大消耗戦のあげくに、日本の大本営陸海軍部は御前会議において、ガダルカナル島を撤退することを決定した。この方面は切り上げ、代わりにニューギニア方面に重点を置くという方針が打ち出された。

ガダルカナル撤退作戦は、捲土重来に由来する「ケ号作戦」と名付けられ、陸海軍協力して大攻勢を見せかけて、その間に撤収するというものだった。爆撃を決行し、艦隊攻撃を続けて、大規模の攻撃が行なわれることを米軍に予測させ、その機に乗じて西隣のラッセル島を利用して駆逐艦を用いた夜の撤収を図った。一カ月の準備を経て、年を越した一九四三年二月上旬、四次にわたって駆逐艦と輸送船を島の西端エスペランス岬に回し一大撤退作戦を決行した。それは奇跡的に成功し、約一万の兵が撤収した。戦死約五〇〇〇に、戦病死、行方不明者を加えると、約二万の犠牲者を出した。


「おれらは最後の撤収だった。

みんな夜の砂浜に並んで、いくつもの列がずっと波打際に続いていた。駆逐艦に乗るため待っているんだが、もう服はボロボロで髪も髭もぼうぼうのやつらばっかりなんだ。ギロギロの骨だけのが海岸に集まって乗船を待っている。ロープが何本も船から延ばされ、それをたぐって乗船する。ロープに必死につかまって、それを手繰りながら駆逐艦に近づいていく。途中でもう体力が続かず、力尽きてそのまま手を離して夜の海に吸い込まれていくのがいる。『しっかりしろ。もう少しだ』と励ましても、もうそこまでですべてを使い果たして、手が離れていく。こっちが手を差し出し、服をつかんで戻そうとしても、今度は自分が流されそうになる。前へ進めない。こっちの手を離すしかないんだ。もう少しなのに、どうしてがんばれないんだ、がんばれと叫ぶ。しかし、どうしようもなかった。

夜明けになったら、敵の飛行機が機銃掃射してくるから、夜明け前には発たなきゃならん。まだ海岸にはいっぱい兵が残っているんだ。そいつらを見捨てて、艦は出発する。海岸は叫び声が響いている。『乗せてってくれえ』『置いてかないでくれえ』『戻ってくれえ』という声が海岸に満ちている。それをエンジンの音が掻き消していく。島が遠ざかっていく。あの声は島を離れても、いつまでも海から聞こえてくるようだった」

エスペランス岬に父親と二人で立ったとき、打ち寄せる波の微かな音が、どこかその叫びを残して、耳の奥に届いてくる気がした。父親の顔を見ると、目を閉じて、遠い日の撤退の時を自身の傷みとして呼び戻していた。やがて父は腰から折れるようにそこに跪き、両腕を砂に突き立て落涙して、波音のなかに押し寄せてくる惨酷な記憶に耐えていた。

ボビーという英語の話せる真っ黒なポリネシア人ガイドが、ドライバーを兼ねて案内してくれた。祖父が日本軍に殺されたという話だったが、「でも、僕はもうそんなことを恨んではいないし、昔のことをもう忘れている」と言った。親切に、「どこでも行きたい所を言ってください。車もいつでもどこでも止めますから」とサービス心を示してくれた。

まず米軍が上陸した海岸に案内され、上陸用舟艇や戦車の残骸も見せてくれた。近くの民家に上陸時の米軍のセピア色の写真も飾られていた。

最初の攻撃で殲滅された一木支隊の慰霊碑も訪れ、さらに空港の南の山岳地に車を走らせて、川口支隊の激戦場を巡った。

丘に登ると、敦志たちの飛行機が着陸したホニアラ空港が、真下に見える。今は国際空港になっているそれが、当時日米の争奪をめぐって熾烈な闘いが繰り広げられたヘンダーソン飛行場だった。日本軍がもともとルンガ川近くに造った飛行場を、二万の米軍が急襲して苦もなく占領し、それを奪還するために、日本軍は兵を逐次投入した。第二回目に投入された川口支隊は、海岸からの攻撃を回避し、防御のやや薄い南の山岳部から夜襲をかけた。米軍との白兵戦になり、その高地が「血染の丘」と呼ばれる激烈な戦場となった。ムカデ高地の山稜を歩き、起伏の激しい丘の草地を足裏に踏みしめると、数十年前の凄まじい戦闘が蘇ってくる気がした。米軍によって建てられた三角の慰霊碑の白さが空と空港を背景に映えて見えた。

「日本兵は勇敢だった」とボビーは言った。

「もう少しで飛行場は日本軍の手に落ちるところだったと聞いています」

ホテルが用意してくれたランチ弁当を食べたあと、ボビーはさらに海岸沿いに車を走らせ、同じ南の山岳方面から攻撃した第二師団の足取りにも触れて、「この小さな川に沿って上へ登っていったんですよ」と貧弱な川を示しながら言った。

撤退したエスペランス岬へ足を伸ばし、父親の「三十八師団」にも言及してきた。

「三十八師団のことは、僕もガイドをするために本で読んで知っています。最後の師団で、置き去りにされた人もいます。カザマさんも三十八師団の勇敢な日本兵だった。尊敬します」と言ってきたりした。

一通りの戦跡を巡ったが、海岸の第二師団の慰霊碑を見ても、父の表情はあまり変わらなかった。むしろ父親の関心はジャングルの中にあり、その中への案内をボビーに頼んで山道を辿ったとき、途中からボビーを押しのけ、先に立って分け入っていった。薄暗い密林の中へどんどん入っていく。見失いそうに緑に溶け込んだとき、突然立ち止まり、振り返って言った。

「聞こえないか。響いてくるぞ。『米をよこせ』と言っている」

そして久治は日本から持ってきた米をバッグから取り出し、ビニール袋から米を撒いた。カップの酒も封を切って、辺りへ撒き溢《こぼ》した。

「ほら。言っているぞ。『日本へ連れて行ってくれ』と。あそこにも、そこにもいる。聞こえないか」

鬱蒼とした葉の重なりが、久治の顔を緑色に染めている。敦志は父親が何かに取り憑かれ、狂っていくような危惧を覚えた。

「みんなが呼んでるぞ。『帰るんじゃない。みんなといっしょにここに残れ』と言っている」

父親は当時の時間の中へ没しているようだった。大砲の音や機銃の連射音が鳴り響く戦闘の嵐が吹き荒れている。眼の色まで緑に見えた。

敦志は危険なものを感じて父親の袖を取り、強く引いて、現実へ戻す意志を強く示した。

「しっかりしろよ、父さん。それ以上行っちゃだめだ」

緑の濃い色の影の中に、何かが蠢いている気がして、敦志は恐怖に駆られ、父親を引く手にそれを振り払う力を込めた。

夜、ホテルで父親は何度も寝がえりを打ち、夢に魘《うな》されていた。苦しげな声が高まったと思うと、「佐藤、だめだっ」と言ってガバッと体を起こす。大きく呼吸を荒げ、「みんなが戻ってきている」とあたりを見回したりした。父親の頭の中には、砲撃音が響き、うなりをあげて飛んでくる音が鳴り渡っているように思える。敦志は父親の頬をピシャピシャと叩き、「だいじょうぶか、父さん」と水を飲ませた。

少し落ち着いたようだったが、しばらくしてまた震え始め、「佐藤の首がないっ。佐藤っ」と叫んで外へ出ようとする。敦志は父親を抱き締め、ベッドに押さえつけた。久治の体の震えが、胸と腹とに伝わってきた。

第五章

母の失踪

1

ユアンとの二度目の面談が継続の方向へ好転した翌日、フリーカメラマンの武田から電話がかかってきた。

——彼はどうでした？——と挨拶も抜きにしていきなり聞いてきた。

敦志は、うまくいったこと、彼が奇跡的に心を開いてくれたこと、これからしばらく面談を続けていくことを、手短に告げた。武田は受話器の中で——よかった——と喜び、褒め言葉を送ってきたが、敦志はその声の中に別なものが混じっていることに気づいた。どこか焦りのようなものが感じられた。

ユアンのことが一段落すると、武田は言ってきた。

——彼のことをもっと聞きたいのと、あとちょっとお願いしたいことがあるんですが……会ってもらえませんか——

今後に備えて裁判や難民への一般的な視点について聞いておきたいこともあり、武田の「お願いしたいこと」も差し迫ったニュアンスがあったので、空いていたその夜、西新宿の事務所に向かうことにした。

ウィング・フォト・プレスのドアを叩くと、彼の元気のいい大きな声が迎えた。敦志はもう、顔を斜にすることもなく、正面から向かい合った。

前と同じように淹れてくれたインスタント・コーヒーを飲みながら、ユアンとのことをさらに詳しく、握手をしたことまで伝えた。武田は何度も頷きつつ「ほんとうによかった」を繰り返した。言い終わると、あらためて敦志を見直す眼で、称える言葉を投げてきた。

「そこまで彼が心を開くとは、正直予想していませんでした。あなたの力ですよ。よくやりましたね。ほんとうによかった。あなたでなければできなかったことでしょう」

「……いや、それより」

敦志は面映ゆさを覚えつつ、あの握手のうちに契りを得た今後のことのほうが、むしろ大きな重荷を背負わされたようで、不安があった。

いきなり、武田は言ってきた。

「テープも録《と》音ったんでしょう?」

「ええ。録音りました。私はもう必要ないと思って、止《や》めようとしたんですが、彼自身が残すように言ったんです……」

敦志はテープのことは、本来医師の側に属することなので黙っていたほうがいいと思いつつ、ふと武田には隠さないほうがいい気もして、漏らしてしまった。言ったあと、後悔が頭をもたげた。

「彼がそう言ったんですか」

「そうです」

「彼が、自らね……」

どういうことなのか——と武田は考えこむようにしてから、顔を横に向け、つかのま壁のウォン・ユアンの事件の新聞切り抜きに眼を凝らした。そして現実に戻ったように助言してきた。

「そのテープは重要ですよ」

「それは、私にもわかります」と敦志は答えた。

「裁判を覆すものになる」

「私もこれについては、どうするかまだ考えていません。本来は私たちが考えるべきものではなく、担当医師の先生に差し出すものなんでしょうが」

「そうでしょうね。あくまで精神鑑定の資料なんだから、医師の手から外へは出さないのが本来のところでしょう。しかし」

武田はそこで言葉を切り、瞳を鋭く敦志に走らせた。

「風間さんは、これから彼との話を続けていくわけでしょう」

「そうです」

「その話の内容いかんによっては、新たな動きを招くかもしれない」

「どういうことですか」

「検察が嗅ぎつけないとは限らない」

「検察？　病院内のことにですか」

「そのテープはもし裁判所の手に渡ったら、重大な証拠になる。検察がどう考え、どうしようとするか、ですね」

「私にも及ぶということですか」

「あくまで可能性としてですがね。たぶん外には漏れないでしょうけど。すべて医師に預けてしまえばだいじょうぶですよ。むろん私もこのことは絶対に秘密にしますよ」

武田は脅かしてすみません、という表情でかすかに頭を下げるようにして微笑んだ。しかしそのことは敦志の中に、一抹の不安として種子を播いた。最悪の場合には、テープそのものを回さなければいい、燃やしてしまうことも可能だ……敦志はそう考えることで、その場をやり過ごした。

するとまた不意に新たな火種が敦志の中で首をもたげた。

ユアンは言った――「ポル・ポト兵でした」と。告げてきたそれが、別な炎として燃え盛ってくるのを覚えた。それを、武田に告げるべきかどうか――もしそれを武田が知ったら、さらに驚くだろう。その事実は裁判だけでなく、難民全体に波紋をひろげることは明白だった。今は言わないでいるべきと思った。伏せておくことが、ユアンのためのような気がした。

しかし話の流れがそれを覆した。

武田は話をすでに別な方向に向けていた。武田は何か急いでいるようだった。二杯目のコーヒーを飲み干し、すでにユアンのことは切り上げて、手帳を開いて日程や約束をチェックするようにしていたあと、しばらくして武田は敦志の前に座り直した。

「風間さんにこんなことをお願いするのは、あまりに不躾《ぶしつけ》なのはわかっていますが」

そして意を決したように言った。

「二〇万円ほど貸していただけませんか」

敦志は驚いて、まだそれほど親しくはない関係のうちにそんなことを頼んでくる武田の顔を見返した。半信半疑だった。しかしその眼は真剣で、背水の陣のような決意が漲っていた。その瞳には戦場に赴き、ある現実を受け止め、伝えようとする力があった。

「カンボジア国境の軍に動きが出ている。国境の情報提供者《ストリンガー》から連絡が入ったんです。ベトナム軍が難民村を叩くらしい。それも北ベトナムからの正規軍の一部も加わって相当大がかりに準備しているということです。戦車も国境へ移動させている。ポル・ポト軍の基地へも攻撃が準備されているという情報です。もしそうなら、私もすぐカンボジア国境へ行きたい。資金をすぐ準備したいが、これまでの売り込みもうまくいっていないし、もう新たに出版社やマスコミを回っている余裕はない。友人も家族も借りつくしてしまっているので、恥ずかしい話ですが、思い切って風間さんにお願いしてみることにしたんです。まだ数回しか会っていない方に、あまりに失礼なお願いだということはよくわかっています。でも、風間さんなら、理解してくれそうな気がしました。お願いできませんか」

その瞳が、懇願していた。真剣さが敦志を打ってきた。武田が嘘をついたり、欺したりする人間でないことはわかっている。敦志は熱意と行為、そしてその金額を自分の中で計った。

自分がこれまで日本語教師として蓄えたお金からすれば、二〇万円くらいはどうとでもなる数字だった。ガダルカナルの戦跡旅行で父と費やした金額に比べれば、大したことはない。もしカメラマンが戦場で死ねば、そのお金も戻ってはこない。その可能性も確かにある。おそらくフリーの不安定な生活を推し量れば、しっかり戻ってくることは期待薄かもしれない。しかしよく考えてみれば、それらは結局どうでもいいことだった。武田の行動は難民の現状や戦争の現実を伝える価値のあるものだ。命を賭けて報道に邁進している人間への寄付としてもけっして無駄にはならないものに思えた。

しかしそれとは別な心理が敦志を躊躇《ためら》わせた。それを貸すことによって、自分とフリーカメラマンとの関係が金銭を通して深く絡み合うこと、そしてそれと同時に自分がその世界やカンボジアの国境や難民にのめり込むこと、もう戻れない道を辿り、深入りしていくそのことが、数字を動かすことを逡巡させたのだった。

敦志は、何か大きな世界へ飛び込む気がしながら、武田の火花を放つような激しい瞳を受け止めた。

「いいですよ」

その言葉を言いながら、敦志自身がいつか直接戦場に踏み込んでいく予感を覚えた。

武田は喜びを満面に浮かべて、頭を下げた。

「ありがとうございます」

即座に手帳をひろげ、その場で格安航空チケット会社に電話を入れた。

「そう……パキスタン航空の明後日《あさって》の便。真夜中のPK257便……」

慌ただしく手配を終えて、受話器を荒っぽく置くと、武田はフーッと溜息をつき、「助かった」と言った。「ありがとうございます」を繰り返した。

手配を終えてすぐ武田は弾むようにタイでのことを告げてきた。

「実は、もう一つ話が持ち上がっていて、ポル・ポト軍の基地にまた入れることになりそうなんです」

「ポル・ポト軍の基地ですか？」

「タイの東の端にアランヤプラテートというカンボジア国境の町があるんですが、そこから少し南へ行った所に、ノン・プルという重要基地がある。タイ軍も、中国も援助している厚い基地です。そこへ入れそうなんです」

敦志は『沈黙と微笑』の写真集を思い出し、そこに雨季の川で武器を運ぶポル・ポト兵の姿が撮られていたことを脳裡に浮かべた。

「確か写真集にもポル・ポト兵のシーンがありましたよね。あれもそこで撮ったんですか」

「よく憶えていますね。そうです。この次入れば二回目ですが、もしベトナム軍の攻勢がほんとうに始まったら、その直前の姿として、より貴重なものになる」

敦志は武田への懸念を込めて、思い浮かんだことをあえて口にした。

「もし、基地に入っている間に、ベトナム軍の攻撃が開始されて、戦闘に巻き込まれたら、どうするんですか」

武田は得たりとばかり、笑って答えた。

「それはもう、願ったり叶ったりですね。そんな現場は、めったに撮れるもんじゃない。どんどん突っ込みますよ。報道カメラマンの本懐だ。そういうときは、躊躇していたらだめなんです」

敦志は、戦闘に巻き込まれて死ぬようなことになったらどうするんですか、と聞こうとしたが、武田の報道カメラマンとしての勢いの前に、無意味な質問に思えて、口を噤んだ。そしてその塞いだ口へ向かって、ふとさっき抑えたことが別な角度から再び頭をもたげてきた。ポル・ポト軍の基地に入るとしたら、ユアンのことがそこで確かめられるかもしれない。ユアンはポル・ポト軍の中でどのような位置にいたのか、どこでどう動いていたのか、その足跡が辿れるかもしれないと、ふと思った。新たな領域から探れる可能性を覚えた。その誘惑が、外すべきではない閂《かんぬき》を開けさせた。

「武田さん。ユアンのことで、一つ重要なことがあります」

「重要なこと？　何です？」

「ユアンは私に言ったんです。『ポル・ポト兵でした』と」

武田はえっと言葉にならない声を発し、敦志を見返した。

「何ですって？　彼は自分でそれを言ったんですか？」

「そうです」

「自分で？　風間さんに？」

「そうです」

「テープに入ってるんですか？　それが」

「入ってます」

「信じられないな。自分からそれを言ったんですか」

録音しようと思って録音したことではない。たまたま入ってしまったという経緯だった。敦志は言って、それを後悔した。そして武田にそれを言ったことが、武田だけでなく、裁判所や、医師や、日本に来た難民や、報道陣、マスコミ、そして日本の社会全体に吐露してしまったような、重大な事実として広がっていくのを覚えた。それを言ったときの、ユアンのさりげない顔が、新たな重みを持って蘇ってきた。言ってしまった以上、もう後には戻れないことを自覚し、敦志は動機に沿って踏み込んだ。

「もし、ポル・ポト軍の基地に入るんなら、彼のことを調べてもらえませんか。彼はほんとうにポル・ポト兵で、軍のどんな位置にいたのか。実際にどんな部隊にいて、どこに配属されていたのか、知りたいんです」

武田は驚愕から醒めやらない表情で答えてきた。

「もちろん、いいですよ。どこまでわかるかわかりませんが、聞いてみます。ポル・ポトの軍組織のことは闇に包まれているという話もありますが、今は前の組織は崩壊しているので、聞き出せるかもしれません。ウォン・ユアンという名前がすでに偽名で、偽名として日本に難民申請している可能性もある。そうだったら、調べようがないですが、とにかく聞くだけ聞いてみましょう。それで彼の経歴の裏付けが取れるかもしれない。それにしても、これが公《おおやけ》になったらとんでもないことになる」

「黙っていてくださいね。これを知っているのは、医師と私だけです。絶対に秘密にしてください」

「わかりました。テープの存在といっしょにそれは私の中に封印します。喋らない。それは守ります。そのことはどちらも裁判を不利にする。それは絶対に隠しておいたほうがいい。私も約束します」

武田は、ポル・ポト軍の基地に入ることをもう頭の中に想い描いているようだった。そして新たにもう一つの日本でのことに、報道人として課題を背負わされた面持ちで、カメラバッグに眼を走らせた。

敦志は立ち上がり、自分のバッグの中のキャッシュカードを頭の中で確認し、現金を下ろすために近くのコンビニの位置を武田に尋ねた。

セブンイレブンのＡＴＭでお金を下ろし、戻ってきて、武田にその封筒を渡した。

武田は、それを受け取りながら、ふと思いついたように、低い声で言ってきた。

「風間さん。あなたには戦争というものを真剣に考えてもらえる何かがありそうな気がする。もしほんとうに興味があって、行く気があったら、僕がその現場を案内してもいい」

敦志は、妙な提案をしてくる武田を思わず見返した。同時に一瞬何か重いものが自分の奥底の扉を叩く音が聞こえた。それは敦志の根底にある何かを震わせてきた。武田は敦志の奥深い反応を見逃さなかった。敦志の奥底に眠る潜在的なものに呼びかけるように言ってきた。

「カンボジアの戦争の現場に行ってみませんか」

敦志の底に深く眠っていた子を呼び起こすように、武田の言葉が降りてきた。それは根源的な誘惑の響きがあった。もしそれを引き受ければ、新たな何かが敦志の中に始まり、その世界へ深く入り込んで行くこと、そしてそこには未知の血の湧き立つような世界が広がっていることを、敦志は予感した。カンボジアの戦場の世界、東南アジアの世界……しかもいったんその世界に入り込めば、もうけっして後戻りはできず、その道を進んでいくしかない、逃れられない大きな世界が口を広げている。それは傍観者ではすまない、突き進むしかない熾烈な世界から招かれているような気がした。

確約したわけではなかったが、武田が言った言葉「その現場を案内してもいい」、そして「戦争の現場に行ってみませんか」という言葉が黙契のように自分たちの間に深く降りたことを漠然と感じつつ、それには触れずにその場はそのままやり過ごすように、敦志は言った。

「帰ったらまたお会いしたいですね。カンボジアとタイ国境のことをお聞きしたいです」

武田は手を差し出して、敦志に握手を求めてきた。

「ほんとうに、助かります」

その手に込められた力は懸案が打開された喜びを表していると同時に、再び戦場を意識し、そこに踏み込んでいく者の決意と喜びを漲らせていた。

「戻ったら連絡します。彼のことも聞いてきます」と武田は、同志を得たような潔い語気を込めて、敦志に約束を言い放った。

人に賭けるということもあるかもしれないと思いつつ、取材の成功を祈る言葉で別れた。

黙って握手をし、見つめ合う瞳の中にしっかり理解し合えるものを覚えた。それはたんに黙契という以上にある運命のように感じられた。

2

母親がいなくなったのは、敦志が高校二年の真夏日、真っ白な熱の世界が広がっていた。敦志が図書館での勉強から帰ってきたとき、母親の姿がなかった。いつもは編み物の機械の音がするか、台所で料理などの物音がするか、掃除や洗濯をしているか、家を活動させる息遣いが満ちていた。しかしその日は真夏日の白い世界にただひっそりとした空白だけがあった。静寂が冴えかえっていた。父親が掘った穴さえも、白く浮かび上がらせていた。ギラギラとした剣のような光が葉を騒がせていた。家の中から見る庭の緑が眩しかった。息づきの絶えた空間が白い世界の中に死の影を映しているようだった。敦志は胸騒ぎを覚えて、母親の影を求めた。敦志の部屋の机に封のされていない白い封筒があり、母の数行の手紙があった。

「ごめんなさい。どうしてもやらなければならないことがあって、家を出ます。ごめんなさい。探さないで。私は遠くからあっちゃんの人生を祈っています」

父親の部屋にも手紙があり、敦志のと同じに封のされていなかったそれを父親に無断で急いで開けた。文面は前半は敦志へのものとほとんど同じだったが、後半は「二人を置いていく私の罪を許して下さい。これまで大事にしてくださってありがとうございます。今でも愛しています。どうか探さないで下さい。私は必ず生きています。許してほしい。遠くから二人を見守っています。どうしてもやらなければならないことがあり、それに身を捧げます。許して下さい」

「どうしてもやらなければならないこと」とは何だろう――敦志は驚きの中にその言葉を反芻した。家族を捨ててまで、夫や子供を捨ててまでやらなければならないことなどあるのだろうか。家庭を壊してまで――そんなことがあるなどとは信じられなかった。母親の行動への反発と憎しみが湧いてきた。ギラギラとした白日が世界を白く染めている。それは怒りとして、そして空白としてすべてを支配してくるような気がした。大きな、不気味な空洞を残したまま、自分たちの家族が何かに向かって疾走しているのを覚えた。

「探さないで下さい。私は必ず生きています。許してほしい。遠くから二人を見守っています」

――あの最後の言葉は何だったのか――怒りと憎しみが尽きることなく湧いてくる。勝手な言い草だ。だれか別な好きな男でもできたのか。不器用で舌足らずの父親に愛想が尽きたのか。受験を控えた息子をどうして放って置いていくのか。親としての無責任さを何も思わないのか――確かに父親にはできすぎた母親だったようにも思う。明るく、何でもてきぱきとやり、家事は抜かりなくすべてきれいに整え、家の中はいつも清潔で、近所との付き合いもうまくこなしていた。編み物も得意で、自分でデザインして編機で編み、近所から頼まれた収入で生計も大きく助けていたし、父親にも敦志にも、たくさんセーターやチョッキを作ってくれた。秋になって肌寒くなると、箪笥から出して着るセーターのぬくもりに母親の匂いを覚えた。毛糸の股引も作ってくれ、その温かさは綿製品とは比較にならなかった。

子供の頃はよく敦志の頭を膝に置いて、耳垢を取ってくれた。その太腿の弾力が気持ちよかった。よく動物園にも二人で行った。教会にも連れていってくれた。連休に二人で土手でおにぎりも食べた。武徳殿という武道場で見た試合に憧れて「剣道を習いたい」と言うと、「あっちゃんも少年剣士ね」と、警察の剣道場へ行って、入門を頼んでくれたのも母だった。竹刀を買って、母に連れられて初めて剣道場へ行ったとき、帰りに母といっしょに竹刀を立てて撮った記念の写真を、敦志は今も大事に保存していた。

中学のときも、きちんと毎朝弁当を用意してくれ、その中のおかずも敦志の好きな卵焼きをはじめ、焼き魚やハンバーグなど変化をつけてうまそうに入れてくれ、友達から「風間の弁当、うまそうだなぁ」と羨ましがられたものだった。敦志が早朝忙しくて弁当を忘れたときなど、他の見知らぬ中学生に頼んでクラスまで届けてくれたものだった。

その母親が突然いなくなったときは、いきなり何かが断ち切られ、それまで平穏に暮らしていた世界がまるで虚構だったように幕が切って落とされた気がした。突如赤裸々な現実の醜貌が逃れられないものとして自分たちの未来へ広がっていた。自分たちを捨てて出ていった母親への怒りが、自分の底に蟠《わだかま》り、それが大きく塊になって、恨みと人生への疑惑に肥大させていく。黒い塊が膨らんで、人間をどこかで疑う、負の領域へ憎しみを育んでいくのを覚えた。

編み物の機械も、毛糸も残されていた。それらが残っていることが、いっそう不在感を掻き立ててくる。もう編み物はしないつもりなのか、では何で生計を立てていくのか、母の生きていく道も見えなかった。衣類も大半は箪笥や行李やプラスチックケースに残されていた。旅行用のスーツケースは一つだけはなくなっていたが、他の二つは残っていた。移り住む先でまた調えるのか、衣類を通しての生活も見えなかった。

失踪の二年前に母親は妊娠し、敦志にも「あっちゃんにも、弟ができるのよ」と微笑んでいたが、期待は逆転した。臨月が近くなってきたときに突然入院して帝王切開で胎児を堕《お》胎《ろ》した。それはなぜか遠い岡山まで行って手術したのだった。あれ以来、言動がおかしくなっていた。その前にも岡山へは姉の関係でしばしば行っていたことを考えると、岡山でだれか男ができ、その男の子供を宿したのかもしれない。堕《お》胎《ろ》したのは、その男の子供かもしれなかった。ひょっとしたらそれ以前にすでにその男と懇意になってい、それで駆け落ちするために失踪したのかもしれない。猜疑心が繋がり、邪推が邪推を呼んで妄想を膨らませた。

ふだんあまり表情を変えず、行動が重い父親も、母の失踪直後人が変わったようにうろたえて、警察をはじめ、いろいろなところに連絡しまくった。教会関係はもちろん、友人、知り合いや、編み物関係、過去のＰＴＡ関係まで電話をしたり、訪ねて聞いて回ったりした。それでも何の手がかりも得られなかった。一カ月経った頃から、休日になると、手がかりがありそうなところを遠方まで出かけてあちこち尋ね歩いた。心当たりの知り合いやもう存在しない岡山の姉妹のいた家などを訪ねて探し回った。

母親の足取りを求めて岡山の街を歩いたときの虚しさが戻ってくる。知らない町での彷徨が、ときおり体の奥の空洞を通り抜けていく。「探さないで」という言葉をむしろ追いかけるように、果てしなく母親に吸い寄せられていく自分がいた。書き置きには岡山という言葉はどこにもなかった。しかし岡山にいそうだという漠然とした期待があった。一人で行った堕胎入院も岡山だったし、いなくなる一カ月前にも岡山に行っている。寝たきりだった姉のお見舞いにもよく岡山へ行っている。それらが、家を出る動機とどこかで関連がある気がした。

母親の実家は別な所だと聞いていたが、亡くなった姉と妹が岡山にいたということは、記憶していた。結婚前は岡山にいたし、父親といっしょになったのも、ラバウルの生き残りで岡山に住んでいる戦友から紹介されての見合い結婚だった。戦争末期に爆撃で両親と兄を失ったそうで、姉と妹といっしょに伯父の世話になって生活していたが、「遠くに出て住みたい。いつまでも伯父の世話になっているのは心苦しい」という声を受けて、戦友が父親に紹介したのだった。それを考えると、母親の生活の繋がりは岡山がいちばん濃いはずだった。もともと母親は両親と兄を空襲で亡くしているせいか、自分の家のことや過去はほとんど何も喋らなかった。家庭のコンプレックスがあるのか、孤児になった負い目があるのか、過去のこと、家のことになると、貝殻のように固く口を閉ざした。両親を亡くすということがその後の生活や姉妹の運命を大きく変え、それが引け目となって肩身を狭くし、その分久治との生活を大事にし、そこで生きることにすべてを傾け、過去を忘れようとしているように見えた。

結婚式にも伯父夫婦と姉と妹だけで、岡山からの他の親戚縁者、友人、知人の出席者はなく、戦後まもないこともあって、質素に行なわれたという。ほとんど父親の親戚縁者、職場関係の者で、母親は終始慎ましく、身を小さくしていたと聞いた。

母親は年に二度、岡山に帰ることはあったが、お土産を買ってくるくらいでほとんど姉妹のことは話さない。二人がどうなっているのか、「元気でやっていた」と微笑むくらいで父親もこれといったことは知らされなかった。父親が岡山に同行すること自体を「迷惑がかかるから」と頑なに拒み、隔てようとする向きがあった。姉の病気を理由に、夫にも敦志にも会わせようとしなかった。敦志は幼いころから伯母という言葉への実感を持たず、父親の兄弟も戦争でみな亡くなっていたので、親戚感覚の希薄な、寂しい血縁環境だった。ただ母の姉もクリスチャンで、母と同じように、元気な頃は毎週日曜日に教会へ出かけて行って、礼拝に参加しているということだけが親密感を醸していたにすぎなかった。

母の姉は、世話になっていた伯父の工場が倒産して身の置き場がなくなった時点で、アパートを借りて妹といっしょに住むようになったということは聞いていた。二人とも体があまり丈夫ではなく、特に妹は病気がちで、姉は結婚もせずにずっと妹の面倒を見ていた。それは父親も知っていて、久治は姉も妹も身近に呼んで引き取ろうかと口にしたようだったが、母が頑なに首を横に振り、「迷惑がかかりますから」と拒んだのだった。ほとんど岡山の家族について知らされず、壁に隔てられていたが、幼い敦志にも、姉妹二人の存在を母が気にかけているこ

とが、それとなく伝わってきた。家計や編み物の収入の中からいつも送金している気配は感じ

ていたものの、それが具体的にどうされていたのかは、知らなかった。失踪の五年前に妹が先に死に、岡山で密葬が行なわれたが、父親もその日は避けられない用事が重なったものの、それ以上に、母が「一人でいい」という頑な姿勢だったので、父親は参列しなかった。母の失踪は姉と妹のことに何か関係があるのか、何か遠因になっていることも考えられたが、その辺りの事情ははっきりしなかった。

姉からはよく手紙が来ていたが、なぜか手紙はほとんど残されていなかった。来るところは見ても、そのあと処理されてしまうのか、残されたものは目にしていない。失踪したときも岡山関係のものはいっさい残っていなかった。ただ、たった一通の手紙だけ、編機の裏側の箱の間《あわい》に、折れ曲がって落ちていた。切手の上の消印は失踪の二年前のもので、裏に、母の旧姓の苗字を冠した桑原恵子という差出人とその住所が記され、アパートの所在が残っていた。

その内容は、「病院で癌と告げられた」というものだった。母によく似た筆跡で、達筆だった。整った行書のペン字で、短く、報告だけが記されていた。

癌になった姉のその後の消息については、仕送りは二倍も三倍も増やしていたようだったが、それ以外はまったく知らされていなかった。ある日突然岡山へ行き、帰って来て「亡くなったので、密葬した」とだけ知らされた。亡くなったのが、病院だったのか、施設だったのか、それさえも言わず、父と敦志が岡山へ行って墓参りをして義を尽くそうとしても、「もう終わったから」と行くこと自体を拒んだ。

それにしても、どうして母親はあのように姉妹や自分の家族のことを父や自分に隠そうとしていたのか、わからなかった。年に二度も岡山へ行くのなら、一度や二度は久治や敦志をいっしょに連れて行ってもおかしくなかった。それが普通のはずなのに、頑なに壁を作って、父親と敦志を遠ざけていた。何か特別な理由があったのかあらためて訝らずにはいられなかった。父親はやはりだれか好きな男でもいたのではないかと疑いが膨らんだ。父親はもともとそれについてはあまり気を回さず、母の妹に精神の病があるようなことを漏らした。父も配慮して、なるべくその傷に触れないような態度でいたことも、隔たりを深めていたかもしれない。敦志も中学の頃まで親戚とはそういうものかと思っていたし、疑うこともなくそのままでいた。しかしいなくなって初めて、そこに不自然なものがあり、何かが横たわっているのを覚えた。教会で祈りを捧げる横顔の翳りが、それに繋がって疑いのなかに揺らめくのを覚えた。

九月には学校を休んで、三日がかりで父親と岡山の街を探し回った。地方都市の家々が敦志たちの前に冷たい雰囲気で、むしろ拒むように広がっていた。岡山弁のイントネーションが白々しく返ってくる。

手紙の住所だけを頼りに、姉が住んでいたアパートにも行ってみたが、そのアパート自体が壊されていて跡形もなかった。近隣の人も母の姉のことを知っている人がいたものの、「あの暗い人ですよね。お亡くなりになったようですよ」と聞けただけで、どこの病院にいて、どのように亡くなったのか、葬儀はどのように行なわれたのか、聞き出すことはできなかった。その近くの病院や市立病院も訪ねて聞いてみたが、ほとんど守秘義務を盾に撥ねつけられた。

伯父の家を訪ねてみても、ネジの旋盤工場が倒産した伯父の家はすでになく、その家族も九州に引っ越したとかで手掛かりは途絶えていた。

母親はなぜ突然家を出たのか。どうして家族を捨てたのか。あの笑顔や温かみや微笑みがどうして突然失われたのか、納得できない執着となって、繰り返し揺り戻してくる。いま母親は何をしているのだろう。だれか新しい男と幸福な生活を送っているのか、どこか外国にでも行ってしまったのか――警察に届けても、何の知らせもない。どうして「探さないで」というのか、愛情と不可解さと憎しみがないまぜになって、空洞を広げてくる。岡山市内の街並みや、家々の並ぶ住宅地の佇《たたず》まいが茫漠とした家々の海として押し寄せてくる。どこかにいるかもしれない期待と、名前を尋ねるたびに虚しくなる失望の連続とで、世界が自分と父親を拒否している気がした。母親の喪失がいっそう重くのしかかってくるだけだった。

クリスチャンの繋がりで、だれか知っている人がいるかもしれないという期待を抱き、岡山市内の教会も、すべて訪ね歩いた。しかし十字架の建物の下で、戻ってくる答えは、どれも期待を裏切り、その信仰の繋がりの下においても、霧のように希望が散っていくだけだった。

岡山の警察にも届け、捜索願を出した。新聞にも尋ね人として告知欄にも載せてもらった。さらに母の写真入りの広告まで出した。そのうえでさらに三回岡山へ行って、市内を捜し歩いた。岡山の地方都市のたたずまいの中を、足を棒にして尋ね、歩き回ったことが、虚しさとなって、心の空洞を吹き抜けていった。
母親への探索が徒労感で終わるとき、決まって脳裡に浮かんでくるのは、母親の教会での祈る横顔だった。母は一心に何かを祈っていた。あの祈りの深さは何だったのか、幼い頃はそれがそれほど深いものとは気がつかなかった。しかし今思うと、その横顔には異常なほどの思いの強さがあった。普段の明るい顔とはまったく反対の、暗黒と向き合うような真剣さがあった。あれは何と向かい合っていたのか、あの教会の聖壇の向こうにいるキリストそのものなのか、それとも別なものに向かっていたのか、没頭するその横顔には、薄闇の中に白い頬の肌として浮かぶ孤独な闘いのような光があった。失踪した今になってそれが鮮やかに浮かんでくる。子供の頃敦志に見せた明るい笑顔と正反対の、真剣な鼻筋や頬の暗がりに溶ける輪郭の対照が、執拗に蘇ってきた。

精神的な混乱が続いていたとき、たまたま中学時代の剣道の師と会った。敦志の顔から困惑を見抜いて彼は問いかけてきた。母親の失踪と現在の状態を素直に吐露すると、励ましとともに助言してくれた。「おまえは、稽古が終わったあとの黙祷の姿勢がきれいだったな。静寂に溶けるようだった。悩むことがあったら、あれをやれ。禅寺で座禅させてもらうのも、気持ちが落ち着くぞ。いろいろ見えてくるし、力になる。禅道場がこの近くにある。そこはいつでもだれでも受け入れてくれる。悩んだら、その禅道場へ行ってみろ」と言ってくれた。

縋るように訪ねてみると、確かにすぐに受け入れてくれた。座禅は、それなりに気持ちを落ち着かせた。試験が始まってしまったので、一時的にしかできなかったが、内面の嵐を鎮めてくれたのは確かだった。逃れる道が一筋その方向にあり、「生死事大」という言葉が象徴するように厳粛な世界が吸収してくれる側面があった。もっと踏み込んでみたかったが、物理的に時間の余裕がなく、それよりも周囲の高校の仲間たちとの活気のある現実が、母親の空白を埋めてくれた。母親の存在はそれらによって一時的に紛らわされたにもかかわらず、敦志の奥底に沈潜し、蟠《わだか》まっていた。

敦志はユアンと話していたとき、彼の中に奇妙に自分と同じ何かが潜んでいるのを覚えた。彼との間の深い位置に蠢くものがある。響き合う共通な感覚があり、同じものを背負い、同じ苦しみを抱いていることを感じた。そして彼との話がこれから進んでいくとき、いつか自分もその母親の根源に向かって進んでいくことを予感した。彼のことを考え、彼のことを思い浮かべるとき、同時に自分の母親の顔が浮かび、鮮やかに動き始める気がした。母には自分たちに黙っていた何かがあり、まったく別な方向からごくわずかずつその秘密に近づいていくことを覚えた。

第六章　ソロモン――ニュージョージア島

1

ソロモン諸島はガダルカナルを中心とした東部ソロモンと、ニュージョージア島を中心とした中部ソロモン、ブーゲンビル島を中心とした西部ソロモンの、三つの区域に分けられる。

一九四二年末までに、東部ソロモンの戦いの帰趨は明らかになり、日本軍は御前会議でガダルカナル撤退を決定し、二月に「ケ号」という撤退作戦を決行する。結果として、米軍にガダルカナルの大きな航空基地を確保させることになった。ガダルカナルのヘンダーソン飛行場は滑走路がいくつも増設され、一大航空基地となった。二月に日本軍撤退を知った米軍は、ただちに西隣のラッセル島を占領し、そこにも飛行場を増設した。四月にはこの領域の米軍飛行機は五〇〇機に達した。東部から中部ソロモンにかけての制空権は、米軍の勢力下に置かれた。

ガダルカナル戦の初期は日本海軍の力はまだ米軍を凌駕し、どちらに転ぶかわからない状態にあったが、航空戦の不利と、艦隊運用の拙劣により、さらに海軍と陸軍の間の統帥の不揃いによって消耗を重ね、しだいに劣勢になっていった。米軍の反攻意識は強く、激戦に次ぐ激戦で、海、陸、空で死闘が繰り返された。勝敗を分けたのは、結局物資の輸送と航空戦力で、米軍の厚い物資輸送が戦力の差を生み、航空機の生産量を背景とする、制空権の差が、消耗戦の帰結をもたらした。双方開戦時の主力空母はほとんどなくなり、軍艦も数十隻、航空機も双方約一〇〇〇機が消える凄まじい消耗戦の果てに、新たな艦船や航空機を生産する工業生産の差が、勢力差を拡大した。またそれに加えてレーダーなど米軍の新兵器の導入も差を拡げた。日本はこうした科学技術の導入に大幅に立ち遅れ、艦隊の夜戦や、夜間爆撃は、電子技術の開発を積極的に取り入れた米軍にしだいに有利に働くようになっていた。ちなみに日本軍がレーダーの存在に気づき、それをラバウルなど前線軍事施設に配備したのは一九四三年末、艦船に装備したのは「翔鶴」など一部の空母は早かったものの、ほとんどが一九四四年になってからである。それも、米軍に比べるとかなり性能の低いものだった。

ガダルカナルの敗戦によって、撤退後、日本軍は以後の防衛戦をどこまで後退させるかが、戦略上、大きな問題となった。

もともとガダルカナル戦の不利の第一原因はラバウル航空基地から一〇〇〇㎞以上離れている距離の遠さにあったことから、南東方面軍艦隊・陸軍第八方面軍はラバウルとガダルカナルの間に急遽飛行場を造って航続距離の不利を埋めようとはしていた。ガダルカナルまでの距離の約三分の一に当たる位置にあったのがブーゲンビル島で、さらに東へ三分の一の距離にあったのが、ニュージョージア島である。

ガダルカナル戦の最中にも、すでに中部ソロモンの飛行場建設は喫緊の要請として進められたが、ブルドーザーなど持たない日本軍の建設能力の低さに加えて、制空権の不利が完成を遅滞させた。頻繁な爆撃によって設営作業が妨害されたからである。やっと西方のブーゲンビル島のブインに飛行場ができたのは一九四二年の十月初旬、中部のニュージョージア島のムンダ港に隣接する飛行場が完成したのは、十二月中旬だった。ムンダのすぐ西のコロンバンガラ島にも緊急着陸用のベラ飛行場を造った。この頃にはすでにガダルカナル戦は敗勢が明らかになっており、二つの師団増援も失敗して、年末には御前会議でガダルカナルの撤退が決定されている。あまりに遅きに失した飛行場建設だった。しかも航続距離の不利の下に闘いを続けた航空機の激しい消耗で、日本軍は飛行機の生産と搭乗員の養成が追いつかず、十二月二三日に零戦二四機がやっとニュージョージア島のムンダ飛行場に進出した遅延ぶりだった。しかしそれもすぐに米軍の猛爆撃に遭い、破壊を免れた三機がかろうじてラバウルに撤退して、事実上の不能飛行場となった。しかしこの飛行場の建設および防衛のための設営隊、海軍陸戦隊が計七〇〇〇人以上残っていたことから、海軍はここを防衛線とすることを主張した。陸軍は制空権の不利から当初反対したが、海軍の強い主張により、しぶしぶ従って、方面軍司令部は、ニュージョージア島をソロモン諸島の第二防衛線とすることにし、第三十八師団の一部の二二九連隊などを増派して、一万以上の守備軍を編成して防衛に当たらせた。

この軍の流れによって、再び敦志の父親がニュージョージア島に上陸したのは一九四三年の三月だった。それまでブーゲンビル島のブインに待機していた部隊は小型上陸用舟艇に乗って三〇〇㎞の海路をムンダに向かって出港した。米軍の制空権下で、駆逐艦や小型舟艇、潜水艦による輸送しかできなくなっていた情勢下、木の枝や草で偽装した小型舟艇「大発」で、昼は島陰に隠れ、夜になると動いて、やっとニュージョージア島のムンダに上陸した。飛行場はすでに機能していなかったものの、さらに増派された部隊を加えて計一万三〇〇〇の兵が、ニュージョージア島防衛のため飛行場周辺および海岸付近を中心に防御陣地を構築して米軍に備えた。またコロンバンガラ島にも、ベラ飛行場周辺に守備隊を置いて、防衛を固めた。

久治は、当初、三角山と呼ばれるカンティ山の監視所で監視の任務に就いた。三日に一度、米軍の大爆撃があるので、その襲来を報告し、警報を発した。また、終日敵機が上空を哨戒していて、何かを見つけると攻撃してくる。その哨戒機の動きもつねに見張っていなければならなかった。

炊事は明け方か夕方しかできない。もし炊事の煙が昇ると、その煙を立てている所に、必ず銃撃してくる。米軍の飛行機が来る前の早朝か、去った後の夕暮れ時でなければ、火を燃やすことはできなかった。

湿気の強い中で、守備隊は、毎日毎日、陣地を造っている。ふだんからヤシの葉をたくさん用意しておき、敵機襲来の警報とともに、すぐヤシの葉を被せて、カムフラージュする。やり過ごしてから、また作業にかかった。防空壕がいたるところにあり、弾薬も安全な所に確保されて、陣地は強固さを増していた。

防空壕と機銃陣地を繋いで、穴を掘る。トンネルは長く続いていて、一五〇mを超えるものもある。入口には木の柵を、隙間を隔てて二重にして地に深く押し込んで立て、その隙間に石を詰めて爆風よけにする。また、入口は三カ所ないし四カ所造り、一カ所や二カ所砲撃や爆撃で崩れても、逃げられるようにしておく。爆弾振動による崩落を防ぐため、一mおきに枠支えを造る。壕内に井戸や貯水槽、また簡易便所を造り、長時間の壕生活にも耐えられるように整えられた。

土嚢《どのう》を重ね、石や土を積み上げて強固な防御壁を造る。機関銃陣地を一つ完成するだけで二週間かかる。しっかりした台座と防御壁ができた中に、銃口を海岸に向けて設置し、その上や周りをヤシの葉で被う。引火しないように弾薬を配して、やっと完成する。それが山の斜面にいくつもできる。陣地はトンネルと連絡すると、数倍の強固さを得る。ダイナマイトを使って山の中腹に陣地を造り、トンネルで繋げて、幾重にも防御網を張り巡らせていた。

ニュージョージア島は、ガダルカナルに比べると、格段に事情がよく、食糧や弾薬など用意されていて、飢餓からも救われていた。飯盒一つを五人で食べる。それでも副食は不十分だったので、自分たちで魚を獲ったり、ヤシの木に登って実を取ったり、一部は自前での補給を強いられた。トカゲも食用にしたたし、オオトカゲも獲ったりした。

監視所から見ていても、日に日に敵機の数は増し、島の中心のムンダ周辺やコロンバンガラ島への攻撃も頻繁になってきた。

米軍は、ムンダ飛行場と、隣の島コロンバンガラ島の飛行場には、神経を尖らせていて、すでに飛行機の影はないのに、使用不可能とするため三日に一度は必ず滑走路面を破壊するための爆撃を加えた。

こうした状況下で日本海軍司令部は激烈な消耗戦による不利を一気に挽回しようと、四月、大がかりな新作戦を起案した。空母の艦載機をラバウルに集めて、基地航空隊の飛行機と連合させて敵基地への大規模な爆撃攻勢をかけるというものだった。これが連合艦隊司令長官山本五十六自身が起案した「い号作戦」である。山本五十六自らがラバウルに立って直接指揮した。四月七日まず大編隊で南東のガダルカナル島方面を攻撃する「X作戦」を行ない、返す刀で四月一四日までに南西のニューギニアの米軍重要基地ポートモレスビーおよび、ラエ方面を攻撃する「Y作戦」を行なう。参加航空機三〇〇機以上に及ぶ大攻撃だった。しかし現実は暗号が解読されていたうえに、レーダー探知で、事前にうまく回避され、大した戦果をあげられず、損耗の方が大きかった。それればかりか、作戦終了にあたりブーゲンビル島のブインに航空兵の労いに赴こうとした山本長官の一式陸攻を、暗号解読によって知った米軍が四月一八日P38の編隊で待ち伏せ攻撃をし、長官の乗機は撃墜され、ジャングルに墜落した。長官の戦死が象徴するかのように、以後航空戦力、海軍艦船戦力の劣勢は好転することなく、戦力差は拡大の一途を辿った。

ガダルカナル、ラッセル島からの米軍爆撃編隊は、連日のように来襲し、ムンダと、コロンバンガラ島に爆撃を繰り返した。ムンダ、ベラ飛行場周囲の日本側高射砲陣地もよく応戦し、その都度数機を撃ち落としたが、米軍の攻撃機数は増えるばかりだった。

最前線のムンダには、五月中だけで延べ五一六機の空襲があり、コロンバンガラ島には三六七機の来襲があった。

またガダルカナルにはたくさんの輸送船が出入りして戦力が日に日に増強されていることを憂慮した南東方面艦隊司令部は、「い号作戦」のような大規模な航空攻撃が必要であることを痛感し、ブーゲンビル方面の、ブカ、ブインに集められた基地航空隊による、大攻撃作戦を立案した。「六〇三作戦」と呼ばれる一連の航空攻撃は、まず「ソ作戦」によって開始された。

六月七日早朝、八一機の零戦がガダルカナルに向けて発進、ラッセル島飛行場およびガダルカナル上空に飛んで敵戦闘機部隊への打撃をめざしたが、一一〇機の米軍戦闘機の迎撃を受けて、猛烈な空中戦となった。続いて六月一一日第二次「ソ作戦」が行なわれ、七七機の零戦が攻撃、これも七〇機の迎撃を受けて、再び大空中戦が展開された。

司令部はこれらの攻撃により、敵に打撃を与えたと誤った判断を下し、六月一六日、敵輸送船への打撃をも含めた目的をもって零戦七〇機に艦上爆撃機二四機を加えた新たな攻撃「セ号作戦」を実施した。しかし敵戦闘機一〇〇機の迎撃により激しい空中戦となり、対空砲火も加わって艦爆一三機、零戦一四機を失った。「ルンガ沖航空戦」と呼ばれるこの戦いは、レーダーによって襲撃を予知した米軍の勝利となり、結果的にあまり打撃を与えることなく、日本の航空機の損耗を累積させた。

米軍は、この後航空勢力をさらに増加し、圧倒的機数の差によって制空権を保持しつつ、準備を固めて六月末にニュージョージア島への本格的攻勢を開始した。二月以来、本来もっと早く攻撃準備が整ったはずなのに、六月まで延びたのは、ヨーロッパ戦線でのシチリア島からイタリア上陸作戦に航空機と艦艇を回し、戦力が回復するのを待ったためだった。

六月二五日、突如監視所がB17の爆撃で粉砕された。父親の久治がたまたま尿意をもよおして、監視台を降り、岩影で小便をしていたところ、爆音が襲ってきて、とっさに岩の隙間に潜った。地が揺れ、轟音とともに木や土の塊が頭上を飛び越えていった。爆音が去って出てみると、岩の前面の山の斜面は抉れ、監視所は消え去っていた。いっしょに監視していた兵の脚が五〇mも離れた麓近くまで飛んでいた。もし尿意を覚えて動かなかったら、自分も吹き飛ばされていたことを想うとぞっとした。いったん爆撃が止んだように見えたが、それは本格攻撃の前の、束の間の静けさだった。

ムンダ飛行場の奪取をかねてから狙っていた米軍の本格攻撃は、六月三〇日、手薄だったすぐ南の小島レンドバ島上陸から始まった。

その日早朝からムンダの防衛陣地に対して敵の艦砲射撃が始まった。ドォーン、ドォーンと海が吼えている。海岸の砲台陣地や防御陣地に降り注がれている。ヒュウーヒュウーという音が翔けている。海岸一帯に爆裂の柱が立って、土がヤシの木々もろとも舞い上がっていた。陣地は粉砕され、何もかも吹き飛ばされる。あまりの激しさに、防空壕の奥にひたすら伏せているることしかできなかった。直撃弾だけでなく、細かな破片でも致命傷になる。数ミリの鉄片でも胸や頭に当たれば致命傷になる。また至近弾による爆圧も、目玉を飛び出させる。鉄片が腹を抉って腸が飛び出し、それを引き摺って防空壕へ飛び込んでくる兵もいた。それが治まると今度は爆撃機が押し寄せ、空を埋めた。轟音と爆発音が島を蓋った。

猛爆撃、猛艦砲射撃のあと、米軍は日本軍守備隊一四〇名のレンドバ島に、五〇〇〇の兵を上陸させた。

本格攻撃の事態を把握した日本軍は三〇日ブインおよびラバウルの基地航空隊一七〇機をもって午前、午後三度にわたり反撃したが、レーダー探知による圧倒的多数の米戦闘機の迎撃と対空砲火により、五〇機以上が撃墜された。

あっけなく島を占領したあと、米軍は上陸二七時間にして早くも重砲台を建設し、七月一日翌日からそれを用いてムンダ方面への砲撃を開始した。

それまでになかった凄まじい爆撃と、艦砲射撃、レンドバ島からの重砲の砲撃で、地表の陣地は多く粉砕され、深い防空壕に潜って、なんとか凌ぐのが精いっぱいだった。

久治はそのときの空襲の凄まじさを深く記憶し、いつまでも夢に見ていた。

「空いっぱいに、Ｂ17とＢ24がいるんだ。ありったけの飛行機を繰り出してきやがった。グォン、グォンと島中に響く。爆弾がヒューゥッ、ヒューゥッ、と雨のように降ってきて、ドッカーン、ドッカーンといたるところで破裂する。地が揺れる。直撃弾を食らった陣地は土といっしょに吹き飛ばされる。人間も機関銃も土嚢も舞い上がる。地下道に潜ってやっとやり過ごす。地下道そのものも揺れるんだ。そのまま土が崩れてきて生き埋めになるやつもいた。おれの壕のすぐ後ろの地下道が崩れて、もう退けなくなった。まもなくして爆撃機がやっと去っていって助かったんだ」

七月一日、日本の駆逐艦隊五隻はレンドバ島に向かい、敵の揚陸船団撃滅をめざして突入を図ったが、激しいスコールに見舞われて、虚しく引き返した。

七月二日朝、遂に米軍大部隊がムンダの東南方面に上陸した。父親の久治は高台からそれをいち早く目撃していて、司令部に報告したという。

ムンダ上陸の報を受けて、連合艦隊司令部は急遽空母部隊の航空戦隊を基地航空部隊に転用して増派し、陸軍も九七式重爆撃機、一式戦闘機、三式戦闘機を参加させて、陸海軍連合攻撃を加えたが、半数が撃墜された。

翌日も、さらに米軍はムンダ東方海岸にも上陸した。加えて四日、ムンダの北方ライス湾のバイロコ海岸にも大部隊を上陸させた。

日本軍は引き続き四日も陸海連合航空攻撃を行なったが、やはり半数を撃墜され、損害を拡げただけだった。航空戦力は、このあとはもう反撃が続かなかった。敵はレーダー網の進歩による迎撃体制が確立し、日本軍の航空攻撃に大きな被害を与えるまでに航空戦力を向上させていた。

これ以後陸軍航空隊は、すでに六月の「ルンガ沖航空戦」までに大きく消耗した痛手が尾を引いて、この地域から手を引かざるを得なかった。

第八方面軍と南東方面艦隊はレンドバ島に逆上陸して反撃するための陸兵四〇〇〇を用意し、しきりに司令部に具申したが、航空戦の不利によって決断が揺れ動き、結局実現しなかった。

それでもとにかくムンダを死守すべく、コロンバンガラ島に増援部隊を送り込むことにし、二回に分けて、駆逐艦による増派急行を実施した。四日、新鋭駆逐艦「長月」を旗艦とした四隻の駆逐艦によって第一次の出撃が実施され、米海軍軽巡三隻と駆逐艦四隻と交戦、魚雷攻撃によって駆逐艦「ストロング」を撃沈したものの、輸送作戦は兵士と物資の陸揚げができず、失敗に終わった。第一次クラ湾夜戦である。夜戦は日本海軍の得意とするところだったが、この頃から米軍は、夜戦にレーダーを使うようになり、艦艇戦にも変化をもたらし始めていた。

続いて五日、第二次の出撃が行なわれ、第一次の三隻に加えて合計一〇隻の駆逐艦が出撃、陸兵二四〇〇名、物資一八〇トン揚陸をめざした。米軍も直ちに前の夜戦で無傷の六隻に駆逐艦二隻を加えて八隻で迎撃、レーダーで捉えた先頭の旗艦「新月」に集中砲火を浴びせた。これによって艦司令部は全滅という「新月」の大きな犠牲によって、攻撃を逃れた後続の「涼風」「谷風」は八本の魚雷を放ち、このうち三本が米軽巡「ヘレナ」に命中、撃沈した。しかし「新月」は沈没、「長月」はその後座礁して、翌朝の爆撃によって破壊された。これが第二次クラ湾夜戦である。多大な犠牲を払って、かろうじて陸兵一六〇〇名、物資九〇トンをコロンバンガラ島に陸揚げした。

コロンバンガラ島からは大発などによる小型船で夜陰に紛れて「蟻輸送」を行ない、ニュージョージア島への兵員と物資を増員補給した。

その過程で、第八方面軍司令部は結局レンドバ島逆上陸の機会を失し、敵兵力の膨大なことを知って、レンドバ島の奪回を諦め、ムンダとコロンバンガラ島を確保することに作戦を後退させた。

一方、陸での米軍は、大規模な上陸に成功したものの、ムンダ飛行場周囲の厚い守備に加え、ジャングル地帯を進行するのに、難渋した。ガダルカナルで日本軍が苦戦したのと逆の立場になり、厚いジャングルが進行を阻み、その攻撃は遅滞した。

十全に備えていた構築陣地を拠り所に、日本軍は、猛烈な迎撃戦を展開した。レンドバ逆上陸用のためにコロンバンガラに転用されていた歩兵第一三連隊はムンダに上陸し、ジャングルを横切って南岸の米軍に夜間切り込みを行なった。また二二九連隊も機関銃を失いつつ熾烈な白兵戦を行なうなど、米軍に大打撃を与えて後退させることに成功した。白兵戦の凄まじさを、父親は、鬼のような形相で語った。

「機関銃ももうなかった。陣地は砲で吹き飛ばされるし、弾もない。攻めてきた敵と入り乱れるうちに夜になっていた。どっちがどっちだか、わからない。敵がもう近くに入り組んでいた。あっちこっちから喊声があがる。絶叫のようなすごい声だ。もう、わけのわからない切り込みだ。おれもガムシャラに突進したんだ。どうせ死ぬんだから敵の一人でも二人でも道連れにしてやる、気狂いになって突っ込むんだ。真っ暗の中を入り乱れて、もう近い距離にいる。時々照明弾が上がる。鉄兜の敵の兵がすぐそばにいる。青い目だ。撃たれたが、耳を掠めただけだった。瞬間に突進して胸を刺した。殺すか、殺されるか、それだけなんだ。さらにそいつの後ろに銃を構えようとしている若いヤツがいた。前の兵の胸から引き抜いた銃剣をそのまま、そいつめがけて跳ぶようにして突いた。そいつの目玉にめりこんだ。もう一つの目玉が大きく開いて、おれを見ていた。すぐ首に刺した。おれはそこで三人殺した。機関銃の音がして、近くに土煙が上がったんで、おれはとっさに伏せて、米兵の死体の下に隠れて、やり過ごした。そのうち機関銃の音が止み、英語の叫ぶ声が聞こえて、潮が引いていくように静かになった。撤退していったんだ。

おれの上にまだ温かい米兵の体があった。おれはそこから起き出して、米兵の体になお銃剣を何度も突き刺した。そうせずにはいられなかった。ありったけの力で突き刺し続けた」

米軍は撤退した。しかし翌日、猛烈な砲撃で反撃してきた。それは狂ったような砲撃で、日本軍を釘付けにした。さらに艦砲も加わった砲撃により、後退を余儀なくされた。

一進一退の激戦が続き、七月中旬まで米軍の前進は阻まれていた。

七月九日の重巡「鳥海」軽巡「川内」に駆逐艦八隻を加えたコロンバンガラへの輸送部隊は何も妨害を受けることなく陸兵一二〇〇名、物資八五トンを陸揚げに成功した。第一三連隊のムンダへの転用の後を埋めるべく、さらに増援輸送が続けられた。

七月一二日、この方面への日本海軍輸送部隊軽巡一隻と駆逐艦一〇隻はコロンバンガラ沖で「ホノルル」を旗艦とする軽巡三隻と駆逐艦一〇隻のニュージーランド艦隊との間で交戦し、砲撃戦、魚雷戦を繰り広げた。「コロンバンガラ沖夜戦」と呼ばれるこの海戦では、旗艦軽巡「神通」が集中砲火を浴びて艦司令部もろとも海に沈むものの、米軍軽巡「ホノルル」「リアンダー」「セントルイス」三隻を酸素魚雷で大破させ、駆逐艦一隻を撃沈するなど勝利し、一一〇〇名の陸兵と物資一〇〇トンの揚陸に成功した。

コロンバンガラ島に物資を陸揚げし、夜、大発によってニュージョージア島のムンダへ輸送するという方法で日本軍は補給を続けた。

米軍は、このコロンバンガラ島とニュージョージア島間の大発による輸送を絶つべく、レンドバ島に魚雷艇基地を造り、小型艇を駆使して、この海域に近づく日本の駆逐艦や大発に攻撃をしかけた。のちの米大統領ジョン・F・ケネディが乗った魚雷艇PT109が、駆逐艦「天城」の体当たりによって撃沈されたのは、こうした輸送阻止戦の最中だった。

海戦や小衝突が繰り返され、日米双方の駆逐艦の沈没は夥しい数にのぼり、クラ湾一帯は「駆逐艦の墓場」と呼ばれた。

七月一七日、ブーゲンビル島のブインの基地が米軍機二九〇機の大空襲を受け、航空機の損害ばかりでなく、駆逐艦四隻までが破壊された。

なおも日本軍は重巡「鳥海」「熊野」「鈴谷」を中心に第三水雷戦隊をコロンバンガラ島に派遣し、米艦隊の撃滅を試みたが、出撃時に夜間空襲を受け、「熊野」が大破、駆逐艦「夕暮」「清波」が沈没して挫折した。この頃になると、米軍はレーダーによる夜間爆撃を行なうようになり、B17、B24の爆撃機が夜、ブインやラバウルを襲うようになっていた。

後方の日本の戦力をしっかり叩いたうえで、米軍はムンダに大攻勢をしかけた。七月二五日、猛烈な爆撃と砲撃を加えたあとM3戦車を先頭に雪崩れ込んできた。日本守備隊はこの戦車に対して肉弾攻撃を挑むなど激烈な抵抗戦を展開したが、劣勢を挽回できず、苦境に立たされた。第一三連隊の決死の攻撃も、一時敵陣地を後退させたが、大勢は覆すことができず、飛行場正面も凄まじい砲撃によって、ジャングルは消え、土くれの地と化し、防衛陣地は次々に潰された。二二九連隊の残存兵は八〇〇名に減じた。三一日、南東方面司令部は、ムンダ戦線の縮小を命じるに至った。

縮小した防衛線も、日本守備隊の武器弾薬は底を突き、八月四日それまで死守してきたムンダ飛行場をついに放棄した。

八月六日、米軍はムンダ飛行場を占領、星条旗を掲げた。日本軍の残存兵は五〇㎞対岸のコロンバンガラ島に撤退することになる。

父親と敦志はガダルカナルへの旅の三日目に、空路でニュージョージア島へ飛んだ。ソロモンの島々を下に見ての一時間弱の行程だった。

現在もニュージョージア島の玄関として賑わっているムンダ空港には、その一角に慰霊塔が建てられている。激戦のメモリアルとして米軍が建てた小さな四角錐尖塔だったが、父親と敦志はホテルへの車に乗る前にそこへ案内され、説明に耳を傾けた。久治は、白いその慰霊塔よりも、遠方のジャングルの緑に目をやり、彷徨うような視線を投げ続けた。よく生きて帰れたな……またここへ来れるとは思わなかった……呟きがかすかに聞こえた。

ムンダのホテルは港の波がすぐそばにひた寄せるバンガロー形式で、その食堂で夜食をとったとき、ガイドのボビーが何気なく話しかけてきた。

「僕の父は『日本軍の兵隊が、味方の小指を切り取ってポケットに入れていた』と話してくれた。それはほんとうですか」

父親は苦笑いをしながら、答えた。

「ほんとうだ」

「なんのために？　僕の父は『食べるため』と言っていたけど」

英語で聞くボビーの質問を、敦志が通訳して父親に伝える。久治は笑った。

「いや、そうじゃない。それを集めて燃やして、遺骨として内地へ送るんだ」

「アメリカ兵はそんなことはしなかった」

「確かに意味のないことだった。だれの骨か、だれの指かわからない。とにかく骨であればいい。小指は切り取りやすいし、持ち運びやすい。それだけだ。焼いたそれを、だれのでもいい、白木の小さい箱に入れて、『立派に戦いました』と遺族に送るんだ」

沈黙したボビーに、父親の久治は自らを、そして戦いそのものを嘲るように、憎しみを込めて言った。

「そんなのができるうちはまだいいんだ。まだのどかなもんだ。そんなことは、ムンダの戦いで最初の頃、一回か二回あったくらいだったなぁ。激戦になったら、そんな余裕はねえ。遺骨どころの話じゃねえ。すさまじくて、骨もへったくれもねえんだ……」

潮風が吹き寄せるなか、久治は料理の羊の肉を食いちぎり、それを吐き捨てるように言った。

2

八月八日以降残存の日本軍守備隊は夜間の大発輸送でコロンバンガラ島に撤退を開始した。

しかしムンダ海岸方面にはまだ多数の兵が残り、闘いを続けていた。物資輸送の途絶えた残存部隊は、飢餓との闘いを余儀なくされつつ、米軍の追討部隊を打ち払い続けた。その傍らで、少しずつ大発によって夜間コロンバンガラへの渡航を密かに重ね、撤退がほぼ完了したのは、八月三〇日だった。

ムンダとコロンバンガラの間にアルンデル島という小島があり、撤退のためには、その島の確保が重要になる。父親の久治は、その偵察にも駆り出された。偵察には成功し、いったん帰還して、コロンバンガラ島への撤収船を待った。のち、その島は第一三連隊の一部が派遣され、連隊長が戦死する打撃を蒙ったものの、撤収最後まで確保された。

父親の部隊が大発に乗り込めたのは、八月二七日だった。深夜二時、入り江に近づいてきた大発からロープが渡された。海岸に待機していた三〇〇名ほどの残存部隊が四本のロープに向かって並んだ。銃は海に捨てた。服はボロボロ、髭はぼうぼうで骨がギロギロした兵たちが数珠つなぎでロープをつたっていく。途中力尽きて、海に沈んでいく兵もいる。アメリカの魚雷艇があたりを哨戒しているので、急いで乗り込みを終えなければならない。大発には一〇〇人しか乗れない。二艘の大発に乗っても、まだ三分の一が残っていた。浜に並んだ兵を置いて、大発は出発する。ガダルカナルと同じように、兵士たちの声が海を駆けてくる。「乗せてってくれえ」「戻ってくれえ」という声がエンジン音を越えて追いかけてきた。

3

オリオン座が冴えた空にきれいに見える深夜、家に電話がかかってきた。武田が成田から電話を入れてくれたのだった。一一時半を回っていた。夜をものともしない活力のある声が受話器に溢れた。

——今、空港です。夜中にすみません。起きてました？　寝てると悪いかな、と思ったんですけど——

「いや、だいじょうぶですよ。いつも寝るのは一時近くですから。庭から星を見てました」

——機乗《ボーディング》までまだ四〇分あるんで、一言お礼が言いたくて。パキスタン航空はよく遅れるので、もっと待たされるかもしれないけど、おかげさまでなんとかこうして出発できます。感謝しています——

「たいしたことじゃありませんよ。武田さんの仕事には、敬服していますから」

——僕にはとてもありがたいことなんです。また歴史の現場の写真が撮れる。いい写真を撮ってきますよ——

「向こうには何時に着くんですか。今からだと朝ですか」

——トランジットなので、いったんフィリピンのマニラに降りるために、遅くなるんです。

午前一〇時頃になるでしょうね。いつもフィリピンから中東への出稼ぎの人たちを大勢乗せるんですよ。それがけっこう時間がかかる。だから安いんですけどね――

「そう言えば、私も日本語の生徒にフィリピン人がいますが、アラブに何回も行ったと言っていましたね。タイに着いたら、ポル・ポトの基地にはいつ入るんですか」

――向こうでタイ軍から報道の許可証を取らなければならないので、早くても四日後です。それまで、外務省のプレス・セクションに、空港に着いたらその足ですぐ行くんですけどね。それまで、ドンパチが始まらないことを祈っています。

ところで、ウォン・ユアンとの面談は、あれからまた進んだんですか――

「いいえ。明日からまたあらためてやります」

――また、ぜひ知らせてください。もう手紙のやりとりしかできませんけど――

「また、そのときは」

敦志は返事をしながら、それが手紙では書きにくいことを覚えた。詳しくは手紙では記しにくかったし、また証拠のようになることを恐れた。

――僕の方も、国境の状況など、また手紙で連絡しますよ。いつか、タイに来たら、カンボジア国境を案内しますよ。難民村なんか見てほしい。興味あるでしょう？――

「ええ。行けるものなら行ってみたいです」

――うまくお互いのタイミングが合うといいですね。そのときは案内します――

父親がいる限り、だめだろうと思いつつ、敦志は可能性として心が動くのを覚えた。ガダルカナルの旅とはまったく別な、現実に動いている戦場への興味が頭をもたげてくる。本当にそんな所へ行けるのか、三日前の武田との会話のとき、半信半疑のまま、同時にそれに対して自分でも驚くほど心が動くことに狼狽したことがあらためて蘇り、自分の奥を何かが再び煽り立ててくるのを覚えた。危険も大きい。しかしなお行ってみたい欲求を感じた。いったん抑制し、ほんとうにそんな所へ行けるんですか、という言葉を呑み込んだものの、同時に、武田が実際にそこへ行こうとしているその現実が、難民村やポル・ポト軍基地を近く感じさせた。敦志はそれを振り払い、誘惑を今は打ち消すようにして、最後に言った。

「気をつけてくださいね。危険も大きいでしょうから」

戦場に向かうカメラマンにとって、意味のない言葉であることを覚えつつ、形だけの挨拶を送った。

――いいのを撮ってきますよ。じゃあ、また。向こうから連絡します。ほんとうに、ありがとう――

屈託のない明るい声のなかにも最後に感謝のこもった言葉で切れた。飛行機の飛び立つ気配がなお余韻として伝わってくるのを覚えながら、敦志は東京湾の向こうの房総の方向の夜景に眼を投げつつ、武田の声を反芻した。自分がカンボジア国境へ行くそれが、非現実ではない可能性として、成田の方向に繋がっている気がした。

4

月曜日、授業数の減った日本語学校へ出たとき、また校長から呼ばれた。

校長室の重いドアをノックし、中へ入ると、いつもの校長の脂ぎった顔が、いっそう笑みを濃くし、チョビ髭を光らせていた。

いま生徒数が減っている事情から、授業は月水金の午前と午後になっているが、翌週からさらにそれが減り、月曜日と水曜日だけになるということが告げられた。ユアンとのことを考えると時間が取れるのはむしろ歓迎だったので、喜んでそれを受け入れたが、校長はさらに敦志の顔を窺うようにして、尋ねてきた。

「まだタイのタマサート大学から頼まれている日本語教師が決まらないんだが、君にその気は残っているのか、聞きたくてね」

「先日もお話ししたように、いま父が病院に入っていますので、無理です」

眼鏡の奥の眼を横上に逸らせるようにして校長は切り返してきた。

「君のお父さんは精神病院にいるそうじゃないか。君が見舞いに行っても、行かなくても、あまり変わらないんじゃないかね」

敦志はだれが校長に精神病院のことを告げたのだろうか、と一瞬訝ったが、今は校長の背後の意図の方が重要に感じられた。校長がそう言ってくることは、赴任者が決まらず窮しているこことは明白だった。それ以上に、何か別の意図も働いていることが感じられた。数日前に、中国人の一団が訪れて、校長室に入っていったことや教室を見学していったことが脳裡をよぎった。イラン人の生徒が、それに触れて告げてきたことが全体を想起させた。四月から中国のアモイの日本語学校と提携して大勢の中国人が入校してくること、ビザの大量取得のブローカーが出入りして、中国とのパイプが太くなることがこれからのレールを窺わせた。その体制に、敦志のような人間は邪魔になる。早く追い出したがっている意図が透けて見えた。

「いいえ。たとえ精神を病んでいて、病院にまかせきりになることは事実でも、そういうわけにはいきません。医師からは頻繁に会うことで、病気の進行が防げるとも言われていますし」

「タイにいても、一カ月に一回くらいは帰って来れるんじゃないかね。それに、向こうがまた催促してきたので、『報酬が安いんで、なかなかむずかしい』と言ったら、少し上げてきたよ。月に一万を上乗せしてきた」

校長の食い下がりに、敦志は人間ブローカーのような欲望が底に蠢いているのを覚えた。一万円が上乗せされても、報酬的には大した差はない。それより、父親のことをやはり放り出すことはできなかった。

不可能だと思いつつ、もしタイに行くことになったら、敦志はふと、向こうで武田と会うことも実現するのかもしれないと連想した。武田が言うように、マスコミで騒いでいるカンボジア国境の難民をこの目で見ることになるのかもしれない、と逆のことを空想しつつ、敦志は同じ答えを返した。

「今は無理です」

その答えの中には、追い出したがっている校長の意に乗ることへの反発も含まれていた。校長の意のままになることへの抗いが、心理的な反抗として語気を強めていた。

しかし校長は、まだ執拗に言葉を重ねてきた。いったん、方針や、行動の目的を決めたら、すぐに諦めずに、どこまでも粘着的に追い続ける。そしてその執拗さや執念深さが、ここまでこの民間の日本語学校を支え、発展させてきたことを、敦志はあらためて感じた。このビルも自社ビルであり、コンクリートの全体が、実現のための執念の固まりのように思えた。唇の端とチョビ髭の固さに異様な力が感じられた。

「そうか。まだ時間がある。向こうは新学期が五月からなので、三月の終わりでも十分間に合うと言ってきている。こちらもまた別の講師を探してみるが、それまでに君ももし気が変わったら、言ってくれ。ほんとうに、君もいい体験になるんだがなぁ」

それだけ言うと、また机の書類にチラリと目を戻し、敦志を追い払うような手振りを見せた。

手振りだけで済ませる軽視に腹立ちを抑えつつ一礼して敦志はドアを出た。ドアを背にしたとき、もし父がいなかったら、自分はこの話を引き受けるだろうかと、あらためて自問した。

そしてそれが、武田が言った「カンボジア国境を案内しますよ」という言葉にいつのまにか繋がって動き出すのを、不思議な気持ちで反芻した。

教員室に戻る途中で、タイ人生徒が話しかけてきた。彼女は以前にも敦志にお金を無心してきたことがある。「先生にお願いがある」と彼女はまた懇願してきた。「放課後、話したい」と言う。授業が終わったあとの夕方、いっしょに軽食を摂りながら、彼女の話を聞いた。

東北タイに家族といる妹が交通事故に遭い、その手術のお金がないので、送金してやらなければならない、五万円貸してくれないか、という頼みだった。彼女には、以前に八万円を貸したことがある。それは返してもらったが、約束の期限を半年以上過ぎていた。彼女たちは日本に出稼ぎに来るのに、二〇〇万円ほどブローカーに借金してルートに乗せられる。パスポートも身元引受人も、みなブローカーが手配してくれる。利息も含めて毎月九万円近くをブローカーに支払い、残りで生活し、かつ本国の家族に送金しなければならない。苦しくきわどい生活にはちがいなかった。悪質なブローカーに騙されて麻薬を運ばされる者もいる。彼女の友人の一人もそれで捕まっていた。

敦志は同僚から、生徒と付き合う姿勢を白い眼で見られていた。甘い顔をして付き合っていると、毟り取られるばかりだぞと、警告される。しかし、実際はこれまで律儀に返してくれたし、家族のために日本の生活に耐え、懸命に働く姿を見ていると、なぜか冷たく割り切ることができない。彼女もそういう敦志の姿勢を見て、「水心《ナーム・チャイ》がある」と打ち解けた言葉を何度も呈してきたことはわかっていた。

敦志は彼女の眼を見た。その黒い大きな眼は、やはりほんとうに困っているようであり、ピックアップトラックにはねられた妹が一生不自由な脚になるかどうかの瀬戸際であることが伝わってきた。タイには日本のような公的な健康保険制度はない。五万円で済むのかどうかも訝しい。他にもあてがあるのかもしれない。しかしとにかく五万円くらいならなんとかなる。父親の預金通帳には、まだ相当な数字が残っている。自分がカードを自由に遣えることに、うしろめたさはあったが、そういうお金の遣い方なら、父親も否定しないだろう。敦志は「ＯＫ」と自分の人の良さと甘さを戒めつつ、笑みを返した。タイ人の大きな眼が口にも喜びを表して輝く。「センセ、ありがとう」彼女は敦志の手を握ってきた。

「センセ。もしタイへ来たら、ウチに来てね。カンゲイする。妹もいっしょに」

彼女の眼から光るものがこぼれ、手に強く力がこめられてきた。

敦志は一方で、こんなことをしていたら、お金が飛んで行くばかりで、いつか自分の足元を崩すことになりかねないと、自分を戒めつつ、また一方で、その思いを伝えてくる掌への感触を通して温かなものが流れ交じわり合うのを感じた。そしてなぜかそこに、彼女の言うタイの地に誘われ、いつか実際にそこで動き回る未来を感じた。タイに誘われているように思った。

第七章

ソロモン——コロンバンガラ島・ラバウル

1

ガダルカナルへの旅の五日目はニュージョージア島のムンダから、ボートでコロンバンガラ島へ渡る旅だった。

ムンダ港は、今は地方の物資輸送の入口として活気づいている。その小さな港からチャーターした小型プラスチックボートに乗り込むとき、久治は急にうなだれ、落涙した。ボートにひたひた寄せる波が、船腹を打って横に揺らせている。久治はそれに合わせるように、嗚咽に体を預けた。ニュージョージア島の激戦とそれに続くコロンバンガラ島への撤退、そしてまたコロンバンガラ島での激戦と、転戦の感覚が、新たに記憶を蘇らせているようだった。

クラ湾はいくつもの小さな島が入り組んでいる。父親がおさまるのを待って走り出したボートは、快い潮風を受けて、島々の間を縫っていく。少し広い海に出た所から、沖に高い三角の島が姿を現す。それがコロンバンガラ島だった。山は一六〇〇mのコニーデ式休火山で、日本軍はこの山を「ソロモン富士」と呼んでいた。周囲六〇㎞ほどの島にしては、高い山だった。ガイドは「この向こうが『駆逐艦の墓場』と呼ばれています。駆逐艦だけでなく、日本の輸送船もいっぱい沈んでいます」と右手の青い海を指差した。久治はまた眼を瞑ってしばらく潮風を顔に受けていたが、やがてふと思い出したように、持っていたリュックの中から、日本酒の小瓶を出し、蓋を開けて、その青い海に降り注いだ。波の泡の隆起にそのまま溶けるように、はかなく半分を吸い込んでいったが、父親はまた眼を閉じて合掌した。

コロンバンガラ島は、それまでニュージョージア島の支援基地として、武器も物資もかなり運び込まれており、上陸した父の疲弊部隊はやっと一息ついた形になった。カルピスやおむすびも出、新たな兵服も支給されたという。海岸に一二センチと八センチ対艦法もいくつも設置され、陣地も厚く敷かれていた。

久治が撤退していったとき、ムンダの予備飛行場として造られたコロンバンガラ島のベラ飛行場も、飛行機はなかったが、まだ使え、物資輸送のための緊急着陸は行なっていた。島の中心の高い山は、雨の多い時期のせいで雲が厚く、上陸しても、上はほとんど見えなかったという。ニュージョージア島からの撤退部隊と、以前からの守備部隊とを合わせ、一万二〇〇〇の兵が集結した。二二九連隊、一三連隊、呉および横須賀の海軍陸戦隊の他に野砲、高射砲の部隊が揃っていた。

「コロンバンガラ島は、陣地も、防空壕もよく造ってあったが、敵機の爆撃は、依然としてすごかったなあ。しょっちゅう数十機の爆撃がある。司令部も兵舎も、建てればすぐ爆撃で吹っ飛ばされるから、みんな防空壕の中か、地下道か、ジャングルにあるんだ。B24を、おれらは『コンソリ』と言っていたんだが、でかい腹がゆうゆうと上を飛んで爆弾を落としていきやがる。それでも、ジャングルの中の高射砲が、狙い撃ちして一機、二機を落とす。すると翌日には仕返しとばかりそこへまたたくさんの爆弾が集中して落とされて、ジャングルが裸になる。そんなことの繰り返しだったなあ。少しずつ、ジャングルの中にハゲが増えていった。

それでも地下壕は、コロンバンガラは一番深く、よく整っていた。重爆の爆弾にもよく持ちこたえていたんだ。やっぱりマラリアやデング熱なんか、けっこうかかっているヤツも多かったが、全体として士気は高かった。

ムンダの重砲が海の向こうから撃ってくる。艦砲射撃はときたまだったが、それ以上にその重砲の射撃が凄かった。ヤシの木を六段に重ねて頑丈な防空壕を造っても、直撃弾を喰らったらおしまいだった。いくつもそれで防空壕がやられた。

重砲弾がどこへ着弾しているか報告するために、おれらの上を敵の観測機がのんびり飛んでいやがって、高射砲がそれを狙い撃ちして落としたときもある。その翌日、すぐ数倍の返礼が来た。

ヒューウ、ヒューウという砲が海を越えて飛んでくる嫌な音のすぐ後に、ドカーン、ドカーンと破裂が続く。その爆発の凄まじい音にも馴れて、敵が休憩を入れる時刻もわかるようになって、その間に飯を食ったりした」

久治がコロンバンガラ島へ撤退した時のすでに半月前、コロンバンガラ島の防備が厚く、上陸は犠牲が多いと見た米軍は、それより一〇〇㎞西のベララベラ島を占領する作戦を展開していた。コロンバンガラ島を孤立させ、輸送をすべて絶って、干上がらせる目的だった。ニュージョージア島の占領に予想外の苦戦を強いられた経験から、米軍は、この飛び石作戦を考え、戦術として大胆に決行した。以後、太平洋の島嶼戦略はこの「飛び石作戦」を北上日本接近の戦略方針とした。

この動きを予想していなかったベララベラ島の日本軍守備隊は六〇〇人に過ぎず、八月一五日、米軍は六〇〇〇名の陸軍師団を上陸させた。米軍はここにすぐに飛行場を造り、ニュージーランド部隊を呼び寄せて増強した。米軍上陸に対して、日本軍はただちに、航空部隊を送って反撃したが、劣勢は動かなかった。南東方面司令部は続いてベララベラ島への支援部隊陸軍二個中隊と海軍陸戦隊を増援として送り込むために、駆逐艦四隻の護衛による輸送部隊を出撃させた。この海域は狭く浅く、重巡クラスの艦艇は座礁の危険があり、加わらなかった。

駆逐艦隊は、迎え撃った四隻の米軍駆逐艦と激突、第一次ベララベラ海戦となった。引き分けの形になったものの、輸送には成功して、上陸させた。しかしこの増援も、結果的に大した反撃にならず、結局九月以降動き出した圧倒的勢力の米軍により、島の北西部に追い詰められ、戦力を封じられた。

米軍のベララベラ島の占領と飛行場建設を見て、南東方面司令部は、コロンバンガラ島を防衛最前線として持ちこたえさせる作戦を見直さざるをえず、撤退の方向に傾いた。久治たちは、東西で繰り広げられる海空の激しい闘いのなかで、大局がどうなっているのか知らされないまま、ひたすら爆撃と重砲の攻撃に地下壕で耐える日々を送っていた。

「コロンバンガラじゃあ、砲撃と爆撃でモグラ生活だった。爆発で地面が揺れる。土が崩れてこないか、心配だったが、なんとか、もっていたなぁ。地下壕の中では煙がすごくて飯は炊けない。自分らが燻《いぶ》されちまう。夜だけがのびのびできた。夜の星の下で少ない飯を食うことだけが救いだった。しかし食糧の輸送が途絶えて、日に日に米も少なくなってきた。とうとう炊く米そのものがなくなって、ガダルカナルのようになってきた。結局は同じだった」

九月一五日、日本軍はついにコロンバンガラ島の放棄を決定、一万二〇〇〇人を撤収する作戦を立てた。これが「セ号作戦」である。コロンバンガラ島の北北西一〇〇㎞の位置にチョイセル島があり、チョイセル島からブーゲンビル島南端のブイン基地まで約一〇〇㎞ある。チョイセル島を経由する合計二〇〇㎞を大発一〇〇隻を用いて撤収する作戦だった。これと同時に、ベララベラ島の残存部隊も撤収する作戦が計画された。

九月二八日、第一次撤収作戦が実行された。午前二時、途中魚雷艇や駆逐艦によって何隻も失いながらもやっとコロンバンガラに辿り着いた大発三〇隻をいくつかの海岸に分け、闇に紛れて海岸に集まった兵を乗せた。次々に往復輸送で合計五〇〇〇名の兵を沖合の駆逐艦に移乗させた。

さらに二九日から三〇日の深夜、移乗に成功した海軍の舟艇は一一〇〇名の兵を乗せて走行中、米軍の魚雷艇に発見されて一隻を失いながらも、直接チョイセル島に向かうことができた。作戦は成功した。

十月二日午前三時、第二次撤収作戦が行なわれ、日本駆逐艦隊は米海軍の巡洋艦三、駆逐艦三の艦隊に遭遇し、夜戦が繰り広げられて駆逐艦隊はコロンバンガラを離れたが、大発の機動舟艇部隊は散り散りになりながらも、コロンバンガラへ突入し、独力で残存兵の撤収を行なった。

戦史ではほぼすべてが移乗し、一万二〇〇〇の兵の撤収は成功したとあったが、父の話では、かなりちがっていた。

「海岸沿いをおれらは集合地点へ向かって闇夜を歩いた。やっぱり銃も、機銃も、弾薬も、鉄兜も、もう捨てろ、という命令を受けて、すべて置いて出発した。もう骨と皮だけのようなのばかりなので、動くのがやっとというところだ。最初から銃なんか持っていける状態じゃなかった。ヨロヨロしながら、海岸へ向かった。

ある河口へ出た。向こう岸へ行けるか不安だったが、それほどの深さではなかったので、そのまま腰くらい水に漬かって向こう岸へ渡った。なんとか行けた。それからしばらくして入り江があった。その入り江に来る舟艇を待っているのかと思ったが、浅くて船は入れなかった。入り江を一周して向こう岸まで行くのは遠くてたいへんに思えたが、入り江の海口が首くらいまでの深さだったんで、そのまま歩いて最短で対岸まで渡った。それからずっと砂浜が続いていた。その向こうが、集合地だった。眼を凝らすと大発が二隻、夜の海に浮かんでいた。八〇mくらいの距離だった。すでにロープが何本も大発から渚まで渡されていた。そのさらに沖合の六〇〇mほど向こうに駆逐艦が待っていた。普通は全員揃ったところでしっかり点呼をかけてロープをつたい始めるんだが、もう後ろは遅れているし、気力も体力も残っていなかった。ぐずぐずしていたら、また敵の魚雷艇に襲われる。どんどんロープに手をかけて、海へ繰り出していった。わずか八〇mが長く遠く感じた。ほとんど進んでいない気がする。手から力が抜けていく。前のやつが急にふわーっと浮かんで離れていく。『がんばれ。もう少しだ』と言って戻してやろうとするんだが、自分にも引き戻す力がない。後ろからも『がんばれ』『もうちょっとだ』『日本へ帰れるんだぞ』と励ます声が聞こえる。それでも、途中で力尽きて顔を海につけたまま離れていく。沈んでいくやつもいた。三分の一くらいがロープから離れていった。

もうロープも引き揚げ始めていた。海岸にはまだたくさん兵が待っていた。ありったけの声で叫んでいた。『おおい』『おおい』『乗せてってくれえ』『日本へ連れていってくれえ』『戻ってくれえ』と絶叫していた。ロープから離れて溺れていくやつをだれも助けはしないし、そんな余裕はない。大発がいっぱいになったら、どんどん出発するんだ。声も叫びもみんな置き去りにする。撤退のときはみんなそんなだった。あの声は、もう消せない。夜の海はその声でいっぱいだ。あの声は、忘れられるもんじゃない。悲痛な声だった」

また十月六日深夜、ベララベラ島の撤収も、駆逐艦隊は第二次ベララベラ海戦となりながら、なんとか成功した。

2

コロンバンガラ島は、今はポリネシア系の原住民がごくわずかに住んでいるにすぎない。いくつかの島の間を抜け、それらの海岸までせり出したジャングルから、まだ日本軍の錆ついた砲塔がときたま覗いているのを指差しながら、ガイドのボビーは、「このあたりは、日本の船も、アメリカの船もたくさん沈んでいます。日本もよく戦ったね。ヤマトダマシイ、尊敬します」と言った。やがて、コニーデ式の山影が大きくなってそれに近づき、一つの小さな入り江にボートは入っていった。そこに一軒人家が見える。そこから板が延び出たささやかな船着き場にボートは寄せられて、横腹を付けた。真っ黒な大男が出てきて、船からロープを受け取り、一つの柱に縛って繋ぎ留める。ボビーに白い歯を見せて、現地語で歓迎らしい言葉を放った。話は付いているようで、「ウェルカム」という言葉とともに、ボートから降りた父と敦志に握手を求め、

「ジョンソン」という英語の名前を持っていると自己紹介して、荷物を持ってくれた。半袖、半ズボンに裸足だった。ボビーもそうだったが、この地域の原住民は色が黒くアジアの黒人とも呼べるような漆黒の肌をしている。気のよさそうな表情で、先に立って、裸足がむしろ気持ちよさそうにジャングルの中のぬかるみの小道を歩いていく。蘇鉄やマホガニーの大樹に太い蔓が絡まり、両側が鬱蒼として緑の壁をなしている。迷いこめばもう出てこられないような密集した熱帯植物の圧倒感が押し寄せてくる。原色のオウムがバサバサと羽音を立てて飛んでいる。湿気が樹木の呼吸を旺盛にしている。蛇やムカデが出てきそうな気配があった。

一五分くらい歩いて、やっと視界がきく場所に出た。草原の広がりがある。そこが、日本軍が建設したビラ飛行場の跡地だった。滑走路はすでになく、生い茂るままの草がはるか彼方まで続いている。荒れた草地には、ところどころわずかに窪みがあり、それが爆撃跡として偲ばれるにすぎなかった。

父親はその一角の叢に、持ってきた小さな慰霊の板を立てた。酒とパック入りの吹雪饅頭や柏餅などの和菓子を並べ、線香を取り出し、火を点けて、その前に立てた。瞑目して合掌し、「南無阿弥陀仏、南無阿弥陀仏」と日頃そんなことを口にしたこともない父親の口から、片言の言葉が漏れて、線香の煙とともに熱いジャングルの空気の中に溶けていった。

父親はそして、飛行場跡だという荒れ果てた草地の地面に、突然両手を突き、ウォー、ウォーと大声を上げて泣きだした。そして突っ伏して、「バカヤロウ、バカヤロウ」と草を掴んで掻き耄りながら言い、また拳で地を殴り続けた。

3

ニュージョージア島のムンダに戻り、空路ガダルカナルへ帰って、その足でもう一度日米の激しい争奪戦が展開された飛行場を別な角度から見るルートを辿った。

翌日には帰路に着く。ニューギニアのポートモレスビーにいったん降り、そこからラバウルに立ち寄る予定を立てていた。ガダルカナルにいるのはその日が最後になるので、まだ立ち寄っていない頂上付近に建てられたアウステン山の慰霊碑にそのまま足を運んだ。

八つのコンクリート壁が高く上に向かって建ち並ぶその真ん中に立って見上げると、青い空が十字の形に光を入れてくる。その色が現在の平和を湛え、それによって逆に日米の死闘を遠く浮かび上がらせる。彼方に見える飛行場が、戦いの激しさと虚しさとその夢の跡を伝えてくる。父親は十字の青空の下に立って、いったん空を仰いで光を浴びたものの、あとはただうなだれて光の交差するコンクリートの面を見つめていた。遠い時間を包み込む沈黙が、父の眼を虚しくしていた。

そこから斜面を下って町の中へ入ろうと、学校の近くを通ったとき、子供たちの賑やかな声が響いてきた。下校の生徒たちの声と笑顔が道路に溢れていた。運転手の子供も小学校三年生でその学校に通っているという。真っ黒な顔のポリネシアの子供たちが、緑の制服ではしゃぎつつ学校から湧き出してくる。信号で停まった車を覗き込み、見慣れない日本人の顔に興味を示して、指差してきた。すると取り囲むように子供たちが集まり、輪が広がった。好奇心に溢れた眼差しと人懐こい笑顔が幾重にも取り巻き、はしゃぐ声が浴びせられる。何を言っているのかわからないが、日本人を珍しく思い、何かを伝えたがっている意思を感じた。だれかが一言発すると爆笑の渦が湧いた。日本人ということを言い合っているらしい。だれかが「アリガト」と言うと、口々に「アリガト」という声が連鎖して大きくなった。ガイドが現地語で何かをみんなに言い、最後に「ありがとう」という言葉が聞こえた。すると他の子供たちが競い合うように「アリガト」「アリガト」と大声で言い出し、合唱するように放たれた。その瞳の輝く色が、眩しかった。敦志も思わず「ありがとう」と言うと、みんなが歓声をあげた。いっそう「アリガト」の声が大きく次々に敦志たちに向かってきた。何人かが通訳にまた何か言っている。通訳はすぐに言ってきた。「カザマさん、子供たちが『日本語を教えてくれ』『日本語を習いたい』と言っていますよ」　敦志は即興で「こんにちは」という言葉を言うと、子供たちが最初はたどたどしかったが「コニチワ」「コニチワ」と大声で繰り返した。時間が迫っていたので最後に「さよなら」と言うと、子供たちはまた大声で「サヨナラ」「サヨナラ」と繰り返した。それはいつまでも敦志たちを追いかけてきた。父にも興味が注がれ、口々に父に向かって何かを言っている。父は面映ゆい顔で、苦笑いをしつつ、子供たちに手を振って応えていた。ここで殺し合ったことを越えて、父に向けられてくる親しみの笑顔が、新たな何かを感じさせた。

あのときから、敦志は日本語を教えるという行為を自分の未来への橋として考えるようになった。言葉が伝わるということ、意思が疎通するということの重要な共有感を、ある深い感動とともに、自分の中に得た。昔殺した罪を越えて、なお新たに通じ合うことのなかに、大きな可能性が開かれている。言葉が通じ、意思を共有し合うことの重大な意味を見出し、そこに進むべき広い未来が開かれていることを感じた。戦争を乗り越えるものの一つが、そこにあるような気もした。

のちにフィリピンでも、同じような体験をした。マニラ郊外の子供たちが敦志たちに群がってきて、触ったり話しかけてきたりした。フィリピンではもっと日本人は憎まれているはずだった。しかし敦志が何か言うとどっと笑い、敦志が片言の現地語を言うとまたどっと笑った。そして笑顔を浴びせてくるその中に、最後に「日本語を教えて」という言葉が投げられてきたのだった。そのときも、やはり簡単な挨拶を教えたが、また大合唱になって笑いの渦を巻き起こさせた。その親和的な雰囲気が、敦志は自分の未来に日本語を教える道が開かれていることを確認させたのだった。

敦志は帰国してからアルバイトのかたわら、日本語学校の教師養成所に通い、日本語教師の履修をした。授業料は高かったが、とりあえず何らかの資格を取らねばならなかった。父親も援助してくれた。その頃は日本語教師には公の検定資格はなく、私設の日本語教育機関での修了がそのまま日本語教師の資格として通るような時代だった。あとは実際のキャリアと力量がものを言い、職を得るチャンスを得られれば、外国にもはばたくことができた。民間の資格を取った上で、原宿の今の日本語学校に就職したのだった。

4

旅の最後に、久治と敦志はポートモレスビー経由でラバウルへ向かった。

オーストラリア大陸北に位置する世界最大級の島ニューギニアのさらに北東に、三日月形に延びるニューブリテン島がある。ニューブリテン島は、現在は戦後独立したパプアニューギニアに属するが、第二次大戦前はオーストラリア領だった。その最北端に造られた飛行場と良港を有した基地を、開戦直後の一月に日本軍が急襲して占領し、航空隊を主とする一大根拠地を築いた。これがラバウル基地で、日本軍の南太平洋戦線の最大基地となり、ニューギニア戦、ガダルカナル戦、中部・西部ソロモン戦を主導する根拠基地となった。もともとは、それより一三〇〇㎞北にあるトラック島の海軍出撃基地を守るための前哨として開かれたものだったが、ニューギニア、ソロモン諸島の戦いの激化に伴って、強化拡大された。最盛期は海軍の零戦をはじめ、一式陸攻、艦上爆撃機などに、陸軍一式戦闘機、三式戦闘機なども加わって六〇〇機を越える機数を擁した。海軍南東方面艦隊司令部、陸軍第八方面軍司令部が置かれ、兵力は整備兵、兵站部なども加えると一〇万を超えた。

ポートモレスビーはラバウルから南へ約九〇〇㎞、ニューギニアの南東海岸にある。現在パプアニューギニアの首都になり、空路の十字路にもなっているここに、太平洋戦争中アメリカ軍の大拠点基地が置かれていた。この米豪最前線基地とラバウルの航空基地との戦いが、太平洋戦争前期の航空戦の主軸をなし、激戦が繰り返された。その方面とガダルカナル方面の空戦によってラバウルでの日本の航空兵力は三〇〇〇機が消耗された。

緒戦でシンガポール、フィリピン、香港を攻め落とした日本軍の次の戦略は、委任統治領のトラック島の海軍前線基地を根拠地として、南太平洋に勢力圏を拡大しつつ、オーストラリアとアメリカを遮断し、オーストラリアを孤立させて、あわよくば対日戦から脱落させることに置かれた。そのため、ポートモレスビーを陥落させ、ニューギニアを占領して北からオーストラリアに圧力をかけ、また東に延びるソロモン諸島を押さえてガダルカナル島北のツラギまで勢力圏を伸ばし、遮断線を東へ延ばす戦略を立てた。この米豪遮断作戦が「ＭＯ作戦」である。海軍参謀部は、さらにソロモンより東へ延びるフィジー・サモア諸島を攻略して南からハワイに近づく「ＦＳ作戦」まで立案していた。

アメリカからの輸送経路を絶ってオーストラリアを圧迫する「ＭＯ作戦」は、南西方面作戦と東部方面作戦を主軸として進められた。南西方面作戦は、ニューギニア北部に上陸進攻し、航空基地など前線基地を造って、ポートモレスビーを攻略することが主眼だった。この攻略のために北東のラエ、サラモア、北のウエワクに上陸し、飛行場を建設して物資輸送を太くし、根拠地を充実させて、陸路または海路でポートモレスビーを落とすというものだった。一方、東部方面作戦は、ラバウルから一気に一〇〇〇㎞以上離れたガダルカナルまで距離を延ばしてそこに飛行場を建設し、ソロモン諸島という北東方向からオーストラリア大陸へ圧力をかけ、アメリカとオーストラリア大陸を遮断するねらいだった。ガダルカナルの北の島ツラギを占領して偵察用に水上航空基地を造るなどソロモン戦略を押し進めていた。しかし敵の反攻と戦力を見くびり、ラバウルから一気に一〇〇〇㎞離れた位置に飛行場を建設したことが、後の戦闘に大きく影響し、航空戦を不利にしたばかりか、航空機、艦船の消耗を速め、撤退を連鎖して敗勢を招いた結果になった。

もともと南西方面のポートモレスビー攻略は早くから立案され、大本営は二月二日に進攻を発令し、三月五日には攻略部隊がニューギニア北岸のラエ、サラモアに上陸して作戦を実施していた。三月下旬には、飛行場建設も着手された。しかしこの動きを重視した米軍は、機動部隊をこの方面に回すとともに、ポートモレスビーの航空部隊を強化して、防衛に全力を注いだ。フィリピンを奪取され、そこから撤退避難してオーストラリアに拠って反攻を準備していたマッカーサーは、その苦い経験から航空兵力が勝敗を決することを骨身に染みて経験していたので、本国に強く要請して増強に増強を重ね、四月の時点でポートモレスビーの航空機数は六〇〇機を超えるほどに強化されていた。

三月から四月下旬にかけて日本の機動部隊主力は、インド洋のイギリス艦隊の駆逐掃討戦に遠路出撃していた最中で、当初このニューギニア方面には機動部隊が加わらなかったため、三月一〇日、東ニューギニア海岸部のラエ、サラモアで基地補給作戦を展開中の輸送船と護衛艦が突然米軍の空母機動部隊に急襲されて大被害を蒙った。

この動きに反応して海軍は急遽インド洋作戦から帰還中だった南雲機動艦隊から空母二隻を派遣して米軍機動部隊に対処すると同時に、大本営は第四艦隊を総動員してポートモレスビーへの海路攻撃上陸作戦を実施させた。日本艦隊は空母「翔鶴」と「瑞鶴」、軽空母「祥鳳」の三隻が主力となってポートモレスビーに進攻したのに対抗し、米機動部隊は「レキシントン」と「ヨークタウン」の二隻の主力空母をもってこれを阻止しようと、ニューギニア東の珊瑚海に進んだ。ここに史上初の空母機動部隊同士の激突が生じ、五月八日の「珊瑚海海戦」となる。日本側は軽空母「祥鳳」が撃沈され、「翔鶴」が大破したが、「レキシントン」を沈め「ヨークタウン」を大破させた。海戦としては勝利したものの、ポートモレスビー海路進攻作戦は敵の航空兵力旺盛下で激戦が予想され、もし空母部隊に損傷が生じると連合艦隊が計画していた次の大きな作戦が実施できなくなる恐れがあるため、中止せざるを得なかった。このことにより、戦略的には米軍が勝利した結果となった。

敦志は、この辺りの戦史を調べた時、どうして海軍は全力を挙げてポートモレスビー進攻上陸作戦に当たらなかったのか、そのちぐはぐさが、疑問に思えてならなかった。普通に考えれば、ラバウルからの航空兵力はポートモレスビーの航空兵力に対抗できる。さらにまだミッドウェイ海戦前の時点では、主力空母四隻は健在であり、他にも補助空母、予備空母がある。主力機動艦隊の航空兵力に予備空母部隊を加えれば凌駕できる。またこの時は、海軍の艦艇勢力は戦艦のほとんどを欠いた米軍よりはるかに有利な立場にあった。戦艦「大和」をはじめ、戦艦群八隻だけでも湾岸に近づくことができ、艦砲射撃を加えればポートモレスビー飛行場を粉砕できる。その上で上陸戦を展開すれば十分勝算が立つはずだった。石油燃料を節約する意味でも、インド洋などに遠征せず、ポートモレスビー攻略に全力を挙げれば成功し得たのではないか、と戦略の拙さを覚えてならなかった。

なぜポートモレスビーの海からの攻撃を断念したのか——調べていくと、連合艦隊司令部に問題の根があった。四月一八日、突如日本本土、東京・横須賀・名古屋などを米軍機B25が空襲した。日本に接近した空母「ホーネット」から発艦したB25一六機が奇襲爆撃したものだった。これに衝撃を受けた連合艦隊司令部は、以前から作戦を練っていた米機動艦隊を撃滅するための特別な作戦を急遽実行に移した。太平洋のど真ん中にあるミッドウェイ島の攻略である。これを攻略する動きを見せれば敵空母は必ず出てくるので、この戦いによって米海軍主力を撃滅しようとする作戦だった。山本五十六連合艦隊司令長官は真珠湾攻撃以後、米海軍を決定的に叩くためには攻勢決戦が必要であるとしてこれを温め、作戦準備を進めていた。島を占領するには陸軍の助けがいる。陸軍への協力も求めて、この決行に大本営の許可を求めたところ、大本営参謀部だけでなく、海軍軍令部もこれに反対した。ミッドウェイは占領しても孤島であるので補給が続かず、戦略的にも意味がない。代わりにオーストラリア北東の島嶼部を攻めればいずれ必ず敵空母部隊は出てくる。そこで決戦をすればいいではないかと、大本営および軍令部は論拠を挙げて主張した。しかし山本連合艦隊司令長官は強行姿勢を崩さず、ミッドウェイ作戦に拘《こだわ》り、「海軍だけでもやる」と押し切って、強引に認めさせた。

この積極決戦策を実現させるため、連合艦隊司令部は珊瑚海海戦に参加させた空母二隻をニューギニア方面艦隊から呼び戻し、ミッドウェイ作戦に全力を傾注することになった。海軍の空母による支援、艦隊支援がなければ、ポートモレスビーへの海上からの攻撃および上陸はできない。ミッドウェイ作戦を認めたために、ポートモレスビー海路正面上陸作戦は延期され、北からの陸路の陸軍兵力のみによって攻略することに、大きく作戦が変更されたのだった。

結果的に、六月に決行されたミッドウェイ作戦は、日本の主力空母四隻全艦が撃沈され、海軍は大敗北を喫して、戦力を大きく後退させた。その影響で、八月に生起したガダルカナルの戦いにも、不利を招くことになった。これを調べる過程で、敦志は、日本では人気があり国葬にもなったこの人物を、あまり評価することができず、むしろ実戦司令官としては愚将ではないかと思わずにはいられなかった。

ガダルカナル撤退以後、ガダルカナルおよびソロモン海域の飛行場に拠る米軍の航空機数は五〇〇機、六〇〇機と増え、ポートモレスビーの航空機数も七〇〇機以上に増加して、東と南の二方面からラバウル基地を圧迫するようになっていた。さらに一九四三年の後半になると、米軍はレーダーを駆使した夜間爆撃も行なうようになり、ソロモン諸島の日本軍各基地はいっそう脅威に晒された。

この時期の太平洋における米軍の基本戦略は、ルーズベルトの名付けた「カートホイール作戦」と呼ばれる両輪戦略で、海軍のニミッツを司令官とし南太平洋島嶼部をソロモンから北西へ進攻して日本本土に迫る戦略路線と、陸軍のマッカーサーを司令官にニューギニアを占領して北上し、フィリピンを奪還したのち日本本土に迫る戦略路線の二つを両輪として進められた。

ラバウルはその接点に当たり、米軍の攻撃の一つの焦点をなしていた。中部ソロモンのベララベラ島の占領を経て、その秋には米軍の空襲は頻繁になり、遂に一九四三年十一月一日に米軍は隣のブーゲンビル島の中部西海岸タロキナに三万五〇〇〇の兵を上陸させた。新鋭空母の機動部隊と大艦隊勢力によって上陸を果たし、タロキナで米軍独自の飛行場建設に取りかかった。いよいよ敵主力が迫り、タロキナに飛行場ができれば、島の東部にあるブイン基地が壊滅するばかりか、ラバウルも危うくなる。危機感に襲われて海軍司令部は強力な反撃に出た。十一月一日、司令部は「ろ号作戦」を発動、二日から一一日まで約二〇〇機の航空大反撃を行なった。これはその年の春に山本五十六が行なった「い号作戦」に倣ったもので、航空母艦搭載機を加えた大攻勢だった。しかし米軍はこの頃新たな航空母艦が戦列に加わり、これに対する報復反撃として、十一月五日、一一日と、新鋭機動部隊による航空機と合わせ、ポートモレスビーからの増援を加えて三〇〇機の大規模な空襲をラバウルにかけてきた。ラバウルは大きな被害を受けつつも、タロキナに飛行場を造ろうとする米軍に対してさらに反撃し、第一次から六次にわたる激烈なブーゲンビル島沖航空戦が繰り広げられた。

ラバウルはB17やB24の夜間空襲によって、艦艇ばかりでなく、各施設も被害を受けるようになっていた。さらにそこへ十一月末にタロキナに米軍の飛行場が完成すると、そこからの増援も加わって、いっそうの脅威に立たされた。ラバウル司令部には愁色が漂うようになっていた。

十月にコロンバンガラ島からブーゲンビル経由でラバウルに撤収していた敦志の父久治の第三十八師団も、十二月にまた来襲した米軍二〇〇機の空襲を受け、B17の爆弾で宿舎ごと吹き飛ばされた。久治もその二五〇kg爆弾の破片で腹部と足を負傷した。轟音とともに炸裂した鉄塊の細片が右腹部を抉り「熱いっ」と思った瞬間に血が噴き出した。見る見るうちに兵服を真っ赤に染め、そこに倒れて、土嚢に凭れたまま気を失った。敵機が去ったあと、仲間の手で、軍病院に担ぎ込まれた。幸い腹部の破片は腸の奥には達していず、大腸の一部と小腸の二カ所を浅く切って留まっていたので、一㎝ほどの破片を取り出して各傷を血止めし、消毒して、そのあと切開部分を縫合するだけで手術を終えた。足は骨折していたが、折れた部分をしっかり整骨し、添え木を当てられて包帯でグルグル巻かれるだけで済まされた。激痛に悩まされる頭の中で、「今ブーゲンビル島が孤立して大激戦になっている」という言葉が耳に入ってきた。痛みがやっと遠のいてきた一週間後、久治はフィリピンから来た「吉野丸」という大きな病院船に乗せられた。ブーゲンビル島からの負傷者が増え、三十八師団の軍病院を空ける必要に迫られたので、傷病兵として他に移されることになったのだった。「吉野丸」は夜陰に紛れてラバウルを離れ、フィリピン・ルソン島のマニラに向かった。一九四三年昭和十八年の暮れだった。

ラバウルはその後さらに猛烈な空襲を受け続け、日本も新たに配備された新式レーダーを駆使して善戦し、翌年二月まで「ラバウル航空戦」と呼ばれる激しい防衛迎撃戦が展開されたものの、増加する一方の米軍機に、やがて矢尽き刀折れるように消耗し、無力化していった。

この激戦と同時期、十一月から翌年一月にかけて、米軍はワシントン参謀本部キング元帥の主導により、日本海軍の軍艦最大根拠地トラック島を東方から攻めた。アメリカの造船力を結集し、すさまじいスピードで進めていた大量空母健艦が実現し、一九四三年秋には新鋭空母艦隊が出揃った。九隻の空母艦隊を主力にして中部太平洋に攻勢をかけ、米軍はトラック島の東に広がるギルバート諸島、マーシャル諸島に奇襲上陸した。これらの島を守るべく日本軍はトラック島からも増援出撃して激しい航空戦、守備戦が行なわれたものの、ギルバート諸島のタラワ、マーシャル諸島のクェゼリンなど玉砕が続き、主要な島は次々に占領されていった。日本海軍はもともとこの海域で艦隊決戦を挑む構想を立ててトラック島に「大和」「武蔵」をはじめとする軍艦基地を置いたのだが、実現されることなく構想は潰えた。

マーシャル諸島が占領され、東から敵勢力が迫るにつれて、「大和」「武蔵」など連合艦隊主力は、その航空攻撃を警戒し、内地や東南アジアの他の拠点基地に退避せざるをえなかった。

年を越えると、米空母機動部隊は一〇隻に増艦され、その航空勢力は一〇〇〇機を越えるまでになった。

そしてついに一九四四年二月一七日、トラック島は、大機動部隊による航空機六〇〇機の空襲を受けた。配備されていた二七〇機の予備零戦は地上撃破され、多数の艦船が沈没、大破し、トラック島は完全に無力化した。

ソロモン諸島・ニューギニアの敗勢を受け、トラック島、サイパンの線を「絶対国防圏」としていた大本営は、その一角を脆くも崩されたことに大きな衝撃を受け、中部太平洋のアメリカ軍進出という新たな脅威に向かい合った。

一方、この海域を完全勢力下に収めた米軍は、東からのニミッツ、ハルゼーの戦線と、南からニューギニアをほぼ制圧しつつあったマッカーサー軍の北上戦線によって、ラバウルをほぼ包囲するに至った。ハルゼーは海路を遮断して補給路を断ち、爆撃のみによって無力化すれば、ラバウルは干上がり、一〇万の兵力を残す防備の厚い島での上陸戦による無駄な兵力消耗を避けることができると主張し、ワシントン参謀部はそれを採用して、米軍はラバウル、トラックの占領を飛ばして前進する戦略を選んだ。

そして次の目標を、サイパン・グァムを中心とするマリアナ海域と、フィリピンに置いた。一九四四年春から、戦線はマリアナ諸島、フィリピン近海のパラオ諸島、そしてフィリピン諸島の西太平洋へと移っていく。

父親の久治がラバウルを離れたのは、ラバウルが無力化する最後の航空戦の真っ只中だった。


父親とラバウルを訪れたとき、花吹山というラバウルを象徴する活火山が変わらず煙をたなびかせていた。黒砂の長く延びる湾の東に、荒れて草の生い茂る旧東飛行場跡があった。アスファルトのひび割れた残骸が散らばるその飛行場滑走路跡を二人で潮騒を聞きながら歩いた。青い海に、黒い砂浜が遠い曲線を描いている。「ここは日本軍の飛行機が所狭しと並んでいたなあ。あんときの音がブンブン聞こえてくるようだ」と父親は眼を閉じて懐かしがった。

ラバウルには他に西飛行場、北飛行場、南飛行場、トペラ飛行場などがあって、それぞれの飛行場から日の丸の飛行機が勢いよく飛び立っていったことを父はありありと話してくれた。それら他の飛行場も巡ってみたものの、どれも深い雑草の中にあり、往時の面影がかろうじて窺われるにすぎなかった。三十八師団の司令部跡を探してみると、やはりすべては叢に被われてその位置もわからず、父親の宿舎もそれらしい斜面はあったが、灌木が密生している中に消失していた。

湾岸部の洞窟に上陸用舟艇の「大発」が当時収容されたままの姿で残されていた。暗い中に外の光を受けて影を浮かばせている。観光用に残されたそれに、階段を上がって入って乗ることができた。久治は「これに乗ってニュージョージア島にも上陸したし、撤退のときも、これに縋りついたなあ」とその縁に手を触れ、何度もさすりながら、生き延びてきた自分の命をいとおしむ声で呟いた。

方面軍司令部の地下壕も、ひんやりとしたコンクリートの空間のなかに、どこからか潮風が入り込んできて、嘆くような声を響かせてきた。戦いの跡に残る影が、爆音や爆弾の音を今もどこかに響かせて揺れているようだった。

第八章

カンボジア・タケオ

1

一月一七日の朝、あらためてのユアンとの対面だった。寒さが首や鼻先や耳を刺し、霜の白さが坂の草道に目立った。吐く息が真っ白になる。コートの襟を立て、マフラーを首に三重に巻いた。冷たさで冴えた青さが引き締まる空の下を、敦志はまた精神病院に向かった。

その日は父親の調子がよく、いっしょに立ち会ってくれた。父親と並んでユアンとの面談室へ廊下を歩んだ。廊下の白さと外の青空の見える窓の光が、ユアンとの新しい世界が広がっていることを想わせた。ノックしてドアを開けると、すでにユアンがそこに腰掛け、初めて見る笑顔で、敦志を迎えた。

「きょうは、お父さんもいっしょで、うれしいです。外もいい天気ですね」とユアンは言った。

ユアンのほうから口を開くそのことが、敦志には驚きであり、それがすでに、別な世界を切り開いていた。最初に会ったときの黒い塊のような険しさの中に、微かな融解の気配が感じられた。敦志は壁の富士山のカレンダーを見ながら、今日が月曜日であることを確認し、その写真の雪の白い稜線の清いなだらかさを外の空の色に重ねた。

「日本の冬は、快晴の日が多いですね。寒いですけど、ほんとうにいい天気ですね」

父親に持ってきた吹雪饅頭を開き、三人で食べた。ユアンはうまそうに食べる父親と顔を合わせて微笑んだ。父親はユアンの笑顔に応え、吹雪饅頭をもう一つ勧めた。

テープレコーダーをテーブルの上に置き、さらに二言、三言交わしたのち、ユアンも体調がいいのを確認しながら、スイッチを入れた。日本の天気について、「カンボジアにはこんな冴えた空はないです。強い光が赤い土を照りつけています」とカンボジアとの違いを英語を交えて話したのち、ユアンは自分のことをそれから英語で話し始めた。父の久治は、彼の話す英語がわかっているのか、わかっていないのか、ただニコニコしながら耳を傾けていた。

「これからは英語で話します。ほんとうはカンボジア《クメール語》の言葉のほうがいいのですが、通訳を頼んでいる時間もありませんし、他の人には入ってほしくない。プノムペン時代、私は米軍の戦争指導に来ていた将校が親切にしてくれていたので、彼から英語を学びました。自分でも本を買ったりしてかなり勉強しましたので、日本語よりは英語のほうがはるかに話せます。だから、英語で喋りましょう。よろしくお願いします。ブロウクンの英語ですし、激してくるともっと荒っぽくなったり、直接の言い方になったり、丁寧な言い方ではなくなってくるかもしれませんが、許してください」

2

——私はウォン・ユアンです。三十三歳です。カンボジアのタケオで生まれました。十五歳までタケオで暮らしました。

私の母もタケオ生まれです。タケオは、カンボジアの東部にある、ベトナム国境に近い州です。農村地帯ですが、シルクで有名なところでもあります。ずっと昔、まだメコンデルタがクメール人の居住地域だった頃に中国からシルクの作り方が伝わって、それ以来絹織物を伝統的に作り続けてきました。カンボジアの絹織物職人の七〇パーセント近くはこのタケオに住んでいます。

母の生家もこの絹織物を営んでいました。他の家と同じように、絹織物以外に半分は農業を営んでいました。タケオは豊かな水田が広がる穀倉地帯でもあります。ココナッツパームのヤシの木が立ち並び、バナナ畑やトウモロコシ畑も家の近くに葉を茂らせ、パパイヤやマンゴーの樹もたいてい家の庭に植えられていました。どの村にも金色の屋根の仏教寺院があって、陽の光を浴びて輝いています。そしてその周囲には遠く水田が広がっています。平原の豊かな緑と、水田と、ココナッツパームと、そして高床式の簡素な木造家屋と、水牛が、カンボジアのふつうの風景です。ただ、暑さが強いので、すぐ水田は水がなくなってしまいますが。

また私の家の近くには桑畑も広がり、子供の頃、時期になると桑の葉を籠いっぱいに摘むことを手伝わされたりしました。

高床式の家は、木の柱と板壁とニッパヤシで葺かれた屋根で造られていました。下を人が立ったまま歩けるくらい高くなっています。風通しがよく、裸足で、寝るのにもせいぜい茣蓙《ござ》を敷くか、薄い掛物で夜を過ごすことができます。高床式の床下には、水牛を飼い、鶏も放し飼いで豚も駆け回っていたりしました。夜は虫を避けるためたいていは蚊帳を吊って眠ります。蚊取り線香でやり過ごす家もありました。高床式のため、蛇もサソリも家の中に入ってくることもなく、ヤモリや、トッケーという鳴き声の大きな肉食大型ヤモリが、天井を這っているくらいでした。

絹織物をする家は、比較的大きく造られていて、床下の一部に織機が設置されていました。昔ながらの木製の織機で、それは女たちがする仕事でした。娘が数人いてそれぞれが織ることができるような家には、二台、三台の絹織機が置いてありました。農閑期は、あちこちで機《はた》を織る音が盛んに聞こえていました。華僑の仲買人が出来上がったものをまとめて買いに来て、その日は家にお金が入り、御馳走になったり、翌朝みんなで市場まで買い物に出かけたりしました。織物の忙しい時季、家には朝から晩まで祖母と母のトン、カタン、トン、カタンという快い音が響いていていました。

私が生まれる前、太平洋戦争の時代には、日本軍が駐留してきたこともあるそうです。フランスの統治を駆逐して、日本軍の飛行機が飛んだり、日本軍によって米が徴収されていったりしたことを、母親が語ってくれました。母親がまだ少女の頃で、祖父母が七人も子供を抱えて忙しくしていた時代です。

カンボジアは仏教国です。日本とは異なった元の仏教に近い小乗仏教《テラワーダ》です。黄色の袈裟を着た僧が毎朝道路を托鉢に歩いて村の人たちから食べ物の積徳《タンブン》を受けるのが朝の始まりでした。僧たちが来ると私たちもみな道路へ出て跪《ひざまず》き、恭しく合掌してから、手に持ったご飯を僧の托鉢に入れてまた合掌し、頭を下げます。気持ちがスーッと清らかになります。それから家族で食事をして、学校へ行ったり、畑に農作業に出たり、水牛を追って野原に行ったり、機織りをしたり、それぞれの場所に向かいます。のどかな毎日でした。

カンボジアの気候は雨季と乾季と涼季の三つの季節に分かれています。だいたい五月の末くらいから十月末くらいまでが雨季です。その季節は一日一回、たいていは午後から夕方ですが、激しい雨が降ります。日本の夕立のようなものですが、それより激しく、時にはバケツでぶちまけたようにどっと降ることもあります。スコールと呼ばれるものですね。それが短時間で上がると、あとは晴れています。清涼感が行き渡ります。

カンボジアの行事は仏教に基づくものがほとんどで、それ以外はシハヌーク国王の誕生日や王室関係のものでした。仏教では雨季は僧の修行の時季で、各地を移動せずお寺に籠ったままで修行に励むこの時季を雨安居《パンサー》といい、カンボジアでは六月から九月までにあたります。一般の人が僧になるのも、普通この雨安居に入る時期に合わせます。六月の雨安居入り《カオ・パンサー》は僧たちの修行の成就を祈願したり、僧になる人たちのために寄進したりして一種のお祭りめいた儀式が各寺院で行なわれます。

雨季が終わる十月の下旬から十一月の初めにかけて、一段と激しく雨が降ります。その豪雨のために各地で洪水が起こることもあり、その季節に合わせて川沿いの町ではボートレースが行なわれたりします。

僧たちの雨季の修行も終わり、安居明け《オーク・パンサー》というお祝いに加え、ちょうど稲の収穫期にあたるので、その感謝を込めて、お寺にまた寄進に行きます。それは収穫のお祭りでもあり、大勢が太鼓や笛や鉦《かね》を鳴らし踊りながら賑やかにお寺に行進していきます。季節の変わり目の大きなお祭りですね。

雨季が終わると涼季と呼ばれる少し涼しい季節になります。雨はもう降りません。日本の九月から十月初め頃の涼しさで、過ごしやすい時期で、半袖で通せます。だいたい一月頃まで涼季が続きます。

二月からはどんどん気温が上昇して暑くなります。三〇度を超える猛暑です。三月、四月、五月がカンボジアでは最も暑い時季になります。いわゆる暑季で、四〇度を超えることもあります。空は白熱した青さで、ラテライトという紅土の細かな粒が空気に舞って、よけいにギラギラした光を掻き立ててきます。青さが輝く感じです。地面は照りつけられ、ひび割れて、どこの貯水池も底が見えるようになります。ほんとうに雨が恋しくなるのです。

雨乞いの気持ちで、雨季と水を呼ぶという意味で、水かけ祭りを各地でやります。そのときも国をあげて賑やかに祭り騒ぎます。

五月中頃にやっと雲が湧き、スコールが到来します。その雨で田植えができ、水田に水を張って稲が育つようになります。これでまた一年が巡っていくわけです。

私の兄弟は四人でした。子供の頃祖父母と父母兄弟姉妹の八人の家族は幸せでした。お祭りに行ったり、スバイエク・トムというカンボジアの影絵劇を見たり、やはり野外でやったアメリカの映画を見に行ったり、カンボジアの踊りを楽しんだり、農作業と、機織りと、学校の平和な日々を送っていました。

母ノリアは十五歳で結婚し、翌年私を生みました。カンボジアの田舎では、結婚は早く、母親が二十歳で子供三人という家族も少なくありません。父は母親より四歳年上でやはり農家の息子でした。父親同士が早くから結婚させることを決めていました。

カンボジアの学校は、フランスの植民地だったことから、フランス式の学制でしたが、全体の教育のレベルは低く、ほとんどは小学校だけで、終わっていました。貧しい農家の子は小学校も出ずに働いていました。

私は小学校を卒業し、ほんとうはその上のリセという中学・高校過程に進みたかったのですが、家にはその余裕がないので、進学できませんでした。でも私は学びたい欲求があり、憧れて、フランス語を、本を買ってもらって一人で勉強していました。でもやはり一人ではだめで、それほど進みませんでした。

父のソムットはあまり働かない人でした。野心のある人でしたが、夢や理想ばかり追い求め、いつも思うようにならないことを嘆いていました。父は頭がよかったので、もっと上の学校へ行きたかったことや、もし両親が貧乏でなかったら、学業も続けられたし、フランスへ留学することもできたと繰り返し母にこぼしていました。長い顔で長身でした。本が好きで、難しそうな本をいろいろ読んでいました。どこか冷たいところのある人で、温かい母とは対照的にものごとを理屈で処理するような傾向がありました。農業は好きではなく、絹織物を売るような商売も嫌っていて、母からお金をくすねては、プノムペンへ行って遊んだり、本を買ったりしてきました。妹二人はそうでもありませんでしたが、私と弟は父親がきらいでした。私は今でも父親を憎悪し、呪い、吐き捨てるほどに憎み、私のいっさいの悪への運命だと思っていますが、当時はまだそんなではありませんでした。妹たちは父親がプノムペンで買ってくるフランス人形やおいしいお菓子に騙されて、それが目当てに父親にうれしそうにダッコされたり、首に抱きついたりしていました。私は特に父のずるさを陰で見ていましたので、父を嫌悪していました。母親を殴ってお金を出させ、そのお金で自分が好きなことをし、好きなものを買ってくるのです。父は私の視線に気がついていて、あるとき私に狡猾な眼を向け、言いました。「いつか世の中をずっとよくするためには、犠牲になる者たちがいる。それによって現在のダメな世の中が将来よくなり、全体が進歩するためには、一部は犠牲になってもいいんだ。お母さんの機織りも農業も犠牲だ。世の中がよくなるための」と、知性をひけらかすような口調で、私の眼を覗き込みました。「お母さんがおれに貢ぐお金は、この国が将来大きく発展することにつながるんだ。お母さんも喜んでいる」と夢見るような、そしてどこか卑屈さを隠すような表情で言うのです。私はそういう知性をちらつかせて毟り取る方法が大嫌いでした。心の中で侮蔑していました。私と父親との溝は、すでにあのころから底で覗いていたと思います。でもあのころはそれが自分の運命そのものになるとは思っていませんでした。

母親のノリアはやさしい人でした。夫のソムットには一言も逆らわず、ただひたすら絹織物を織って、家計を支えていました。祖父母の農作業も手伝い、田植えや稲刈りの時も、親戚や近所に声をかけて手伝いに来てもらい、毎年の収穫は困らないように手配していました。カンボジアの農村は生活として女性を基軸にした社会で、男たちが女性の家に働き手として助けに来るような仕組みになっています。末っ子が父と母の面倒を見ることになってもいるのです。ですから、母の家に父が婿として入り込んで暮らしている形でした。祖父母を助けながら、自分の夫もカバーし、子供たちの面倒も見る母の生活はたいへんだったと今は思いますが、母は愚痴一つこぼさず、むしろ子供たちといることをいちばんの幸福として笑顔で毎日を過ごしていました。母は器用だったので、余り布で人形を作って即席の人形劇をやってくれたり、私たちの衣類もみな母が市場で買ってきた木綿の布から自分で縫って着せてくれました。歌を教えてくれて、兄弟で歌ったり、踊りもそれに合わせて祖父母まで交えて踊ってみんなで楽しんだりしました。母はいつも私たちに「やさしい人になりなさい。思いやりのある豊かな人になりなさい」と言って抱きしめてくれました。その笑顔は、無限のあたたかさとして私を包んでくれました。

象祭りというのがあって、たくさんの象が集まり、いろいろなショーをしたり、アンコール・ワット時代のように象の合戦をしたりするのですが、それにもお弁当持ちで連れて行ってくれました。あのときは、子供たちを象の背中に乗せてそばにいた写真屋さんに高価な写真を撮ってもらいました。子供四人が並んで、一番小さな妹は怖さに泣き出しそうな顔でしたが、象の背に乗せてもらって私と弟は大はしゃぎでした。カンボジアでは象のお腹をくぐった者は幸運に恵まれるという言い伝えがあります。象の背に乗るのはさらに大きな幸運に恵まれると言われています。私たちはお腹をくぐらせてもらったばかりか、背中に乗せてもらったわけです。そのときの私たちのうれしさは今でも忘れられません。

あのころは、家族も、カンボジアも平和で幸福な生活が続いていました。夜、家を開け放して寝ていても、泥棒に入られるようなことはなく、みな安心して暮らしていました。

3

六〇年代の半ば、隣国のベトナムで、戦争が始まりました。私がリセへの道を諦めた少年のころでした。南ベトナムを解放しようとする闘争が燎原の火のように燃えひろがりました。北からの軍事勢力がカンボジアにも及んできたのです。南ベトナム解放戦線というゲリラ兵が、地続きのカンボジア国境を利用して、南ベトナム政府軍と激しく戦うようになりました。カンボジアでもクメール・ルージュという名前を聞くようになりました。

ある日私は、銃を持ったみすぼらしい服の兵士が国道沿いに走っていくのを目にしました。それがベトナムの兵士を見た最初でした。私はその姿に戦争がすぐ近くまで迫ってきているのを感じました。それは不吉な影として、視界をよぎっていきました。その日から日増しにベトナムの兵士をしばしば目にするようになりました。私たちには彼らは決して危害を加えることはありませんでしたが、近くで重大なことが起こっていること、それが東方のベトナムの方角にずっと続いていることを感じさせました。

ヘリコプターの飛ぶ音がよく聞こえるようになり、上空から機銃掃射したり、落とした爆弾が破裂したりする音が聞こえてきたこともありました。近所の大人たちが、ベトナム国境のジャングルは、激戦地になっていると話しているのを耳にしました。

中国製のトラックが猛スピードで国道を東へ走って行くのを見たことがあります。昼間見たのはそのときだけでしたが、たいてい夜、同じ車の音が聞こえてきたりしました。

また親戚への用事があって、ベトナム国境に近いメコン河沿いの市場を通ったとき、遠くに炎が燃え広がっているのが見えました。アメリカ軍の飛行機がベトナム国境の森を掠めて何度も降下し、爆弾を落としているようでした。飛行機が通過すると森一面が燃え上がるのです。ナパーム弾という爆弾が落とされているということでした。そのあたりのジャングルがゲリラの基地になっていると人々が言っていました。

メコン河は下流の方でそのままベトナムへつながり、広大なメコンデルタとなって、海へ注いでいます。デルタはいくつもの支流となって肥沃な水田地帯をなしています。メコンの流れとジャングルが入り組んでいる所もあります。それらの流れを使って、またジャングルの森林の道を使って、ゲリラ戦を支える多量の武器弾薬が運ばれていました。夜になるとベトナムに近いメコン河は特に危険だと言われていました。カンボジアからのメコン河の水路も武器弾薬の輸送に使われているということでした。

私が十五歳の時でした。すごく大きな飛行機がベトナム国境の方へ飛んでいきました。垂直に鋭く立った尾翼がサメの背ビレのような巨大な飛行機でした。それらの編隊がベトナム国境にも飛んでいきました。私は以前から北ベトナムにもその飛行機が毎日のように飛んでいって爆弾を落としていることを聞いていました。それらが落とす爆弾の跡は、すごいものでした。直径が二〇ｍくらいあり、深さも三ｍくらいある大きな穴になっていました。

確かに、戦争は東の方角からどんどん広がってきていました。クメール・ルージュという黒服のカンボジア共産ゲリラもあちこちで出没するようになりました。政府軍は出動してきましたが、あまりそれらと闘う様子はなく、放任しているような気配がありました。私たちが敬愛していたシハヌーク国王は、ベトナムの解放戦線が補給路を広げることにもなぜか寛大で、クメール・ルージュにも直接に軍事的圧迫はしていないように見えました。

そのころから、私の父は、どこかへ出かけていくことが多くなりました。夜も遅くになって帰ってきました。夜はもう危険であるにもかかわらず、平気で自転車で帰ってきたり、だれかといっしょに懐中電灯を点けて帰ってきたりしました。父親の言葉はだんだん強くなり、私たちに命令するような口調で、態度も大きくなってきました。帰ってくるたびに、父親は変わっていました。最初はぶつぶつ独り言を繰り返していましたが、だんだん以前は卑屈だった態度も大胆になってきました。自信に溢れ、猛々しくなってきました。

ある晩、父のソムットは私たち家族を集めて、「祖国は解放される」と言いました。「貧しい者は解放される。金持ちに搾取されることはなくなる。みな平等になる。新しいカンボジアができる。農民のための社会がつくられる」と言いました。「お金が身分を決める社会は破壊される。みんなの闘いで、みんなの血で、新しい社会がつくられる。汗水たらして働く者がほんとうに報われる社会が実現する。おまえたちも、そのために活動しなければならない。参加しなければならない」と、家族いっしょに共産主義の解放闘争に加わることを命令しました。

祖父母は反対しました。「共産主義は自分たちの持ち物がなくなる。土地も、家も、取り上げられる。そんなものは信じられない」「おまえは騙されているんだ。戦争に走る者が平和を愛しているようには思えない。みんな戦争に駆り立てられる。おまえも、子供たちも、闘いに生きるようになる。家族はばらばらになって死ぬ」「『働く者が報われる』と言うが、おまえがいちばん働いていないではないか」

父は反論しました。「そんなことはない。おれは国の未来のために、非難されるのを我慢して共産主義を勉強してきたんだ」

最初は黙って父の言うことを聞いていた母も口を開きました。「たしかに、ベトナムの方からどんどん戦争がひろがってきます。あなたの言う理想も、そのための闘争であり、命がけの闘いであることはわかります。私たちはここに住んでいる限り、それに巻き込まれていくことは避けられないでしょう。でも、私は子供たちがかわいい。この子供たちを戦争に巻き込ませたくない。少しでも、戦争から遠いところにいさせたい。それに、祖父母ももう年なので激しく体を動かすことはできない。家族全部であなたの言う闘争に参加させたら、危険は大きくなり、子供たちも、祖父母も、否応なく巻き込まれるでしょう。この家が闘争に参加し、ゲリラ戦に加わるということは、ここに食糧を貯蔵したり、武器や弾薬を置いておいたりすることになるのではないですか。もし政府軍が来て、それを発見されたりしたら、私たちはみな犯罪者として罰を受け、どこかへ連れていかれるでしょう。家族は散り散りになり、この家はこわされてしまうかもしれない。あなたは私たち家族をそういう運命にさせたいのですか」

父は言い返しました。「そうなるとは限らない。シハヌーク国王は、解放戦線を黙認している。そこまで捜査は及んでこないだろう。それに、協力するにしても、武器弾薬をここに置くとは限らない。それよりも、おれが言いたいのは、新国家を建設するためには、生ぬるい考えや行動ではダメだということだ。それぞれの覚悟と努力と犠牲の上に未来が築かれる。真にみんなが幸福になるためには、現在の犠牲はやむを得ない。そのためにいかに現在を懸けて、その上に未来を築くかだ。おまえたちにもその覚悟の下に、参加してほしいのだ」

「『現在の犠牲になれ』ということですか」

「そうだ」と父は言いました。母は父の眼を見据えてきっぱりと言いました。

「私にはできません。子供たちを犠牲にすることはできません。この子たちには、この子たちの未来があります。この子たちの未来までも共産主義闘争に捧げることはできません。この家も、祖父母も、すべてを捧げて戦争の渦巻く未来への闘争に供することは私にはできません。どうしてもそれがしたいと、あなたの命令に従わせたいというのなら、あなただけ、一人でその運動に進んでいってください。私はあなたと別れます」

母はまだ幼い妹たちを抱きしめながら、言いました。その目には涙が光っていました。

父親のソムットは、自分の主張が通らず、みんなが自分に従わないのに腹を立て、テーブルの上の茶碗をひっくり返し、皿を壁に投げつけ、あたりの物を蹴飛ばしました。母親も怯えながら「出て行ってください」と叫びました。父は立ち上がり、なおも戸棚をひっくり返したり、妹たちの遊び道具を蹴飛ばしながら、戸口へ向かい、最後に振り返って怒鳴りました。「これからは、共産主義の世の中になるんだッ。それがわからんのかッ」荒々しくドアを壊れんばかりに閉めて、出ていきました。母親を憎々しげに最後に一瞥した眼差しの鋭さを私は忘れることができません。

私と弟のチュアンは父親と母親の喧嘩に何も言えず、何もできませんでした。私には「共産主義」という言葉もわからず、祖父母の主張も父の主張も理解の外にありました。三歳年下のチュアンは、私以上に父と母がなぜ諍《いさか》っているのか、わからず、ただ父に取りすがって、「お母さんをいじめちゃだめだ」と叫ぶだけでした。喧嘩はしないでほしい、家族で仲良くしてほしい、この家がこのまま続いてほしいというのが私たち子供の願いでした。チュアンは「お父さんのバカ。どこかへ行ってしまえ」と父親を非難しました。

4

あの日は、突然やってきました。あれが私たちの家の運命を決定的にしたのです。十一月の雨季明けには、稲の収穫の御礼に村人みんなでカチンの祭として、寺院へ揃って行くのが慣わしでした。みんなで太鼓や笛を鳴らして踊りながら賑やかに祝いの祭りを兼ねて寺院の僧たちに、安居明け《オーク・パンサー》のお祝いと感謝を込めて寄進をするのです。母と私とチュアンは、僧に捧げる黄色い僧衣《チーオン》を持ってそれに参加しました。上の妹がたまたま少し熱があったので、妹二人と祖父母は家に残っていました。私たちは寺院に着いて、二領の僧衣を寄進しました。普通の木綿の僧衣と寺院の長への絹の僧衣の二領を捧げ、合掌して感謝の祈りを込めたときでした。

上空を黒い巨大な飛行機が不気味な轟音を立てて飛び過ぎました。何かが落ちてくる凄まじい降下音がしました。空気を割いてヒューン、ヒューンと落下してくる音が続きました。高い、耳が締めつけられるような音が近くに迫ってきました。とたんに巨大な爆発音がし、辺りの空気がすごい突風に変わりました。根こそぎひっくり返されるように地面が揺れました。続けて三つの爆発音が村を襲いました。家そのものが吹き飛び、柱やニッパヤシの屋根やバナナの葉が何十メートルも飛ぶのが見えました。一部はお寺の境内にも落ちてきました。思わず伏せた私たちの背中に、土くれや木の枝が当たってきました。土煙が辺り一帯を被い、皆土だらけ、埃だらけになりました。幸い私たち家族は無事で、黒い顔になった自分たちを見合わせて、助かったことに、ほっと微笑み合いました。カチンの儀式は当然中止で、すぐそれぞれ家に帰りました。

帰ったとき、私たちを待っていたのは、信じられない光景でした。家はなかったのです。どこにもありませんでした。ただ巨大な穴が開いているのです。確かに出てくる前はそこにあった、私たちの高床式の木造家屋は、影も形もなく、煙と硝煙のにおいが立ち込めて、巨大な穴があるだけでした。根こそぎいっさいが消えていました。私には、家ごとそのままなくなるということが信じられませんでした。裏庭のずっと端っこにあった遠くのバナナの樹が半分裂かれて吹き飛ばされていました。穴は周囲を回るだけでもかなり距離がありました。巨大な蟻地獄のようで、擂鉢《すりばち》状の穴が深く覗いていました。祖父母はどこにもいませんでした。祖母は機を織っているはずであり、祖父は妹たちのそばに付いているはずでした。しかし彼らの影も形もありませんでした。母は狂ったように妹たちの名前と祖父母の名前を呼び続けました。辺りを駆けずり回りました。私も弟も、最初は呆然としていましたが、すぐにその辺りを探し回りました。ニワトリの死骸があちこちに散乱していました。水牛の足が一本ぶち切れて無残にヤシの根元に転がっていました。西のパンヤの樹のところまで行ったとき奇妙なものを弟が見つけました。幹に肉片が付いていました。歪んだ指輪がその幹に食い込んでいました。母はそれを見て、へなへなと崩れ落ちました。指輪をナイフで掘り出し、肉片を剥がして、母はそれに頬ずりして「お母さん」と言いました。私はそのとき、祖父母はもうこの世にいないこと、爆発ですべて空中に散り飛んでしまったことを実感しました。家も自分たちの部屋も、自分の毛布も、着る物も学校の教科書も、すべてなくなってしまったこと、そしてこういうことがこの世界では突然起こるのだということを思い知らされました。

日暮れになって、お腹《なか》が空き、一日が終わりかけていることを知って、やっと私たちはその現実を受け入れたのです。私たちには何も残されていず、その日の食べ物も手に入らないこと、寝る場所もない状態を知らされました。身に振りかかってきた激変に対し、私たちは抱き合って泣き嘆くことしかできませんでした。そして母が財布の中に残っていたお金で市場から少しだけ食べ物を買ってきてそれを食べました。隣の家も半壊でした。近所の人は怖さで逃げていて、暗くなりかけたころにやっと帰ってきました。私の家のあまりの変わりように驚いて、食べ物をくれたり、夜は泊まっていいよと言ってくれたりしました。でも、母はその晩は私たちを集めて、その爆弾の穴のそばでみんなで固まって露天で寝ようと言いました。私は穴のそばは怖かったのでいやだと言いましたが、母はこのことを忘れないために、戦争への憎しみを体に植え付けるために、祖父母と妹たちにお別れを言うために、みんなでここに今晩だけは寝ましょうと強く言いました。私たちはそれに従いました。

翌日それまで帰ってこなかった父が帰ってきて、私たちを罵りました。

「おれが言ったようにしないから、こうなったんだ。結局みんな戦争に巻き込まれるんだ。おれの言うとおりにしないから、このザマだ。みんなで参加していたら、こんなことにはならなかった。どっちみち、アメリカ帝国主義と闘うことになるんだ。今からでも遅くない。みんなで闘おう」

母は毅然として言いました。

「『闘う』ということは、結局こうなることではありませんか。父と母を返してください。子供二人を返してください。あなた方が奪ったのも同じです。私たちの家を返してください。私の織機を返してください。何もかも奪われた。どうして生きていったらいいんですか。私は戦争が憎い。あなたといっしょには行かない。ユアンとチュアンは私が守ります」

母は父に食ってかかり、叫び、泣きました。

「絶対にあなたには付いていかない。こんなにしてしまって。こんなになってしまって……。子供たちを返して。私に返して」

母は父に縋りつき、その狂乱は、いっそう激しく父のソムットに向かっていきました。

父は憎々しげに、母を地面に打ち倒し、「馬鹿女、野垂れ死にしろ」と冷酷な声で吐き捨て、立ち去って行きました。最後にちらりと私たちの方を見ましたが、それは私たちが気になるということではなく、二人とも母の方に付いていくということの確認と、家族への侮蔑と嫌悪を投げてくるものでした。「野垂れ死にしろ」という言葉は、私たちにも同時に投げられた言葉であることが、その眼差しに浮かんでいました。

第九章　サイパン陥落――フィリピン・バギオ

1

一九四三年――昭和十八年暮れにラバウルから負傷兵としてフィリピンに移送された敦志の父、久治は、首都マニラの陸軍第十二病院に入院した。しかし年が明けてまもなく第十二病院には各前線からの負傷兵が次々に入ってきて、病床が足りなくなった。そのため一月下旬に、治癒の進んだ者から先に北方のバギオの陸軍第七十四兵站病院に移された。フィリピンはまだ全体としては前線から遠く、のんびりした空気が漂っていたが、少しずつ戦況が変わっていく気配が押し寄せていた。

一九四四年二月に海軍前線最重要基地トラック島が失われ、さらにラバウルが無力化されると、戦線はフィリピンに近いマリアナ諸島、パラオ諸島の西太平洋へと北上してくる。日本の絶対国防圏のもう一つの要《かなめ》とされるマリアナのサイパン島が焦点として浮かび上がってきた。

この時期、激しい消耗戦の結果、工業生産力の差が歴然とし、それがそのまま戦力差となって現れていた。日米ともに主要空母は失われ、新空母が主役として登場していた。アメリカは新空母の健艦が二〇隻にも及び、商船などを改造した小型の護衛空母五〇隻の配備が進行して、この時期半分がすでに就航していた。日本側は開戦から終戦まで空母の健艦は改造艦を入れて一〇隻にすぎない。しかも米軍の高感度レーダー探知能力も、電波による起爆信管を用いた機銃弾の防御力も、新鋭戦闘機Ｆ６Ｆヘルキャットの性能も、格段に向上し、戦力の差は広がる一方だった。

マリアナ諸島はサイパン島をはじめ、テニアン島、グァム島など日本軍の重要基地があり、ここが落ちると、当時開発されていた長距離爆撃機Ｂ29の航続距離内に日本本土が入る。首都はもちろん、大阪、名古屋などの主要都市、飛行機生産工場も爆撃圏内となることから、大本営はこれに重大な危機感を覚えていた。マリアナの防衛体制を必死に強化し、上陸地点で敵を粉砕する「水際《みずぎわ》作戦」を整えて、米軍の来襲に備えた。東條内閣も「サイパンは不落」として、進退をかけていた。

そのマリアナ諸島とフィリピンの、ちょうど中間に位置する西のパラオ諸島も、米軍にとってはフィリピンへの足場として有力な基地となるため、同じく日本の絶対国防圏の要衝とされており、パラオ諸島のペリリュー島などに大きな飛行場が建設され、防備を固めていた。

フィリピンは、「アイ《必ず》　シャル《戻って》　リターン《くる》」と言い残して屈辱の退避を味わったマッカーサーにとって、どうしても奪還しなければならない戦略目標だった。ルーズベルトも戦略決定のために七月マッカーサーにハワイで直接会った際、本土への接近スピードを優先しフィリピンを飛び越えて台湾攻略を主張するキング、ニミッツに対し、日本軍に蹂躙された地の奪還によって国威を回復させることを主張するマッカーサーの戦略を結局認め、秋に控えた大統領選挙への影響を考慮してこれを承認した。海軍のニミッツによるマリアナ・パラオ進攻作戦と、マッカーサーによるフィリピン奪還作戦はそのまま「カート・ホイール作戦」の両輪として持続的に進められた。

この両輪作戦をよく理解していなかった大本営は、ニューギニアから北上してくるマッカーサーの軍が、やがてニミッツの軍と合流してフィリピンに押し寄せてくると思い込んでいた。そのため、米軍はサイパンよりも先に、ニューギニアのほぼ真北に位置してフィリピンにはるかに近いパラオに来襲すると見ていた。サイパンにはそのあと秋以降に来襲するものと予想し、サイパンの迎撃準備はやや遅れていた。それでも、サイパンのアスリート飛行場を整備拡充し、海軍航空兵力を増強させ、中部太平洋方面艦隊司令長官南雲忠一中将を派遣して指揮に当たらせていた。グァム、テニアンの飛行場も整え、一二個航空隊六五〇機を配備した。また陸軍守備主力の第四十三師団長齊藤義次中将は、上陸の予想される唯一の砂浜海岸に火力密度を極めて高くして厚い迎撃陣地を構築し「たとえ海軍航空力がゼロになっても叩き出せる」と豪語するほどに砲撃態勢を充実させていた。

しかし日本軍の予想に反し、米軍はパラオ諸島よりも、B29の爆撃基地確保を優先させ、すでに春から日本本土により近いマリアナ諸島に戦略目標を定めていた。攻略のための準備を迅速に整え、空母一五隻、戦艦七隻を含む一〇九隻の大艦隊の下に、上陸作戦を始動した。

一九四四年六月一一日、大機動部隊からの航空機一〇〇〇機とニューギニアからの支援部隊一一〇〇機の航空機により、サイパン、グァム、テニアンの日本軍航空基地を奇襲し、ほとんど一日でこれを撃滅、日本の航空兵力を奪った。続けて海岸沿いの防衛陣地を激しく爆撃して、大打撃を与え、さらに一三日から、サイパンに接近した戦艦、巡洋艦群によって、海岸部一帯にすさまじい艦砲射撃を加えた。

そしてついに六月一五日、六万二〇〇〇の兵を上陸させた。

日本軍は陸・海軍合わせて四万七〇〇〇の兵力でこれを迎え撃った。火力密度を恃《たの》みに、水際で壊滅できるとしていた日本軍防衛陣地は、猛烈な爆撃と、戦艦・巡洋艦の一万八〇〇〇発の艦砲射撃により粉砕され、上陸を許した。

それでも、残存の砲陣地による反撃は、上陸一時間の間に米兵八〇〇〇名のうち一〇〇〇名が死傷するなど、米軍に大きな打撃を与え、苦戦に陥れた。その後も日本軍戦車部隊の突撃など第四十三師団の激烈な反攻が重ねられ、凄まじい戦闘が続くなか、米軍の死傷率は二〇％に上った。

米軍の上陸と同時に、帝国海軍は「あ号作戦」を発動し、それまで再建に傾注していた機動部隊を出撃させた。新鋭の「大鳳」に「翔鶴」「瑞鶴」などの主力空母に加え、改造空母を含む九隻の空母に「天山」「彗星」など新鋭攻撃機を載せ、戦艦五隻、巡洋艦一三隻など五六隻の艦隊を繰り出して決戦を挑んだ。六月一九日および二〇日の「マリアナ沖海戦」である。米軍機動部隊と、米軍基地航空機約一二〇〇機に対し、日本軍機動部隊は約五〇〇機だった。しかし新鋭飛行機の航続距離の優位を恃んだ先制攻撃のアウト・レインジ戦法は、搭乗員の技量不足もあって裏目に出た。米軍の新高性能レーダーや、新司令指揮ネットワーク、飛行機のすぐそばで爆発するVT電波信管を備えた新機銃群、F6F新鋭戦闘機などの前に、「マリアナの七面鳥射ち」と言われるほど、ほとんどが撃墜された。さらに潜水艦の魚雷攻撃により、「大鳳」「翔鶴」が沈没、また翌日航空攻撃で「瑞鶴」も撃沈され、空母部隊は壊滅した。しかも艦載機・水上機四二六機と搭乗員のほとんどが失われ、以後日本の機動部隊は実質戦力を喪失、正面からの艦隊決戦は不可能になった。

日本軍は陸上で一七日に戦車部隊と夜襲を軸にした総攻撃を行なうが、もう一歩のところで挫折して、敗北した。その後島の中央に聳えるタポチョ山に後退して抵抗、激烈な戦いが続いた。頑強な抵抗のうちに、凄まじい白兵戦も繰り広げられ、米軍の被害は大きくなって、海兵隊連隊長が更迭されるなど、苦戦が続いた。しかし結局爆撃支援や戦車部隊、物量攻撃の前にじりじりと押され、奮闘虚しく、ついに七月六日、中部太平洋艦隊司令長官南雲忠一中将、第四十三師団長齊藤義次中将がともに自決し、翌七日残存日本兵は最後の「バンザイ突撃」を行なって、玉砕した。また同時にこの戦闘によって追い詰められた民間人の自決者も数多く出、バンザイ・クリフなど断崖絶壁から投身自殺するなど一万人に迫る民間犠牲者を出した。米軍の死傷率は最後まで二〇%という高い率のまま戦闘は推移し、七月九日サイパンは陥落した。

2

久治の移ったフィリピンのバギオは、マニラから北へ二六〇㎞、ルソン島北部の山岳地帯にある。もともと金鉱によって開かれた都市で、アメリカ統治前のスペイン植民地時代から、金鉱山の開発でスペイン人が住み着いていた。一五〇〇mという高地にあるため、一年中気温摂氏二〇度前後で推移し、平野部よりはるかに涼しい。アメリカ植民地時代も避暑地として首都の富裕層が利用し、別荘風の邸宅が町の風景を彩っていた。

久治はそのバギオの兵站病院で一カ月弱治療生活を続け、完治して退院した。退院後もバギオに留まり、病院の死体処理などをして比較的平穏な生活を送っていた。

毎日七十四兵站病院から死者が出る。そのころはマラリアやデング熱が多かった。少ないときでも一、二体、多いときは七体くらいあった。病院の裏に松林があり、将校の死体はそこで焼いて埋めていた。バギオはパイン《松》・シティとも呼ばれるほど松が多い地だったので、松は周囲にふんだんにある。その松をノコギリで切り、丸太をつくって一m半くらいに積む。その上に二体か三体死体を載せて火を放つ。バギオの松は油が多く、勢いよく燃えあがる。しかしすべて燃え尽きても全部は焼けなかった。骨と腸《はらわた》と喉仏は残る。頭骨の一片と喉仏だけを残し、あとは穴を掘って埋める。頭骨と喉仏を小さな赤いカメに入れ、白木の箱に納めて内地へ送り帰していた。しかし焼くのは将校だけで、兵卒の死体はまとめて二m以上の深い穴を掘り、その底に数体を落として土をかぶせるだけだった。穴を浅くしたとき、数十匹の犬が群がってきて閉口したので、それ以後できるだけ深く掘ることにしたという。

バギオは坂の多い町で、メインストリートも坂道だった。傾斜の道に沿って、現地のフィリピン人がバギオトラックという平トロッコのような乗り物に、バナナやマンゴーやパパイヤを載せて売っている。帰りはブレーキの付いたそれに乗って坂道を軽快に下っていく風景がよく見られた。

その当時すでにバギオは戦争前のアメリカ統治の力によって道路はみな完全舗装されていた。南東から登ってくるケノン道路も、北西に位置するリンガエン湾からバギオに上がってくる国道9号線も、南西からの道路もみな舗装され、アメリカの底力を示していた。日光のいろは坂の何十倍もの曲がりくねった険しい坂道が続く南からのケノン道路は、ベンゲット道路とも呼ばれ、戦争よりもはるか前一九〇〇年代に日本人移民労働者の犠牲的な労苦によって完成したものだった。一〇mごとに一人死者が出るほどの難工事だったという。

バギオにはその時代から残る移民日系人も少なくなく、日本から持ち込んだ野菜をバギオに移植したりして、現地に貢献していた。

サイパンの戦いやマリアナ沖海戦のこともほとんど知らされることなく、夏まではバギオは、平穏だった。娯楽もたくさんあり、のどかな空気の中でまだいろいろ楽しむ余裕があった。賑やかな通りの一角に映画館があり、日本映画が上映され、市川歌右衛門や飯田蝶子の映画を観ることができた。日本軍の中国占領政策の宣伝映画もあった。その内容は日本の占領政策によって、中国人民の生活は向上し、文化的にも啓発されているといった軍の戦略宣伝映画だった。酒保という軍の食堂売店でも、お汁粉とか餅も食べることができ、チャブサイというフィリピン風の野菜のゴッタ煮も味わえた。

バギオはスペイン人が多く、邸宅がたくさんあった。メスティーソと呼ばれるスペイン人とルソン人の美しい混血女性もよく見かけた。彼らの家にはほとんどピアノがあり、スペイン人の末裔か、色白の蝋燭のように透けるようなきれいな肌の娘たちが、よくピアノを弾いていた。久治たちもときどき招かれてスペイン料理やケーキを御馳走してもらったり、ピアノを聴かせてもらったりしていた。

3

ガダルカナルなどのソロモンとラバウルの旅を終えたあと、父親はフィリピンにも行ってみたいとこれまで以上にしきりに口にするようになっていた。特に、逃避行で凄惨な体験をした山岳地帯をもう一度訪れてみたいというのが、久治の強い願いだった。敦志もその飢餓逃避行の話をよく耳にしてきたので、同行するつもりで、フィリピン戦地旅行を本格的に調べてみた。

フィリピンはガダルカナルよりもはるかに近い上に、普段から日本の観光客も多く、短期旅行ならビザもいらない。三分の一以下の費用で済みそうだった。

フィリピン諸島は大小七〇〇〇以上の島からなる。北のルソン島と南のミンダナオ島が最大の島で、その間にレイテ島やネグロス島、セブ島など様々な島がある。フィリピン戦で最初に激戦地となったレイテ島は、ミンダナオ島の北東に位置する宮城県とほぼ同じ大きさの島だった。

今度の旅は、父親が闘ったルソン島北部が中心になる。ルソン島中部にある首都マニラに入って、そこから北の山岳地を巡ることが旅行の主目的だった。

普通の戦跡ツアーは、マニラ周辺だけでコレヒドールやバターン、モンテンルパの処刑場などが一般的で、北部の山岳部に踏み込んで慰霊した話は聞いたこともない。父親の口にする「武州村」とか、「トッカン」などはいくら調べても地図にさえ載っていなかった。旅行会社にも尋ねてみたものの、「そんな村はあるのか」と逆に聞き返される始末で、独自で手配するしかなかった。

父親の逃避行はバギオから始まっている。北の小都市のバギオにひとまず行って、そこを根拠にし、以後の旅程を現地で組み立てるしかなさそうだった。バギオでの動きが、この旅行の焦点になるように思えた。旅行会社も、そこまでは手配できるという。

バギオから先のことはどうなるかわからなかった。ルソン北部の山々はかなり急峻だという。久治が言う「トッカン」とか「武州村」はかなりの山奥らしいので、どう行けばいいのか、見当もつかない。ホテルなどあるかどうかさえわからない。治安も悪く、現地民はそれぞれ言葉も違い、英語さえ通じない場合もある。昔日本兵が悪さをしたので、反日感情も根深く残っているそうだった。しかしいつものように、最後になると敦志は居直りが出る。不安が伴うが、とにかくそこへ行って、なんらかの手立てを求めるしかない。行くのは父が動ける今しかない。漠然と、今を逃したら、父親と旅行する機会は二度と訪れないように感じた。困難があるだろうが、行けばなんとかなるだろう、とにかく行ってみようと、楽観の上に決断した。

一九七九年のゴールデンウィークを利用して、敦志と父親の久治はフィリピンへ発った。四月二五日から五月六日まで、北部ルソン島の戦地を訪ねる一二日間の旅だった。

父親はガダルカナルのときと同じように、近くの寺へ行って、小さな木製の慰霊碑を作ってもらい、それを白布で包んでリュックの奥に入れた。酒も小瓶が三本、饅頭、イカや鮭の燻製なども多量に詰め込んだ。フィリピンは半袖でいいはずなのに、ガダルカナルのときと同じように、長袖のワイシャツを三着入れ、一着を旅立つ日のためにリュックの横に用意した。マラリアが怖いので、どんなに暑くてもずっと長袖で通すのが、父親の流儀だった。

朝九時に成田を発ったフィリピン航空機は、三時間ほどでマニラ国際空港に着く。南緯一四度に位置する亜熱帯モンスーンのマニラは真夏で、一気に強い陽射しに照りつけられる。通りを行き交う車の中に「ジプニー」というジープとタクシーを合わせたような派手な色彩のフィリピン独特の乗り物があって、目を引かれた。最初の日は、タクシーとそのジプニーを使って、フィリピン独立の父ホセ・リサールを記念したリサール公園やスペイン統治時代のサンチャゴ要塞など普通の観光地を見学したあと、マニラ湾の夕陽を見て一日を終えた。翌日、早朝にまたマニラ空港に向かい、プロペラ飛行機で北へ二六〇km、バギオの地へ飛んだのだった。

三〇分ほどで山々の影が迫ってき、山にそのまま衝突するのではないかと怖くなるほど接近しつつ、山間の小さな空港に着陸した。それはバギオの山間の狭い平地に旧日本軍が切り開いた飛行場だそうだった。

空港で実直そうな顔のタクシーを拾い、ひとまずホテルにチェックインした。荷物を整理しながら少し休んだ後、正午までにまだ時間があった。父親と相談し、町を二人で散策しながら、これからの手立てを探すことにした。久治の行きたい所に行けるかどうか、これからが正念場だった。フロントで聞くと、近くに観光案内所があるという。レストランで食事をとったあと、手立てのきっかけを掴めればと、そこを訪れることにした。

バギオは確かに坂の町で、傾斜に沿って建物が並んでいる。煉瓦造りの古い建物もまだ残っていて旧スペイン時代の残滓も感じられた。戦後三五年も経っているのに、爆撃で崩れ壊れたままのような建物の残骸があった。その近くに華僑の古道具屋があったので、ふと覗くと、ショーウィンドウにスペイン統治時代のお札やコインなどの遺物に交じって旧日本軍の軍票などが並べられていた。奥で白髪の老人がタイプライターを叩いている。こちらに視線をちらりと投げてきたが、すぐに打ち込みの音を続けた。老婆の案内で奥へ行くと、日本陸軍の穴の開いた錆びたヘルメットもある。米軍のヘルメットもある。機関銃の銃身もあった。敦志はこの旅は二度となく、もうその古道具屋に来ることもないことを思い、老婆に「これを」と差し出して、穴の開いた日本軍のヘルメットを買った。三〇ペソ、約一二〇〇円だという。父親は「そんなものを」という顔で苦笑いをしながら、その穴に指を突っ込んで、脆くなった穴の部分をさらに折って広げた。指に付いた錆を白いワイシャツの袖で払うのを見ていたとき、敦志はふと、その銃弾の穴の下に、頭蓋骨を破砕された死体があったことを連想した。ヘルメットなどを持って帰って自分の部屋のどこへ置くのか、自嘲しつつ、何か魅かれて、荷になることも省みず、二〇ペソ札と一〇ペソ札を老婆に渡した。

インフォメーションセンターを訪ねて、目的地の情報を得ようとこちらの意図を告げると、「武州村」や「トッカン」などの地名は出てこなかったが、「『アバタン』の先だろう」とそれらしい地名を挙げてくれた。父親も「そう、アバタンだ」と答え、身を乗り出した。しかし係員はそこまで行くのはむずかしいと首を横に振った。「バスなど通っていないし、普通のタクシーではとても無理だ」と断言する。「北部ルソンの山岳は険しく、山崖を削って造った道路は、未舗装の荒れた一車線道路だから、深い谷に転落した場合は、助からない。レンタカーはあるが、普通の車では無理だし、独自で山奥に入るのは危険すぎる」と言う。敦志は国際免許を持っていったので、それを見せると、ここではそんなものは通用しないと笑われた。免許はお金で買えるそうだった。とにかく奥地に馴れた腕のいいドライバーと、山道を行ける車を探して彼に任せるしかないということだった。

どうするか、早速壁にぶつかり、手立てが見つからないまま、「サンキュー　ソウ　マッチ」といったん出て、とにかく腹ごしらえをしようと、レストランに入った。メニューにチャブサイというフィリピン料理を見つけ、それを発音して尋ねると、「できる」と言う。父親も破顔してそれを注文した。野菜と肉のごった煮料理が運ばれてきた。何十年ぶりに食べるそのフィリピン料理を父親が目を細めて食べるのを見ていたのが慰めになったが、懸案の交通手段と道案内をどうするか、方途を失ったまま時間が過ぎた。レンタカー店も訪ねたり、タクシーにも聞いたり、頼んだりしてみたが、だれもが首を横に振ったまま、「アイムソーリー」と離れていった。その日は、虚しいまま、山岳地の早い夕暮れのうちにホテルへ戻った。フロントで手立てを聞いても、首を横に振るばかりで、「ソーリー」しか帰ってこない。その晩は、方途に窮して、歩いて山岳地帯の奥へ行くことも考えたが、治安も悪そうだったし、時間が足りなくなる可能性もあって、躊躇われた。

翌日、またタクシーを捕《つか》まえて頼み続けたが、やはりだれも引き受けてはくれない。またインフォメーションセンターへ行って新たな方途を求めはしたが、変わらなかった。このまま何もできずに日本へ帰るのかと虚しさに包まれて、バギオの町の坂道を彷徨った。打ちひしがれて、最悪の場合、このまま日本に帰ることになるのかもしれないので、記念になるものをもう一つくらい買っておこうかと、古道具屋に再び入った。

店内を力なく物色していると、華僑の白髪の老人が、父親に声をかけてきた。英語で「あなたは日本軍の兵士ですか」と聞く。

父親は思わず昔の癖が出たのか、「はい、そうです」と気をつけの直立姿勢をとって答えた。老人は「……そうですか」と深い溜息をつきながら続けた。「昔、ここも激戦地でした。三五年も前の話です。たくさんの日本兵が死にました。でも、ここまで訪ねてくる日本兵はほとんどいません。まだ奥の山々には、日本兵の骨がたくさん残っています。報われることのない骨です。あなたの仲間への思いは誠実ですね」

父はそれを聞いて「慰霊に来ました」と言い、それを敦志が英語に訳して伝えると、深く何度も頷きながら、「グッド。グッド」と繰り返した。

それから、続けて尋ねてきた。

「奥の山岳地帯へ行くのですか」

敦志は怪訝に思いながら答えた。

「はい、そうです」

すると老人は、思いがけない情報を提供してくれた。

「奥の山々は、タクシーではとても無理です。地形も人間も危ない。私はいい案内人を知っています。紹介してあげましょう」

思いがけない提案に、敦志も父も驚いた。

「ほんとうですか。私たちは手立てがなくて困っていたんです」

老人の手を握りたくなるほどに、うれしかった。

ヘルメットを買ったときは老婆を通してだったので気がつかなかったが、拳を握っていた老人の左手はよく見ると小指と薬指の先がなかった。敦志の視線に気がついて、老人は微笑みながら「昔、日本軍にやられました」と言ってきた。久治に日本語で伝えると、深くうなだれ、「申し訳ありません」を繰り返した。「ケンペイ」「ゴウモン」という言葉を老人は片言で繰り返した。敦志も、日本人の子孫として、頭を下げ深く謝罪を込めずにはいられなかった。老人は「気にしないでください。日本軍の中にはいい人もいました。その人のおかげで私は命が助かったのです」と続けた。

メモ用紙に英文の住所と名前、電話番号を書いてくれた。「通りでタクシーを拾って、ここに、と言えば、すぐに連れていってくれます」と付け加えてきた。老人は、それだけに留まらず、自分でわざわざ表まで出て、自ら近くでたむろしていたタクシーを手招きで呼んで、父と敦志を乗せ、二言、三言運転手に告げて、見送ってくれた。父親と敦志は後ろを振り返りながら小さくなる老人の姿に何度も頭を下げた。

紙片にはジョニー・ザビエルという名前が記されていた。

坂の上にある見晴らしのよい場所に、その白い家はあった。

ジョニー氏は不在で、代わりに奥さんと娘さんが出てきた。ジョニー氏は今、近くのカトリック教会に行っているが、三〇分くらいで戻るだろうという。ジョニー氏はタクシーの運転手をしているそうだった。日本から来たことを告げると、「まあ、そんなに遠くから」とパイナップルジュースを出して歓待してくれた。フィリピンはアメリカ統治時代から英語とタガログ語が共通語で、小学生から英語を話す。フィリピンは島ごとに言語が違うので、二つを共通語にして、教育も進められていた。貧しい家庭が多いので、小学校も学費が続かず、途中で止めてしまう子供も多い。しかしジョニー氏の娘は十五歳でハイスクールの三年生だった。

昔マニラの大学にいたという奥さんは、初対面の敦志たちにも親しく心を開き、ジョニー氏のことをいろいろ話してくれた。ジョニー氏が日本語を話すのは、日本人移民の血が流れているうえに、戦争中日本軍の下で働いていた経験があり、上官のウエダという日本軍将校にかわいがられ、その家庭にまで出入りして、深く付き合い、必死で日本語を勉強したからだそうだった。その代わりに、米軍が上陸し、日本軍が敗走して再び米国の支配に戻ったとき、ジョニー氏はバギオの市民から石を投げられ、「ジャップズ《日本の》　ドッグ《犬》」とののしられて、何度も血を流したという。もともとベンゲット道路の建設以来日系二世はこの辺りに多く、戦争が始まってから終戦までは日本軍に加勢して活躍していたが、戦後は戦争協力責任を追及され、刑務所送りになったり、虐待されて別な地に移ったりして、今はごく少なくなったという。

奥さんの話を聞いているうちに、ジョニー氏が戻り、名を名乗って道案内を頼むと「ようこそ」と快諾してくれた。背丈は低かったが、がっしりした体躯で鼻や目のつくりも大きい。浅黒い皮膚にアバタのようなものが浮かび、その上にギョロリと光る眼が辛苦を乗り越えてきた風格を漂わせていた。

待たせてあったタクシーを「断わってください」と言い、自分の車を使う意思を示した。ここまでの料金をタクシーに支払って、礼を言い、引き取ってもらうと、ジョニー氏はあらためて二人の日程を聞き、頷きながら英字のメモを走らせた。すでに頭の中で目的地についてのプランを組み立てているようだった。

「行きたいところはよくわかりました。目的地は三日あればなんとか回れるでしょう。残りの一日は、北サンフェルナンドから、米軍の上陸したリンガエン湾を回ることにしたいと思いますが、いいですか。今日はもう、出発しても中途半端な時間ですから、このバギオ近辺だけを回ってみます。奥地へは、悪路ですし、急な山道です。私の車では無理ですから、ジプニーを手配します。少しお金がかかりますが、よろしいですか。出発は明日の七時にします。今日は風間さんが入院されていたという七十四兵站病院の跡や、風間さんが手伝っていたビッグウィッジ金山を見に行きましょう。そのあと皆さんをお連れしたいところがあります」

太い声で、決然と言った。

第十章　戦略爆撃機——Ｂ29

1

一九四四年六月一五日に米軍は日本軍の予想よりはるかに早くサイパン上陸を決行し、八月までにテニアン、グァムなどマリアナ諸島を占領した。これを急いだのは、Ｂ29による日本本土爆撃を早期に開始したい目的があったからである。上陸戦は苦戦だったが、飛行場を占領するや、米軍はただちに整備にかかり、二〇〇〇ｍ級の滑走路を複数造る大拡張工事を開始した。Ｂ29の一大発進基地とするためである。

Ｂ29は、もともと普通の爆撃機とは異なり、敵の兵器生産地帯を大規模に破壊してその生産力を根本から覆滅する戦略爆撃機として開発された。大西洋を超えての爆撃を可能にし、敵の工業生産力を根こそぎ破壊するという壮大な構想の下に押し進められた特別な長距離爆撃機だった。こういうスケールの大きな兵器開発は、第二次大戦中他のどの国も行なっておらず、アメリカの先進性が特に発揮された画期的な兵器だった。日本にもドイツにもイギリスにもこういう発想そのものがなく、戦略爆撃という言葉自体存在しなかった。発想と実現力に、そもそもの大きな差があった。米軍がこの方針の下に開発を開始したのは、一九三四年、第二次大戦の起こる五年前のことである。Ｂ29がほぼ完成した一九四四年初期の段階で、すでに一〇年を経過していた。

Ｂ29は、長さ三〇ｍ、翼幅四三ｍでそれまでの大型爆撃機「空の要塞《フライング・フォートレス》」Ｂ17の約一・五倍の大きさを持ち、重量は二倍で、その航続距離も二倍の約九〇〇〇㎞を有した。Ｂ17をはるかに上回る大きさと力から「超空の要塞《スーパー・フォートレス》」と呼ばれた。その長大な航続距離とともに日本軍が特に怖れたのは、高度一万ｍでの能力である。普通はこの高度だと寒冷になり、パイロットは防寒服がないと飛んでいられない。また空気が薄くなるため酸素マスクも必要になり、飛行機エンジンも力を落とす。しかしＢ29の機内は完全密閉されて気圧と暖房が地上と変わらずに保たれており、エンジンも特殊な装置を用いて低高度と同じに動くよう工夫されていた。この高度には、日本軍のどんな飛行機も昇って行けず、太刀打ちできない。またどんな高射砲も重力の関係から一万ｍには届かない。要するに、この高度で飛来されると、迎撃不可能になるということだった。

米軍はこの飛行機の開発を当初秘密にしていたが、テスト飛行が失敗してパイロットが死亡したことが新聞などで大きく報道されたことから、早くに日本軍にもその存在が知られることになった。その後米軍も逆にＢ29を宣伝に使って報道を広げたため、さらに詳しく情報が伝わり、この爆撃機が生産軌道に乗ると大きな脅威となることが大本営にも予測されていた。サイパンを絶対国防圏とし、水際作戦を厚く敷いたのも、この脅威があるからこそだった。

サイパンから東京までは約二五〇〇㎞で、この距離は日本の本州・四国・九州の主要都市がほぼすべてB29の爆撃圏内に入る。兵器工場、製鉄工場はほとんど破壊されることになり、戦争遂行は不可能になる。日本軍にとっては絶対的な脅威だった。

2

この戦略爆撃の指揮をとったのは、アメリカ陸軍航空軍司令官ヘンリー・ハップ・アーノルドである。また陸軍参謀総長のジョージ・マーシャルも戦略爆撃の重要性を把握し、いっしょにこれを押し進めた。

アメリカは近代戦における航空機の重要性を早くから見抜き、航空軍による軍略を重視して戦略航空指揮を独立的な地位に上げていた。日本では航空部隊は海軍と陸軍の下にあり、あくまで海軍航空隊、陸軍航空隊にすぎず、一九四四年になってやっと航空師団を編成して大規模な運用を図ったが、最後まで海軍、陸軍の下に位置していた。しかしアメリカでは、陸軍航空軍として陸軍に属しているような形を取りながら、実質的には統合参謀本部の下に直接置かれ、海軍、陸軍と同等の立場と発言力を持って、戦略に参加していた。それはこの戦略爆撃の考えと、B29の存在があったという以上に、それ以前からルーズベルト自身が、現代戦における航空兵力の重要性を深く理解し、その戦略を国家計画として押し進めていたからである。

ルーズベルトはすでに一九三八年秋に国内の航空産業によって年間一万五〇〇〇機の飛行機生産を可能にする方向で、ナチスの台頭に備えていた。日華事変の起こった一九三七年、ドイツはスペイン内乱を策動し、古都ゲルニカを大空襲して徹底的に破壊した。これはナチス空軍司令官ゲーリングの言葉によると「ドイツ空軍のテスト爆撃」として行なわれたものだったが、その爆撃破壊力はすさまじく、あらためて各国首脳のドイツ空軍への脅威を呼び起こした。当時ゲーリングに招待されてナチス空軍を内部から見る機会を与えられた大西洋横断の英雄リンドバーグは、ドイツ航空機工場施設やドイツ空軍の訓練ぶりを視察してその実態をよく知っており、三九年四月に帰国した際、その結果をアーノルド将軍に求められて報告した。「ドイツ空軍力は全ヨーロッパ航空兵力を合わせたものよりもはるかに強大であり、ヒトラーの空軍は欧州大陸においても、イギリス本国でも、いかなる大都市をもたちまち壊滅させるだけの力を持っている」と。しかもドイツはその絶大な空軍力ゆえに、空軍を空軍として独立させていた。

そしてその言葉通りに、ナチスは一九三九年九月一日の開戦直後一二〇〇機の空軍機をもってワルシャワを爆撃し、ポーランドの空軍力を奪うと同時に、首都ワルシャワを完璧なまでの廃墟とした。さらに翌年四〇年の六月までに英軍、仏軍を戦車機動軍団とその空軍力によって粉砕し、パリを陥落させて、西ヨーロッパをほぼ征服した。この情勢に危機感を覚えたルーズベルト大統領は、早くも五月に、年間五万機の軍用機の生産を求める教書を議会に提出した。これを裏付ける理由として米陸軍長官ヘンリー・スチムソンは、八月、議会の委員会でドイツ空軍の脅威を次のように述べている。「今日では、空軍力が国家の運命を決定している。ドイツはその強大な空軍で、各国民を次から次へと征服してきた。各国とも地上では大軍が動員されてドイツ軍に抵抗してきたが、地上軍を援護したドイツ空軍部隊によって、いつも運命を決められていた。我々は今、重大危機のさなかにある。空軍力を強大にするには、あまりにも時間が足りない」

アメリカはこの航空機生産の目標を年産約四万八〇〇〇機とし、一九四二年末の段階でほぼ達成したのに対し、日本はこの時点で年産約八八〇〇機にすぎず、すでに五倍の開きが生じていた。

さらにアメリカ政府は一九四一年六月、それまでの陸軍航空隊を発展させ、独立的な運用を図って「陸軍航空軍」と根本的に改組、統合参謀本部に入れると同時に、戦略爆撃を含めてより大きな空軍戦略を機能させるシステムを構築した。そして九月、まだテスト飛行もしていない段階であったＢ29を五〇〇機発注し、この「博打」に三〇億ドルをかけた。

真珠湾攻撃での開戦で、日本の空母部隊の奇襲による航空攻撃を受けて、生産強化に拍車をかけると、一九四二年九月、太平洋ではガダルカナル戦の真っ最中に、Ｂ29の第一号試作機ができ、テスト飛行が重ねられた。数々の改良が積み上げられ、機体が大きい割に操縦が簡単であるなど、全体に好評だったが、エンジンが火を噴きやすい欠点はなかなか改善できなかった。

翌四三年二月、第二号機のテスト飛行中にエンジンの火災事故を起こし、第一パイロットのアレンが死亡、これがマスコミに大きく報道され、日本軍にも知られることとなり、同時に国会でも追及されて上院議員のハリー・トルーマンを長とする調査委員会が、五〇〇機三〇億ドルの追及を含めて事故の原因調査に動き出した。トルーマンはのちに原爆開発に対しても議会の特別委員会の長として調査に乗り出し、しかもさらに大統領となったのち、このB29に原爆を搭載して広島に落とすことを命令する不思議な因縁にあった。

3

量産に向かいつつあると見られていたB29はその使い方も早くから考えられ、当初は中国からの爆撃が主に計画されていた。四三年一月、すでにガダルカナル戦の勝利とヨーロッパ戦線のスターリングラードでのソ連軍の勝利、北アフリカ戦線でのイギリス・アメリカ連合軍の勝利が確定したとき、ルーズベルトとチャーチルは、北西アフリカ海岸部モロッコのカサブランカで会談し、今後の方針を固めた。連合軍は今後さらに攻撃を続け、ドイツ、日本、イタリアの枢軸国いずれをも無条件降伏させることと、アフリカ戦線の成功後、米英軍を南イタリアに上陸させて、イタリアを先に降伏させることなどを確認し合った。

その際、中国の蒋介石を支援する意図で、B29を中国領から飛ばして日本本土を爆撃することが話し合われた。中国の基地から日本本土を爆撃することは、中国軍への強い鼓舞となると同時に、日本への心理的影響としても大きなものがあると考えられたからである。当時重慶への日本軍による無差別爆撃は続けられており、これに報復したい中国側の意思も反映させることができる。B29による爆撃を実行するために、まずインド東部のカルカッタに基地を造り、そこを経由して重慶の近くに大きな飛行場を造って、そのうえで海岸方面に前線飛行場を造る計画が出され、イギリス領での飛行場拡張と使用協力も了承された。蒋介石は中国からのB29による日本本土爆撃計画を喜んで受け入れた。

ただ、戦略爆撃には都市そのものを破壊する側面があり、一般市民を巻き込む殺戮に繋がる。政治家としてこれにどう対処するかも問題だった。この点については、日本軍はすでに重慶で無差別爆撃を繰り返し、一般市民に大量の犠牲者を出している。日本軍の殺戮攻撃への報復という立場を明確にすることが、この都市殺戮への言い訳になると考えられた。この深い意図は、表向きはあくまで隠匿されていた。

さらに八月の英米首脳ケベック会談を経て、ルーズベルトは蒋介石の根拠地、重慶にアーノルドを派遣し、B29による日本本土爆撃計画を実行に移させた。日本を爆撃するためには重慶の西側の成都に大飛行場を造り、さらに中国華南にもいくつかの緊急避難着陸用の、あるいは前線出撃のための飛行場を造ることが必要で、早急にその工事にとりかかってほしいと要請した。B29が量産体制に入る四四年の春までに、飛行場を完成させることを強調した。

中国政府はその要求に応えて早速飛行場建設に取りかかったが、空輸による建設機械が不十分だったため、人力に頼らざるを得ず、人海戦術を展開したものの、なかなか進行せず、アーノルドを苛立たせた。インド・カルカッタの飛行場建設も遅滞していた。

この間、アーノルドはB29の爆撃部隊――第20爆撃兵団を創設した。この下に二つの飛行団第58飛行団、第73飛行団を配した。各飛行団は二八機を一群とする四群、計一一二機で編成され、一機一一人の搭乗員について、各機二つのチームが厚く配属され、将校率の高い、高度なパイロット体制となって、一万人を超える編成となった。またこの戦略爆撃部隊は、きわめて大きな戦力であり、かつ一国の生産力を奪う重大な攻撃となるため、陸軍にも海軍にも属さず、直接統合参謀本部の下に置かれ、戦略会議によって運用されることに決まった。

また、B29はその頃からすでにヨーロッパ戦線には用いず、対日戦に使用することが決定されていた。すでにドイツへの空爆はイギリスの航空基地からのB17、B24の大規模攻撃が実行されており、大量に配備されたそれらの爆撃体制で、ドイツ兵器工場の破壊はやがて完遂されると見られていたからである。

ところが、そのころ飛行場建設の遅滞以上に、国内で問題が起こっていた。肝心のB29の生産の遅れだった。第20爆撃兵団のパイロット教育にも実際のB29が訓練機として使えず、B17を代用していたが、四四年一月になっても生産が滞っていた。いったんアーノルドが強くテコ入れして解決したはずだったが、三月一〇日にインドへ向けて一五〇機が飛び立つ予定で現地カンザスに赴くと、飛行場には飛び立てるB29が一機もなかった。アーノルドは激怒し、「どうなっているんだ」と爆発した。生産工場のベル社では部品配備や各仕事を調整して、統合進行させる機能が欠落していた。「だれもやらないのなら、おれがやる！」と、直属のマイヤー参謀総長といっしょにその場で取りかかり、「カンザスの戦い」と呼ばれるほどの激烈な叱咤で、部品メーカーには他のすべての航空機部品生産を中止させてB29部品だけ徹底して製造させるなど、厳しく迫った。他の会社ボーイング社から熟練工に関する全面的な協力を得たり、吹雪の中での仕事への不平が充満したとき、それを愛国心に訴えて乗り越えるなど、きわどくピンチを克服して、三月末にはB29がやっと数機完成した。以後続々と生産され、四月一五日までに一五〇機ができて、ついにアメリカ本土を離れた。そしてイギリスを経由して五月八日にインドに着陸、第20爆撃兵団がインドに揃った。

B29が中国に登場したのは、すでにその前に先陣としてカルカッタに到着していた二機が四月二四日第20爆撃兵団の司令官ウルフ将軍を乗せて成都へ飛んだときである。飛行場の中国人労働者は歓呼でこの巨大機を迎えた。数日後、二機がさらに成都へ向かったとき、そのうちの一機が日本陸軍の「隼」戦闘機部隊一二機と遭遇して攻撃を受けた。しかし被弾しても堂々と飛び続け、逆に二機を撃ち落として「隼」を凌駕する速度で平然と飛び去った。日本軍は初めて見るこの巨大機に驚愕し、「恐るべき爆撃機」と中央に報告した。

それ以前からB29の情報を得て、その脅威を覚えていた大本営は、いよいよB29が戦場に登場したことにあらためて切迫感を覚えた。もともとB29の開発を知ったときから、いつかは戦線に登場することを予想していたが、中国における登場が思いのほか早く、本土攻撃も間もないことが予測された。

それまで日本軍も、B29の登場を、手をこまねいて見ていたわけではなかった。カサブランカ会議の内容から、B29が中国に進出し、中国大陸から日本本土を爆撃すると見ていた大本営は、中国の飛行場基地を攻撃奪取する戦略を軸に、大作戦を立てた。華南を経て南方のベトナムまで遠大な陸路を開く「一号作戦」――「大陸打通作戦」である。B29の飛行場が建設されると見られた長沙、桂林、柳州を奪取すると同時に、そのまま遠路南へ二四〇〇㎞の大遠征を行なうこの「大陸打通作戦」には、陸軍史上最大規模の総兵力五〇万、八〇〇台の戦車と七万の騎馬が投入された。大本営作戦課長服部卓四郎の立案によるこの作戦は一九四四年四月一七日から実施され、補給不足に悩みながら多大な犠牲を払って六月には長沙を落とし、秋には桂林・柳州に迫った。この大作戦は、戦死・戦病死一一万という大きな犠牲の上に、苦闘を経て飛行場を占領し、ベトナムへの陸路を開いて、地略的には目的を達した。しかしサイパンの失陥によって結果的にB29の本土爆撃を阻止することはできず、戦略的には不成功に終わった。

この間、アメリカ統合参謀本部は、日本軍が中国の飛行場地域を蚕食する危険と、蒋介石軍の脆弱性から、中国本土にＢ29の発進基地を置くことへの懸念が高まり、太平洋島嶼部、特にマリアナ諸島に米軍独自の基地を求めることへ大きく傾き、海軍のキング元帥と、陸軍航空部のアーノルド将軍が意見を一致させて、マリアナ攻略を急がせた。ただ、ルーズベルトは蒋介石との約束と、中国支援の立場から、成都からの爆撃を実行することを厳命した。このとき、すでに日本軍は「大陸打通作戦」により、長沙に迫っていた。

インドのカルカッタに揃った第20爆撃兵団は、爆撃経験を重ねるため、四四年六月五日、四八機がバンコクを空襲し、初の実戦爆撃が行なわれた。バンコクの空襲被害はそれほどではなかったが、この直後、アーノルドは、カルカッタの前線司令官ウルフに、「統合参謀本部は、中国に対する日本軍の圧力を軽減するため、そしてまた六月中旬に予定されているマリアナ諸島サイパンに対するアメリカ軍の上陸作戦と呼応するため、Ｂ29戦略爆撃機の日本本土攻撃を命令する」と至急電を打ち、成都からの爆撃をついに実行させせた。これを受けて、六月一三日、八三機のＢ29が成都に進出、日本本土爆撃にスタンバイした。

六月一五日米海軍の大艦隊がサイパンに殺到し、艦砲射撃ののち上陸戦を開始したその日、成都から飛び立ったＢ29六三機が深夜に九州福岡の上空に達し、八幡製鉄所を爆撃した。これがＢ29本土爆撃の最初である。サイパンと呼応して、日本本土にも爆撃機が襲来すると予測していた日本軍は、複座戦闘機「屠龍」などで迎撃させせたが、夜間のため、探照燈に頼らざるを得ず、数機を撃墜したものの製鉄所への爆撃を防ぐことはできなかった。
爆撃被害そのものは軽微だったが、巨大戦略爆撃機による本土爆撃の影響は大きく、東京の防衛総司令官東久邇宮は「B29は並はずれた兵器であり、このような兵器に対抗する手段を日本は持っていない」と漏らし、日本政府部内には国内兵器生産の今後を深く憂慮する暗雲が立ち込めた。またアメリカにおいても、六月六日のノルマンディ上陸作戦に匹敵するほど大きく新聞紙面で報道され、アーノルド自身も「このB29による第一撃は、全世界的な航空作戦の開始である」と高らかに声明を発表した。

4

それまでの過程で、司令官ウルフの爆撃展開が手ぬるいと感じていたアーノルドは、当時三十八歳だったカーチス・ルメイ少将を第20爆撃兵団司令官に登用し、続けてルメイに満州の鞍山製鉄所、パレンバンの石油精製所を爆撃させた。また九州への爆撃も続行させ、長崎の工場地帯、さらに八幡製鉄所への攻撃も繰り返させて、爆撃兵団はしだいにその実力を拡充させていった。七月、八月、九月と、B29の増強とともに、中国からの爆撃は、九州や満州の日本の勢力圏を大きく脅かし、その工業生産を減退させ始めた。

一方、サイパンの飛行場を整備拡大し、設備を整えたアーノルドの戦略爆撃軍は、新たに編成した第21爆撃兵団をハンセル将軍の指揮下に配し、着々と本土爆撃へ向けて準備を整えていた。

そしてついに十一月二四日、サイパン島からB29の日本本土爆撃が開始された。一一〇機が飛び立ち、東京荻窪北にある中島飛行機工場および市街地へ爆弾を投下した。高度一万m近くで侵入したため、日本軍の戦闘機はそこまで昇っていくことができず、高射砲も届かなかった。B29パイロットたちに「お笑い草だ」と言わせるほど、迎撃は乏しかった。しかし逆にB29の爆撃精度は低く、飛行機工場へは大きな被害を与えることはできなかった。それでも以後ほとんど三日ごとにB29の爆撃は続き、やがて工場は粉砕され、市街地も逐次脅かされていく。本土の都市生活は空襲が日常化していった。

フィリピンのルソン本島ではまだ米軍が上陸していず、レイテ以外本格的な地上戦は始まっていないこの時期に、早くも日本本土は爆撃によって破壊され始めていた。太平洋戦争はまったく新しい局面に入った。

当初爆撃の主目的は、航空機生産工場および兵器生産工場に集中され、中島飛行機、三菱重工、川崎重工など、海軍、陸軍の生産工場が第一目標とされた。兵器工場には、通常の爆弾が使用され、爆発力の大きさで破壊していったが、市街地には、通常爆弾では効果が薄かったため、別の手段を取ることが思考された。アメリカ航空軍はそれ以前からナパームによる燃焼を優先した焼夷弾を開発し、特に「木と紙で造られている」日本家屋には有効とされて、市街地にはそれを使用することが準備されていた。

一九四四年十二月に中国大陸方面の第20爆撃兵団は、その任務を終了し、ルメイに率いられて翌年一月にはサイパンに合流した。サイパン全体の航空兵力は倍加しただけでなく、国内からの生産の加速を受けて、さらに膨れ上がった。テニアン島、グァム島にもB29用の大飛行場が造られ、計五つの基地体制となった。これにより、連日の日本爆撃となり、工場地帯の破壊によって日本の生産力は劇的に減少し始めた。それだけでなく、大量の焼夷弾爆撃により市街は炎上し、都市生活は根底から破壊されていった。多くの市民は疎開するなど、都市住居を放棄して地方へ逃れていった。

名古屋、大阪、神戸の兵器工場の爆撃がほぼ一九四五年一月までに終わると、米軍は市街地への無差別絨毯爆撃に戦略を移し、都市そのものへの大規模破壊を企図した。

出撃のたびにB29の犠牲も多く、効果が不十分と見たアーノルドは、ちょうど本州への真ん中にある硫黄島を海軍の力で熾烈な戦いののちに奪取してもらい、護衛戦闘機基地と不時着基地を確保して犠牲を少なくすると同時に、もっと大きな成果を上げるよう、ルメイをB29航空兵団の総司令官に引き上げて、それを厳命した。ルメイは、漢口の市街爆撃で成果を上げた経験から、それを日本に応用する工夫を元に、それまで高高度の爆撃に頼っていた戦法を、思い切って夜間低空爆撃に切り替えた。

当初パイロットたちは高射砲や戦闘機迎撃など抵抗が激しくなることから、低空爆撃を怖れ、強くそれに反対したが、すでに日本の迎撃体制は崩れており、硫黄島からのアメリカのＰ51新鋭戦闘機の護衛で対戦闘機体制は十分で、夜間の低空飛行は、対地速度が増すため、高射砲の攻撃も受けにくく、雲の影響も少ないと判断したルメイは、パイロットたちの反対を押し切って、この新方法を断行した。

三月一〇日、東京の墨田川・浅草の下町地域を襲った三二五機の低空夜間爆撃は、折からの強風に煽られて激しく燃え上がり、劫火の渦により一〇万人が焼け死ぬ大火となった。以後この方法による爆撃が大都市を中心に続き、市街地は焼け野原となっていく。

六月までに大都市をほぼ焼き尽くしたＢ29爆撃兵団は、それ以後地方の小都市を目標に爆撃を広げ、ルメイは「日本を焦土にする」まで、爆撃を続けた。この続行によって、日本は一九四五年末までには壊滅し、降伏すると統合参謀本部は考えていた。

第十一章

プノムペン・スラム

1

敦志の中学時代に始まったベトナム戦争は、確かに自分が生きてきた地――横須賀と連動していた。今は平穏な時代を象徴して、艦隊の入港時もあの頃ほどの狂騒は遠のいているが、今、自分と同じ年齢で、ベトナム戦争、カンボジア内戦のなかで生きてきたユアンという一人の人間を前にするとき、あらためて、彼が同時代を生き、その戦乱の渦の中を通り抜けてきた者であることを実感した。それはしかも数十年前の父親の太平洋戦争時代と繋がって、戦闘の現実を潜り抜けてきた人間の重みを有している。二つはけっして時間的に途切れ、空間によって遮断されたものではなく、繋がった一つの現実として、目の前に鼓動し、息づいていた。

敦志は中学時代の、アメリカ大統領ケネディの暗殺シーンを映像で見たときの衝撃を思い起こしていた。オープンカーの後部座席で狙撃弾を浴びて大統領の頭部が二度のけぞった。手練れの狙撃者と想われる公衆の面前での殺人に、アメリカの暗部を見せつけられたと同時に、歴史の闇を覚えた瞬間だった。そのすぐ前に、後の長い戦乱を象徴するようにベトナム仏教僧侶の焼身自殺の映像が流れ、クーデターで南ベトナムの大統領が暗殺された事件も報道された。そしてケネディ暗殺が起こった一年後、ちょうど一九六四年の東京オリンピックの年に、トンキン湾事件が起こって、アメリカはベトナム戦争に介入した。北ベトナムの魚雷艇がアメリカ艦艇を攻撃したという目立たない遠い出来事ではあっても、オリンピックの年だったので、なぜかはっきり憶えていた。オリンピックの祭典気分の中に日本全国を回った聖火リレーに敦志も剣道部の主将として、聖火の後衛として走ったことが、逆にそれらの記憶を鮮明に焼き付けていた。ユアンは、その頃カンボジアのタケオで、後の戦乱など想いもよらず、家族の平穏な生活の中に敦志と同じような幸福な少年時代を送っていたはずだった。

あの年、確かにベトナム戦争が本格的に始まった。六四年にはソ連も北ベトナムへの軍事援助を開始し、中国も援助を本格的にしている。北ベトナム軍と繋がった「南ベトナム解放戦線」も三万以上の勢力に膨れ、農村に潜在した兵力は一〇万を超えるまでになっていた。米軍軍事顧問団の基地がゲリラ部隊に攻撃されるなど、戦争は燎原の火のように燃え広がっていった。アメリカは軍自体の派遣を表明し、その年の十一月には部分的に北ベトナムへの空爆も行なわれた。翌一九六五年三月に米軍海兵隊三五〇〇がダナンに上陸し、空軍基地を建設するとともに、本格的な北爆へと繋がっていく。ケネディの後を継いだジョンソン大統領が、六五年の末までに三個師団、一八万四三〇〇人の地上軍を投入した。

この後北ベトナムも増強し、南ベトナム解放戦線の拡大を合わせると一〇〇万を超え、米派遣軍もさらに増強を重ねて五〇万を突破した。

南北に長い地形を利用して、解放戦線はカンボジア領内に根拠基地を設置し、西からの越境を通して横腹から南ベトナムへのゲリラ攻撃を繰り返した。弾薬の補給にラオス、カンボジア領内を通るホーチミン・ルートを切り開き、輸送路を大きく拡げた。そしてこのホーチミン・ルートを叩くために、米軍はフィリピン、タイ、沖縄、グァムから戦略重爆撃機Ｂ52を用いて北ベトナムだけでなく、カンボジア、ラオスに爆撃を加えた。特にカンボジア国境に近い地域は南ベトナム解放軍の聖域として、爆撃が繰り返された。

ユアンの家がＢ52の直撃弾を受けて吹き飛ばされたのは、ちょうどその頃だった。誤爆にはちがいなかったが、当時同じように犠牲になった家は少なくなかったはずだった。一九六八年は特に激動期で、年頭に「テト《旧正月》攻勢」が勃発していた。旧正月の休暇に入っていた南ベトナム都市部がいっせいにゲリラ急襲攻撃を受け、大混乱に陥った。サイゴンのアメリカ大使館が占拠され、米軍基地のあるダナンも攻撃を受け、中部の古都フエも一時解放戦線の支配下に置かれて解放区とされるなど全国四四省のうち三四省の省都が攻撃された。攻勢はすぐに鎮圧され、解放戦線側は五万以上の死者と多数の検挙者を出したものの、南ベトナム政府側も五〇〇〇に迫る死者を出し、米軍も四〇〇〇に近い犠牲者を出した。特にアメリカ大使館が占拠されたことの衝撃が大きく、米議会でもベトナム戦争の旗色が悪い印象の下に、激増する戦費が槍玉に挙げられ、各地で反戦運動が燃え上がった。ジョンソンは次期大統領選に不出馬を表明した。

その年はメキシコ・オリンピックの年で、浪人中だった敦志は、一方で重量挙げの三宅義信選手や、メキシコを破って三位になった釜本邦茂のサッカーチームなど日本選手の活躍を受験勉強のかたわらテレビで見ながら、また一方で燃え広がっていた学生運動の嵐を、注視していた。

あの頃は、ベトナム戦争に煽られるように、世界で反体制運動が広がった。三月にポーランドで学生たちが民主化を要求し、四月にはアメリカで反戦運動が高まり、五月にはフランスで反体制運動が「五月革命」となって、ゼネストが起き、全国が麻痺状態になった。八月にはチェコで民主化運動が起こり、十月にはオリンピック開幕直前にメキシコで民主化要求デモが起こった。

中国では「文化大革命」の旋風が吹き荒れ、『毛沢東語録』を手にした若者たちがブルジョア階級に対して過激な吊し上げを繰り広げ、従来の伝統文化を破壊して回った。

そして日本でも、日本大学の二〇億円の使途不明金が浮上したのをきっかけに、日大闘争が始まり、東大の医学部のインターンに対する待遇改善要求から、東大闘争に火が点き、既成の体制に対する反発が燃え上がって学生運動が広がっていった。そして十月二一日の国際反戦デーに学生たちが新宿駅を占拠する暴動が起こり、運動は全共闘運動として高まって、市街への拡大を見せつつ全国に広がっていった。

東大の安田講堂が占拠され、機動隊との衝突によって、翌年春の東大入試は中止となり、敦志もその影響を受けた。受験を京都大学に変えてみたが、空しく落ちて、結果的に早稲田の文学部に入学した。

振り返ってみると確かに六八年は激動の年であり、何かが変わろうとしていた年でもあった。ただ、敦志は失踪した母親の傷がまだ癒えず、女子クラスメートの死のショックも尾を引いて、受験勉強で日々を追われ、学生運動の動きを、目を凝らして深く見つめるような余裕はなかった。新宿駅の騒乱には恐いもの見たさで参加したものの、それ以外は入試に対処するだけで頭がいっぱいだった。

しかしユアンは、すでにあの前にB52の爆撃に遭って、家と祖父母、妹二人をそっくり失い、母親といっしょにプノムペンへ出、スラムなどで都市部の底辺を彷徨ったのだった。

2

経過報告を兼ねて電話をかけ、津田医師にユアンとの面会を続けさせてもらっていることに礼を言い、進展を報告した。

「彼は自分の生い立ちを話してくれています」

受話器の向こうから、津田医師の喜ぶ声が届いてきた。

――ほう。生い立ちを。ありがたいことだ。やはり風間さんに頼んでよかった。ぜひ続けてください。私も安心しました――

「このままもう少し続けさせてくださいませんか。いろいろなことを話してくれています。長くかかりそうな感じになってきました」

――もちろん、いいですよ。こちらとしても願ったりで、うれしいことだ。どうかお願いします――

「あのときは、逃げ出してしまって、すみませんでした……」

――そんなことはどうでもいいんですよ。気にしていませんから――

「テープはそのまま渡しますか。英語で話しているんですが……」

敦志は言ったものの、心の底にひっかかるものを覚えた。ユアンは自分の告白を公開することを望んでいない。裁判の上で自身を釈明するものとしては、この告白が出ることは望んでいない。とすれば、ほんとうは津田医師にもこれを提供したくないはずだった。もしユアンが、敦志を信じて話し、それを津田医師を含むいっさいの他人に知られたくないという前提で話をしているとなれば、津田医師にこのテープを渡すことも彼を裏切ることになる。しかし、もし津田医師にこのテープを渡すことを拒否すれば、この機会を用意したのが津田医師である以上、彼と会う機会そのものを失うことになるかもしれない。

敦志は逡巡のうちに、例えばテープレコーダーの機械そのものが壊れていたとか、ボタンが押してなかったとか、ダビングを間違えて全部消してしまったとか、自分の裁量の中で言い逃れをして回避することにも想いをめぐらせた。どこまでを津田医師に聞かせるべきか、逆に細工をした場合、津田医師をも裏切ることになる背信の罪悪感が頭をもたげた。時間を稼ぐためにもう一度繰り返した。

「英語なので、巻き舌の発音で聞き取りにくいですが、それを渡していいんですか」

——英語には自信がないが、とにかく聞いてみます。それはしかし大事なものなので、人に預けず、直接私が受け取ります。私の手に渡してください——

ユアンの話を聞いたあと、敦志はまたなぜか母親のことを思い出していた。教会で両手を合わせて握り目を閉じて祈る母親の横顔を、小学生の敦志は自分も両手を握る動作をしつつそっと盗み見ていた。母の横顔には祈りの美しさとは異質なものが感じられた。その表情には、超越的なものと一体化する陶酔や委ねる安らぎや安心が匂っていなかった。ステンドグラスの原色の色彩の上に、きめの細かい母親の肌のなだらかな曲線が浮かび、ひたすら瞑目するその表情の奥に、神に縋ろうとする意思よりも、むしろ何かを遠ざけるために、あることを忘れようとするために祈りに埋没する姿を感じた。恐怖を埋めようとしているようだった。また同時にそれを自分の中に閉じ込め、封印するために、その意志が薄らぐことのないように、ひたすら祈りを捧げているような気がした。しかもそのことの中に救いはなく、むしろ逆に悲しみや恐怖や過去の苦しみが深くなっていく感じがある。祈れば祈るほど苦しみが深くなっていくような不安が漂っている。その苦しみへの深さが、母親の顔を悲愴にし、そこに別な怜悧さが宿っているのを、敦志は感じた。そしてそこに母親が、ただ宗教に帰依することだけでは救われず、また家族の幸せや、夫婦の愛情によっても救われないもっと凄惨な世界への道筋が繋がっているのを、敦志はどこかで漠然と感じていた。そしてまたそれは、どこか遥か遠く敦志自身の未来に溶け込んでいるような気がした。

母親の不在の今になって、それが鮮明に浮かんでくる。人は時が経って初めて過去のある瞬間や情景を運命の発端として呼び起こすことができるのかもしれない。ユアンの話を聞きながら、敦志は母親の教会での横顔を思い起こし、それが自分たちの家族の未来を象徴し、自分のこれから辿っていく険しい道をも暗示していることを覚えた。

3

プノムペンに出て来てからのことを話すとき、ユアンはすでにあたかも敦志に対してもう何も隔たりもなく、遠慮することもないように、くだけた言い方になり、迸るように独白を続けた。

――カザマ、母とぼくたちは、家を失って、路頭に迷うようになった。ベトナムの方から、戦争が近づいてくる。クメール・ルージュの力はどんどん大きくなって、戦力も増し、武器も整っていくようだった。

ぼくたちはお寺で僧の食べ物の残りを、施しとしてもらいながら、なんとか飢えをしのいでいた。学校も、僕たちには遠いものになってしまった。

しかしあるとき、またそのお寺がB52の爆撃でやられてしまった。ぼくたちを空からの恐怖が襲ってくる。母はもうパニック状態だった。

ちょうどその頃、プノムペンから人集めに来ている華僑のブローカーが、村を訪れて、一日一〇リエルでレストランの女給をやらないかと声をかけてきた。子持ちでも、部屋を用意するから、そこに住んで働けばいい、という勧誘だった。

すべてを失くしてしまった母は、もうそこにしか縋るものがないように、ブローカーの誘いに乗って、「この子たちもいっしょでいいんですね」と念を押し、ピックアップの荷台に乗った。そこには僕たち以外に若い女性が何人も乗せられていた。僕たちは、この先どうなるのかわからない、もっともっと戦争の中に巻き込まれていくような不安とともに、生まれ育った村を去らなければならなかった。母はぼくたち二人の肩を抱いて、泣きながら、もういない祖父と祖

第十一章　プノムペン・スラム

母と二人の妹の名を後方に呼び続け、故郷に別れを告げた。

ぼくたちの車は河をいくつも渡り、丘を越え、平原を走ってほとんど一日かかって、プノムペンに着いた。プノムペンはそれまでのぼくたちの村とはぜんぜん違った、大都会だった。ビルも立ち並び、大きなホテルもあり、ネオンも咲き乱れている。人の活気で溢れていた。夜着いたので、光りに溢れ、賑やかだった。こんなに夜遅くまで光が煌々と点き、喧騒に溢れている場所は、これまで見たこともなかった。市場も、村とは比較にならないくらい物と人に溢れ、賑やかだった。アメリカの援助による兵士たちも街を闊歩し、トラックやピックアップが砂埃をあげて忙しく道路を走り回り、政府軍の車や装甲車も、慌ただしく走り回っていた。人の眼が、村人たちの眼と違っていた。皆ギラギラしている感じだった。

カンボジアの女性たちとは異なる、きれいに着飾ったヨーロッパ風の派手な衣装を着た女たちがあちこちでたむろしている。路上で靴磨きをしていたり、箒やザルを売っていたり、花を売っていたりする。贅沢に着飾った富裕な人たちが豪華な車を乗り回している一方で、浮浪者のような人間もたくさんいる。物乞いも多かった。病気なのか変な形の頭の子供の物乞いや、腕がなかったり、足がなかったりする者も路上で小銭を受ける空き缶を置いていた。僕はもし爆弾が落ちてきたとき家の近くにいたら、自分もあんなになったかもしれないと同情すると同時に、この街が何か戦争の渦の中で、狂ったような繁栄をしているのを覚えた。

僕たちはバラックの家が立ち並ぶ一角に連れて行かれた。そこは腐臭のするじめじめした湿地帯だった。貧乏な人間や、地方から出てきて住むところに困っている者たちが集まっている住居地区で、「沼地」と呼ばれるスラムだった。「スラム」という言葉も初めて知った。その中の小さな部屋に他の女性たちといっしょに入れられた。片目の肥った男が出てきて、彼がここの監督なので、彼の言うことを聞くように言われた。彼は拳銃を持っていた。彼の見えない方の片目は白く濁っていて、気味悪かった。

翌日簡単な朝御飯が与えられ、また車に乗せられて、レストランに連れて行かれた。それはレストランというよりも、踊りも歌もある華やかな場所だった。母親たちは蝶ネクタイをしたこぎれいな男の前に並ばされた。他の女性たちといっしょに、どのようなことをするのか、詳しく説明され、そのあと一人ずつ実際に行動させられ、あれこれ注意された。そんなことの経験のない母は、戸惑っているようだった。

僕たち子供は、それからまもなく別な所に集められ、靴磨きや、露天商の道具を与えられた。どれがいいか、選ばされた。新聞売りを任された子もいた。女の子は花売りに回された。チューインガムやキャラメル売りを選ばされた子供もいた。どうしてこんなに子供たちがいるんだろうと思っていると、だいたい親を亡くしていたり、体の不自由な親だったり、僕たちのように、母親が働かなければならず、それで付いてきた地方からの子供だった。僕が最年長で、ほとんどは十歳前後、あるいはもっと下の子供たちだった。腕のない子や、脚のない子は、みな物乞いをさせられた。ただ路上で空き缶を前において、一日中力なく座っているだけだった。僕は新聞売りに回され、年長だったので、夕方になるとその物乞いの子たちに肩を貸したり、いざり車を押していっしょに帰らせる役目をいいつけられた。炎天下に路上にいるのは、体に負担がかかり、脱水症になったりする危険がある。ときどき水を持っていってやったり、日陰に移して休ませたりするのも僕の役目だった。当時はまだ仏教の「徳を積む」という互助の精神が生きていて、物乞いやかわいそうな人たちに施しをすることは街でもよく行なわれていた。空き缶の中にはそれなりのコインやリエル札がたまっていた。しかしそれらはほとんど元締めが吸い上げてしまう。子供たちには食事と、ときたまバナナやマンゴーなど果物が与えられるだけだった。元締めは「お父さん」と呼ばれていた。物乞いの子供たちは病気になっても、医者に診てもらうことなく、ほったらかしにされて、そのまま死んでいった。無縁仏として埋められるか、焼かれるかどちらかだった。

新聞売りは、最初フランス語の新聞が多かった。英語の新聞もあった。クメール語の新聞もあったが、娯楽が多く、気味悪い死体があったり、犯罪首の顔があったり、変な写真ばかりだった。カンボジアはまだ独立して十数年しかたっていず、教育も普及していないので、新聞を読む人も少なかった。フランスの植民地だったので、フランス語が準公用語として使われていた。高校はフランスのリセの形式だったし、知識層は限られていて、政治や経済に携わる人は、フランスなど外国へ行って大学で学ぶ人が多かった。でも、戦争が始まり、外国のジャーナリストたちがプノムペンに来るようになったり、カンボジアでも英語を勉強する人も増えて、英語の新聞もその関係で路上ではそこそこ売れるようになっていた。

プノムペンではよく路上でフランスパンを売っている。長くて少し固いパンを、僕も母に買ってもらったりした。僕はアメリカ大使館やフランス大使館のある通りの角で、立って新聞を売った。僕は飛行機で運ばれてくる『ニューヨーク・タイムス』や『ワシントン・ポスト』を持って立ち続けた。タイから運ばれてくる『バンコク・ポスト』も売っていたし、唯一のカンボジアの英字新聞『プノムペン・ポスト』も売った。その通りにはホテルもあり、外国人も多く、白人がよく新聞を買ってくれた。英語で話しかけられるので、僕はもっと英語がわかるようになりたかった。英字新聞の中身もわかるようになりたかった。フランスパンを売っているおばさんが、少し英語を教えてくれた。「ハロー」という呼びかけのあいさつや、「いくら」という値段の聞き方、そして数やドルや貨幣の単位を僕はおばさんから学んだ。でも、もっと知りたかった。プノムペンではドルがとても幅を利かせていること、みなドルをほしがっていることも、そのとき知った。

母のレストラン・クラブも外人客が多く、夜はナイトクラブのようになり、華やかな踊りと音楽が繰り広げられた。酒の相手をする派手な衣装の女たちが、客に飲み物をねだりながら、ダンスをいっしょにしていた。速いテンポのリズムの強烈な音楽で、激しく体を動かすかと思えば、ゆるやかな落ち着いた音楽になっていっそう暗くなり、抱き合うようにして踊っている姿があった。客に求められて、そのままいっしょにどこかへ出ていく女たちもいた。母はエプロンを着けたウェイトレスとして働いていたので、彼女たちとはちがっていた。ただお酒を運んだり、食べ物をテーブルに運んだりするだけだった。母はいっしょに出ていく女性たちを嫌っていたし、あんなことは絶対したくないと、目を背けていた。

でも外国人の客とのやりとりで、母も英語の必要性を感じて、いっしょにお互いに知っている言葉を言い合って、勉強したりした。

弟のチュアンは、靴磨きに回されていた。靴の磨き方を大人から習い、何日か特訓を受けて、そのあと台やぼろ布や靴磨きのクリームやブラシの道具セット一式を持たされて路上に出た。弟は僕と三歳離れていて、まだ体が小さく、道具は重かったが、それでも何とか路上に出て靴磨きを始めた。始めは客も取れず、戸惑っていたものの、若い実業家や軍の高官などがかわいい弟の姿を見て、靴を磨かせてくれるようになった。靴磨きは顔馴染みができやすい。弟は笑うとえくぼが出る。アメリカ人がくれた野球帽を後ろにしてかぶると、けっこう愛嬌が溢れて、すこしずつ客が増えていった。だんだん靴磨きの腕も上がり、自分でも空き地に咲いている花を摘んでいって、終わるとそれを客の胸に刺してあげると、客も笑顔を返してくる。いろいろ工夫して、客を増やしていった。

でも、僕たちはお金に恵まれなかった。僕たちの稼ぎはほとんど世話役とボスに収めなければならなかったし、新聞の仕入れ代や靴磨きの道具の借賃、母は女給の衣装の借り代や食事代などいろいろな名目で毟り取られた。僕たちの手元に残るのはほんの一握りだった。

それに加えて、僕たちは満足に食事をもらえなかった。僕たちはいつも空腹で、路上で売られているパンや屋台の食べ物をなけなしのお金の中から捻出して補わなければならなかった。弟が靴磨きのお金を誤魔化してポケットへ入れたとき、ボスがそれを見つけて、頬を思い切り殴られた。何度も殴られ、母はそれを止めに入って、母も殴られた。母は唇から血を流し、なお殴られても、弟の前に立ちはだかり、キッと強い目でボスをにらみ返して、ひるまなかった。ボスは最後に一発、拳で母を殴り倒し、面目を保つ形を作って引き揚げていった。

母の顔は脹れ上がり、翌日は一日中寝ていた。僕たちは水で冷やしたり、レストランの蝶ネクタイをしたマネージャーのところへ行ってボスに殴られて顔がはれてしまったこと、休みがほしいことを言い、泣いて頼みこんで氷をもらい、それを腫れた部分にあてた。氷が気持ちよかったらしく、「ありがとう」と僕の手を握ってくれた。

最初故郷から連れてこられたときの話とずいぶん違うことに、母は憤っていた。そしてまた、子供たちが働かされ、搾取されることに、怒りを覚えていた。母は、ほんとうは絹織物を織って、それを市場で売って生計を立てたいらしかった。市場では、絹織物がそこそこの値段で売られていた。それはタケオの市場よりもずっと高い値段で売られていたので、もし自分で織ってそこで売ることができれば、かなりの収入になり、生活は成り立っていくはずだった。でも、それには機織機《はたおりき》を買うか、作らねばならず、場所も必要だった。絹糸もどこからか入手してこなければならない。それらはプノムペンの街では高額になっていた。広い部屋は家賃も高いし、機織機も市場では売っていず、絹糸も商人の手を経るため、プノムペンでは逆に高くなってしまっていた。それでも母は暇を見つけて市場へ行き、いろいろ手づるや可能性を探して絹織物の仕事を通して収入が得られる道を探り続けた。

母はあるとき、街裏の華僑の古道具屋で、機織機を見つけてきて、目を輝かせていた。触らせてもらったところ、タケオの自分の家で使っていたのとそう変わらない、古いが十分機織りができそうな織機だった。部分的に壊れても、多少の修理はできる。ただ、その値段は僕たちの現在の収入ではとても手が届かない、高額なものだった。

僕たちはそれでも、自立する夢に向かって努力を重ねた。

レストランの客に絹糸の商人がいて、彼は絹を大量に仕入れて、タイへ持っていって、売り捌いているそうだった。彼は王室の踊り子たちが着る絢爛とした絹織物を扱っている織物問屋も知っているそうだった。母は彼に近づき、絹糸を回してくれることを打診した。商人は母親の微笑みのきれいな顔と父親なしに子供二人を育てていることに心を動かされたようで、「面倒をみてやってもいい。私の妾にならないか」という誘いといっしょに「織機を手に入れたら絹糸を特別に回してやってもいい」と言ってくれた。母は三十歳を越していたが、若く見え、溌剌としていて、肌も普通のカンボジア人よりも白く、魅力的だった。豪華な絹織物を体に巻くと、王室の踊り子のような映えた姿になった。織物商が魅かれるのも無理はなかった。その商人は、プノムペンだけでなく、バッタンバンにも、タケオにも、タイのバンコクにも妾がいるそうだった。カンボジアでは金持ちが何人もの貧しい女性の面倒を見るケースが多く、商人も気軽に誘っただけだった。しかし母はその話を毅然として断り、「絹糸だけの話にしてほしい」と言うと、それはすんなりと受け入れられて、織物だけの話になった。「早く機織機を手に入れて、私に見せてほしい。そしたら絹糸を、それも良質な豪華なものを回してあげるから、織って見せてくれ。それが見事だったら、織物商に紹介する」と快く言ってくれた。

母と僕たちは、華僑の古物屋にある機織機を手に入れるために、いろいろ工夫して節約し、苦心して、お金を貯めていった。パンを買わずに、そのお金を貯めて、その代わりトンレサップ河の土手に生えている草や近くの空き地の草むらから、食べられるものを摘んできて、それを炒めたり、煮たり、茹でたりして空腹を満たした。ボウフラを捕って集めてきて、それを金魚屋へ持っていって、金魚のエサとして買ってもらったりした。母もレストランの残飯のなかから、きれいなものを集めてきて、それを炒め直して、食事の代わりにしたりした。少しずつ、お金が貯まっていった。

その頃、ベトナムの方ではさらに戦争が激しくなっているようだった。カンボジアの中にも、ベトコンの部隊がたくさん入ってきているという噂だった。ベトコンの戦闘部隊は南ベトナム解放戦線とされていて南ベトナムの人たちが主体という建前だったけれど、実質は北ベトナムの兵士たちで、わずかに下っ端の兵隊たちの中に南ベトナムの農民たちが共産主義の思想を教えられて混じっているだけだとだれかが言っていた。

第十一章　プノムペン・スラム

プノムペンの街は、その中心に王宮が燦然と輝いていた。フランス式の道路や古い建物が混然として古いたたずまいの中に、どこかのどかな雰囲気がまだ漂っていた。でも、少しずつベトナムでの激しい戦いが押し寄せてくる空気があって、緊張や危機感がひた寄せていた。僕たちと同じように、特に東のベトナム側から戦乱を逃れてプノムペンに出てくる農民や地方の町の人々が増えていた。王室の警護の軍隊も、増強され、兵士の数も増えて、市街を走る軍隊のトラックも多くなり、カーキ色の軍服も目立つようになっていた。弟の靴磨きの馴染みの客のなかにも、軍人たちが何人もいるようになってきた。

シハヌーク国王は、みんなに人気があった。レストランにも国王の肖像画のプリントが貼られ、いたるところの建物に額入りの肖像画が飾られていた。

市街の東を走るトンレサップ河で雨季の終わりには水祭りがあって、ボートレースが盛大に行なわれる。十一月の満月の前後に行なわれるそれには、稲の刈り入れの収穫祭の意味もあって国中からたくさんの人が集まり、賑やかになる。東南アジアで最も大きい湖、トンレサップ湖から流れてくる河がメコン河と合流する地点にプノムペンがある。そのトンレサップ河沿いには、雨季が終わるその時期、出店が立ち並び、あちこちで野外コンサートも開かれる。ドラゴンボートと呼ばれる木製の手漕ぎボートに数十人が乗り込んでオールをきれいに漕いで速さを競うそのレースは、みんなが熱狂して、盛り上がる。

ボートレースにはシハヌーク国王も特別にしつらえたきれいな野外席に入って、それを楽しんでいた。国王が来たときはみんなが拍手して起立し、国王を称える。シハヌーク国王の威厳は、観衆も、ボートの漕ぎ手たちも、みな静まらせ、そして歓呼させるほど大きな力を持っていた。みな眩しい目で、国王を見、カンボジアの独立をなした国王の栄誉と功績に敬意を払っていた。国王はスターのように大衆の人気を博していた。僕は国王の姿を見たとき、国王によってこのカンボジアの国が成り立っていること、国王こそがカンボジアの中心であることを痛感した。それほど眩しいものを国王は放っていたし、祭りの中心に彼がいることをあらためて知らされた。僕もボートレースには熱狂し、応援している黄色の服を着たボート隊が優勝したときは、母と弟といっしょに大声で叫び声を上げたくらいだった。観衆の中には水に飛び込む者もたくさんいた。

しかしカンボジアにも共産ゲリラの話があちこち飛び交うようになっていた。フランスから帰ってきた偉い人たちの中に共産主義による革命を目指す人たちがいて、その人たちがカンボジア共産党《クメール・ルージュ》を建てて独自に活動を繰り広げているという噂も伝わっていた。僕はそれを聞いたとき、僕の父もその中の一人として闘争に参加していることを想像した。ジャングルで銃を持って、闘争を始めていることを想像すると、不愉快な思いとともに、父への憎しみが蘇ってきた。ただ、実質的にどんなことをし、どんな活動をしているのかはわからなかった。

ある日、トンレサップ河岸に男の死体が打ち寄せられた。それはスラムのボスの死体だった。僕たちはみな驚いた。顔だけでなく、胸や腹にいくつもの刺し傷があり、リンチや見せしめのような無残な殺され方をしていた。脚に「資本家の手先」という赤字がマジックインキで書かれていた。人々は、きっとクメール・ルージュの仕業だと、その仕打ちを怖がったが、一方では喜んでいた。彼が死ぬことで、助かる人たちが多かったからだ。生活を縛られていた僕たちにとっても、大きな解放だった。彼の顔色を窺わなくてすむようになったうえに、経済的な搾取を逃れることができたのは大きかった。代わりのスラムのボスは来たが、その仕打ちを恐れて、おどおどし、威圧的なこともなくなったばかりか、納める金額もそれまでの数分の一に減った。僕たちの貯めていくお金は急激に膨らみ、ついに機織機を買える金額に達した。

お金を胸に抱くようにして古道具屋に行き、僕たちは機織機を買った。それは普通の生活をしている者にとっては、たいした金額ではなかったかもしれない。でも僕たちにとっては、骨身を削って貯めたお金だった。僕たちは、小さなじめじめした部屋を整理し、ようやく織機がおける空間を作った。母の寝るところはほとんど織機の下になるようなスペースしかなかった。

その機織機は、幸い他の人の手には渡らず、そこにあった。僕たちは暇さえあればそこへ行って、僕たちがお金を貯めてそれを必ず買いに来るから、とっておいてほしいと、頼み続けた甲斐があった。それが僕たちのものになったときの喜びは、思わず歓声を上げてしまったほどだ。僕たちは抱き合って一つの成就の喜びを共有した。少し傷んでいたところを修理し、絹糸商から入手していた糸を通すと、それはカタンカタンと木製のいい音色を上げて、美しい織物を織り出していった。母の手つきや脚の踏み具合も、久々の仕事にもかかわらず、躍動していた。

僕たちは織り出されたきれいな絹織物を見て、また歓声を上げた。

その布を市場の織物売りの店の人に持って行って見せると、感心した顔で「ほう。これはいいできだね。たいしたものだ」といってくれた。そして、予想以上の金額で、それを買ってくれた。母が手にしたリエル札は、僕たちがそれまで貯めたお金の全額とほとんど変わらなかった。一度で大金が転がり込んだ。僕たちはまた歓声を上げた。そして店の人は「織ったら、また持ってきてくれ。待ってるよ」と言ってくれた。

母はその帰り、僕たちをベトナム人の経営するきれいな食堂に連れて行ってくれ、肉そばと春巻きを御馳走してくれた。母は「これで私たちの暮らしも楽になる。生きていけるわね。みんなのおかげよ。ありがとう」と頭を撫でてくれた。僕たちはうれしかった。弟と顔を見合わせ、笑顔を交わした。二人で親指を立てて、頷き合った。

絹織物ができただけ、僕たちの暮らしは豊かになる。前から話があった絹糸商も、「この織物なら、王室にも納められる」と太鼓判で、そちらへの話もしてくれることになった。僕たちはスラムの暮らしも抜け出して、新しいアパートに移ることを相談し始めていた。

しかし、その一週間後だった。真夜中に、僕たちは叫び声や怒鳴り声で目を覚ました。「火事だ！」という大声が聞こえた。炎の色が母の顔を照らしていた。母の顔は恐怖で震えていた。もうすぐそばまで、火の手が近づいていた。もうすでに炎はスラム全体を燃え上がらせていた。僕たちは自分を火の手から逃れさせるだけでせいいっぱいだった。母は、あれほど苦労して手に入れた機織機が炎に巻き込まれていくことを必死で食い止めようとした。ばらばらにして持ち出そうとしたが、もうすぐ火が近づいている。僕は弟といっしょに母を織機から引き剥がした。僕たちは泣いて母親の体を離させた。とにかく安全な所へ母の体を抱えるようにして逃げのびた。

スラム全体が、真っ赤な炎の竜巻を夜空に巻きあがらせていた。弟の顔も、母の半狂乱の髪の振り乱れた顔も、紅蓮の炎が浮かび上がらせていた。母はまだ諦めきれずに、喚き、泣き叫んでいた。炎の中に戻っていこうとさえしているその体を僕たちが必死で止めていた。もう炎がいっさいを包んですべてを焼き尽くそうと勝ち誇ったように真っ赤な壁を僕たちの前に立ちあげてきたとき、母はその場に崩れ落ち、泣いて立ち上がろうとしなかった。

夜が明けると、黒い焼跡が広がっていた。柱の残りが燻り、灰と煙と家の焦げた残骸が遠くまで続いていた。だれかが放火したということだった。包むように何カ所から同時に火の手が上がり、逃れられなくて焼け死んだ者も何人かいた。スラムには、動けない病人もいたし、年とって寝たきりの老人もいた。その人たちはみな炎の中で焼かれてしまったとも耳に入ってきた。共産主義者たちへの報復だという声もあった。またその跡に新しいビルが建てられるとも聞いた。

火がおさまって、僕たちが自分の住んでいたところに戻ると、機織機の残骸があった。ほとんど黒く崩れてしまったそれを見て母はまた激しく泣いた。毛布も、僕たちの持ち物や靴磨きの道具も、新聞の残りもすべて黒い塊や灰になってしまった。すべての苦労が水の泡となってしまった。これから僕たちはどうやって生きていくのか、その手立ても目標も失われてしまった。呆然と僕たちはその焼跡に立っていた。

その夜、僕たちは河原で寝た。親子三人で星空を見ながら、皆で抱き合うようにして眠った。きれいな星がまたたいていた。頭上にひろがる天の川の流れが、僕たちの心を和ませた。星の中に僕たちは投げ出されているようだった。母は「きれいな星ね。あの煌めきに負けないように、生きていきましょうね」と言った。「この体があればいい。しっかり生きていけば、またいいこともきっとあるわ」ときれいな強い声を闇に投げた。「どんなことがあっても、みんなで助け合って生きていきましょう。機織機を失ったことは、大きな痛手だけど、それで絶望してはいけないわね。また働いて、それを手に入れればいい。またがんばりましょう」と母は、星に誓うように言った。その強い、美しい声で、僕たちにも勇気が湧いてきた。「僕たちは負けない」「ここから立ち上がろう」と、僕と弟は言った。みんなで手を握り合って誓った。星のきれいなまたたきが、空を流れ、その光が永遠にどこかへ続いていくようだった。光が降ってくるようだった。手を取り合い、体をくっつけあってぼくたちは夢の中に入っていった。

行き場所のない僕たちは翌日またスラムの元の場所に戻って、そこに小さなバラックを建てて仮の住居にした。近所から拾ってきた木切れや残っていた黒焦げの柱の残骸を組み合わせた骨組みを立てるだけで三日、トタンや木や黒焦げの残骸で屋根を付けるのに二日、壁を板きれや段ボールや布で付けるのに、また二日かかった。でもなんとか住めるようにはなった。同じようにして、スラムのあちこちに焼け出された人たちが戻ってきて、いくつかバラックが建ち始めた。あとは、靴磨きの道具や新聞の仕入れをどうするかだったが、幸い別な元締めが見つかって、そこから借りたり、仕入れたりすることで形が取れた。母はまた頭を下げ、必死に頼み込んでレストランに再び勤め始めた。

また生活が軌道に乗り始めようとしたとき、朝早く数十人の男たちがトラックで乗り付けてきて、次々にバラックを壊しだした。こいつらがここに放火したことを、僕は直感した。三人が拳銃を持っていて、壊されるのを必死に止めようとするスラムの男や女を殴り倒し、拳銃を空に発砲して、威嚇した。バラックは次々に取り壊された。「ここを何だと思っているんだ」「お前たちの住む所じゃない」「よそへ行け」「ここはもうお前たちの住む所じゃないんだ」僕たちは苦労してせっかく建てた僕たちの掘立小屋を壊されたくなく、必死で男たちに取りすがって阻止しようとした。でも、拳銃の握りで殴り倒され、口の中を切った。血が溢れてくるのがわかった。弟も男の足にしがみつき、ズボンの上から噛みついた。「このガキは」と、男が蹴飛ばして踏み付け、弟の顔は靴で歪んだ。僕はそれでもなお追いすがり、泣いて止めさせようと抵抗した。僕は殴り倒され、背中を靴で踏みにじられた。

ちょうど朝の市場の買い物から帰ってきた母がその上に取りすがり、「この子たちには手を出さないで」「お願いですから」と絶叫して、殴られたり蹴られたりすることから身を呈して防いだ。男は拳銃を母親の体の近くの地面に向けて撃ち、土の中にボコッと鉛弾の穴が開いて入っていくのを見せしめのように示して、「こんど抵抗したら、お前たち三人とも、その体に鉛弾を食らわせるぞ」と言い捨てた。

やがて取り壊し作業が終わり、男たちはトラックに乗って引き揚げていった。僕たちはまた抱き合って現実の苛酷さに耐えた。まだ震えと興奮が止まらなかった。嗚咽と痛みがおさまらなかった。

ちょうど僕たちの家のあった所に、「新アマリン・ホテル建設用地／立ち入り不可」と書かれた立て札が突き立っていた。

僕たちはまた河原で二晩明かしたが、幸い南の方のスラムに家探しに行くと、なんとか住める空き場所があったので、そこへ急造のバラックを建てて、移動した。下から腐臭の立ち昇ってくる汚い環境だったが、僕たちにはいろいろ不平を言っている余裕はなかった。そこに場所代を払ってなんとか住めるようにするしかなかった。

元の場所から離れたが、やっと以前の生活に戻った。弟は遠くなったものの、また靴磨きの道具を借りてきて仕事を始めた。僕の新聞売りの仕事は見つからず、仕方がないので弟にならって靴磨きの仕事に就くことにした。幸い、道具は借りられた。新しいボスがスラムにいたが、クメール・ルージュの仕打ちを恐れてか、以前のような強圧的な態度は見られなかった。

クメール・ルージュも、少しずつ勢力を広げていた。B52の北への爆撃も激しくなっているようだったし、スラムのみんなの話では、ベトナムでも、共産ゲリラの攻撃が拡大しているそうだった。すぐ隣の家に、昔教員をしたり、新聞記者の経験もある右脚のないおじいさんがいて、いろいろ話をしてくれた。そのおじいさんは政治や歴史をよく知っていた。僕はその話を聞くのが楽しみだった。おじいさんは英語もできて、僕は以前白人からもらった英語の辞書と会話本を頼りに、そのおじいさんから英語を習った。英語が話せるようになるのは、僕にとってとても楽しみな時間だった。

おじいさんによれば、シハヌーク国王は、東のベトコンの活動を許容しているということだった。北ベトナムの共産党と秘密の取り決めを結び、カンボジア東部をベトコンの補給路に使わせることを許す代わりに、カンボジアの王制を保証するという裏取引が交わされているということだった。ただ、王制を侵害するものについては、厳しく排除するという方針だった。カンボジアのような小さくて軍備も貧弱な国は、タイとベトナムの大きな力の間で天秤のようにバランスを取ることで、政治を繋げていくのが方法だそうだった。たしかにシハヌーク国王は、その微妙なバランスを取ることで、国を保っているように見えた。でも、おじいさんは、あぶない方法だとも言っていた。一方でシハヌーク国王は国内の共産党に対しては弾圧もしてきたし、警戒もしている。これ以上クメール・ルージュの力が大きくなった場合、どうするのか、懸念しているはずだ、とも言っていた。物知りのおじいさんはこうも言った。「現に今、プノムペンはアメリカ人や白人の姿が多くなっているだろう？　アメリカ大使館の人数も増えている。これが何を意味するか――アメリカはシハヌークを抱きこもうとしている。何かカンボジアでの力を大きくしようと目論んでいるが、シハヌークは頑なになっている。シハヌークはアメリカが嫌いなんだ」と危ぶむ表情を示した。

確かに、僕や弟の靴磨きのお客はアメリカ関係の人が多かったし、白人の数もだんだん増えてきているようだった。弟は、白人が増えることを喜んでいた。一回の靴磨きに、白人はだいたい一ドル札を払ってくれる。お金を奮発してくれる点では、僕も歓迎だった。ドルはリエルに対して、どんどん高くなり、逆にリエルはどんどん安くなっていることも、白人歓迎を促していた。でも僕は何となく不安だった。

僕も以前新聞を売っていたとき、顔馴染みになった白人がいて、それはアメリカ大使館に出入りしている人だった。ジョンという名前だった。僕が一生懸命英語を勉強している様子を見て、辞書をくれたり、「それはこう言うんだよ」と親切に教えてくれたりした。会話の本をプレゼントしてくれたのも彼だった。温和でもの静かな雰囲気があったけれど、芯にすごく強いものがありそうな毅然とした態度を隠し持っていた。まだ英語ができなかったけれど、僕は手真似で、タケオに大きな飛行機が爆弾を落として、家が吹き飛ばされ、何もなくなってしまってプノムペンに来たこと、母の機織機を買うためにお金を貯めていると、なんとか伝えたとき、彼は「アイム　ソーリー」を繰り返して、僕の頭を撫でてくれた。それから深い溜息をついて「お母さんにあげて」と五〇ドル札をプレゼントしてくれた。そのあとも一〇ドル札をくれたことが何回もあった。なぜそんなにしてくれるのかその時はわからなかったけれど、とにかく僕をとても可愛がってくれて、子供がいないので、家に遊びに来ないか、とも言ってくれた。でも、実現しないままに、突然来なくなり、そのままずっと会えなくなっていた。スラムが火事になる前のことだった。

その白人が、突然僕の前に現れた。そのときは軍服を着ていた。最初は気がつかなかったけれど、陸軍の帽子を取って、脇に抱え、「久しぶり。元気か」と声をかけられたとき、その声と笑顔に、彼だということがわかって、びっくりした。彼は前に来た時は軍の調査補助員として働いていたけれど、一度本国に帰り、今回は武官として赴任してきたということだった。「もう新聞は売っていないのか?」と聞かれたので、元締めが殺されてしまったこと、スラムが火事になってしまったことを話した。「英語がうまくなったな」と彼は僕の進歩を褒めてくれた。僕はおじいさんに感謝した。彼は「再会を祝って」と近くのレストランに僕を連れて行ってくれ、ハンバーグを御馳走してくれた。「まさか靴磨きをしているとは思わなかった。顔を見てびっくりしたよ」と再会を喜んでくれた。レストランでは、白人が何人も彼に挨拶をしてきた。いまカンボジアには軍事顧問が隠れてたくさん入っているそうだった。彼はみんなと深くつながっているようだった。

あとでわかったことだけれど、彼は東部カンボジアをよく調べていて、どこに爆撃すべきか、どこにベトコンの補給地があり、どういうラインで補給されているかを調べ、それを空軍に連絡して、爆撃地点をアドバイスしているとても重要な任務を担っていた。だから、僕の家がB52の爆撃でやられたと聞いたとき、深くうなだれ、「すまない」という言葉を繰り返したのだった。空からの攻撃は、誤爆もある。「僕の情報がまちがっていたのかもしれない」「君の家はその犠牲になったのかもしれない」と彼は言った。そして、僕の英語力が急速に伸びたことを喜び、「私の家に遊びに来てくれ。今度はちゃんと実行するから」と言って、そのレストランで売られていたケーキまで買って「お母さんや家族にあげてくれ」とお土産に持たせてくれた。僕は何より再会がうれしかったし、英語力が増したことを褒められたことがうれしかった。

僕たちの生活は楽にならなかった。収入もたいして増えなかったからだったが、それ以上に、弟が病気に罹ったためだった。保険なんかないカンボジアでは、医療費がバカ高い。貧乏な人たちのなかには、お金が払えないために死んでいく者も少なくなかった。弟はあるとき、デング熱に感染した。靴磨きの最中に高熱で倒れた。頭や関節や筋肉に痛みを訴えた。体中に発疹ができた。頭に手をやると燃えるように熱かった。カンボジアの伝統治療でコインでこする治療法で紛らわそうとしたけど、とてもそれでは好転しなかった。弟は意識がなくなるほど魘《うな》されて、ほとんど動けなくなっていた。僕の英語の先生に相談すると、弟の様子を見て、「これはデング熱だ。風邪じゃない。早く医者に診てもらったほうがいい」と言われた。母は弟を病院に連れて行った。病院ではまず「お金があるのか」と聞かれた。母は「なんとかします。お願いです。どうか診て下さい」と拝むようにして頼み込んだ。弟は吐き気を訴え、我慢できずに何度も吐いた。口の中から、血も混じっていた。診察室に連れて行かれ、「確かにデング熱で、重症だ」と医師が言った。「入院して、静脈点滴をする必要がある。場合によっては輸血もだ」と母の顔を見た。その目は「お金はあるのか」と重ねて聞いているように見えたので、母は「お金はあります」と意を決して強く言った。また僕たちで貯め始めたお金をすべて治療代に回すことを決意して、母は言ったのだった。

弟は入院し、病室に、僕たち二人は付き添った。弟は静脈点滴の治療を受けたものの、やはりそれだけでは足りず、結局輸血も必要になった。僕の血液型は異なっていたが、母と弟は同じ血液型だったので、母の血を採り、弟に輸血することになった。多量の血を輸血した。弟と並んで、母も横になり、回復するまでしばらくそのまま横になっていた。弟は、その夜が山だと言われた。母の顔は、青ざめ、僕は母もいっしょにあの世へ行ってしまうのではないか、と怖れた。僕は家にも帰らず、そのまま他の患者もいるその病室に、母といっしょに泊まり込んだ。夜がいつまでも明けることのないように長く感じられた。このまま二人がこの世からいなくなり、僕一人で生きていかなければならなくなったら、どうすればいいのか、不安に駆られたまま、夢と現《うつつ》の間を往復していた。

幸い、弟は助かった。長い昏睡から覚めたように、弟の熱は引き、母も血の気を取り戻した。僕はうれしかった。長い夜を越えて、朝の光が病室を明るくしてくるなかに二人がベッドから笑顔を僕に向けて来たとき、僕は二人が助かったことを確信した。涙が溢れてきた。僕は二人の手を取って「よかった」と腹の底から言った。僕は母に抱きつき、弟の体を抱きしめた。

僕たちはまた一文なしから前へ進んで行かなければならなかった。でも、体さえ丈夫なら、なんとか生きていける気がした。母はすぐまた働きに出、レストランの仕事を夜遅くまで続けた。

弟の病気が治ったころ、僕はアメリカ人のジョンに招かれて、家に遊びに行った。弟もいっしょにと言われていたので、二人で行った。フランス建築風の大きな家だった。ピンクの家壁と高い塀が印象的だった。鉄のライオンの門がいかめしかった。僕たちは言われていたように門番に自分たちの名前を告げると、門番は半ば訝しい目でその鉄の門を開け、中へ入れてくれた。後で聞くと、その鉄扉も、高い塀も、万一の共産ゲリラの奇襲攻撃を防ぐためのもので、別にガードマンもいた。僕たちはこわごわと玄関へ歩いていった。途中に大きなシェパードが鎖につながれていて、僕たちを見て吠えたが、家の中から「ジャック、静かにするんだ。お客様だぞ」というアメリカ人の声ですぐにおとなしくなった。玄関扉をノックすると金髪の若々しい女性が僕たちを迎えた。ジョンよりかなり年下に見えるほど若々しかった。すぐそばに、カンボジア人のメイドもいた。メイドは僕たちに、両手を合掌して腰を下げる、カンボジア式の挨拶を送ってきた。僕たちは、自分たちがすることはあっても、そんなことをされたことがなかったので、すっかり上がってしまい、あわててカンボジア式の挨拶を返したが、メイドは微笑んで珍客をもてなすやさしいまなざしを返してきた。彼が出てきて、「ようこそ」と握手してくれた。彼は僕たちを靴磨きの少年として見下げるのではなく、友人としてもてなしてくれた。「この少年たちは、いつも僕の靴を磨いてくれる。お母さんの織物機を買うために一生懸命協力している感心な子たちなんだ」と奥さんに紹介してくれた。「上の子は、感心に自分で英語を勉強して、かなり喋れるようになったんだよ」と付け加えた。奥さんも「そう、お二人ともえらいのね。よく、お母さんのために働いて、感心ね」と肩に手を乗せて、あたたかなまなざしで見つめてきた。僕はそんな立派な家や、きれいな衣服を着た女性や、メイドのいるヨーロッパ風の豪華な家を見たことがなかった。僕たちは恐縮して体を固くし、最初は自分でも何を言っているのかわからなかった。でも、少しずつ慣れていった。とてもやさしい、あたたかな人だった。たくさんお金を貯めたことで一度は機織機を買えたこと、でも、スラムが火事になって、せっかくのそれが燃えてしまったこと、住む所にも困ったことや、新しいスラムに住み始めて、またお金を貯め始めたことまでを、あらためて話した。奥さんは感心した声で「そう、ほんとうに苦労して、えらいのね」とさらに僕たちに感心したまなざしを投げてきた。

メイドが紅茶とケーキを運んできてくれた。僕たちはほとんど食べ方さえわからなかったけれど、スプーンを持ち、砂糖を入れ、フォークを持って、生まれて初めて食べるシフォンというケーキを御馳走になった。忘れられないおいしい味だった。それを食べながら、あれからさらに弟がデング熱になり、重症だったので、病院に入院して特別な治療をしてもらったので、また一文無しになってしまったことを話した。二人とも紅茶を飲む手を止めて、また真剣な目で僕たちを見つめてきた。

　彼が奥さんに言うのが聞こえた。

「ベトナム国境の近くの村で、どうやらB52の誤爆で、彼らの家が粉砕されてしまった。どうも僕の報告によっての作戦の爆撃らしいんだ」と彼は奥さんに言った。「そう、あの子たちはそういう子たちなの。あなたも苦しいでしょうね」と奥さんが彼の肩に手をかけるのが見えた。

　僕たちはそのあとこれまで食べたことのない豪華な食事を御馳走された。弟は目を白黒させて、どれから手を付けていいかわからず、戸惑っていた。チキンの丸焼きもあったし、魚のスープもあった。お母さんにも食べさせたかったので、それを言うと、チキンの残りや、豚肉をバナナの葉で包んだ料理などをたくさん箱に詰めてくれた。「君たちのお母さんはえらいよ。よろしく言ってくれ」と彼は言った。それだけでなく、アメリカのビスケットやチョコレートなどたくさんのお菓子をお土産にもらった。

　食事が終わりかけたとき、彼は僕たちの村が受けた爆撃の様子や、当時ベトナム軍がどれくらい村に入ってきたか、共産党ゲリラや共産党員の活動など、いろいろ尋ねてきた。僕は自分の父親のことを話そうか、少し迷ったが、父親が僕たちに憎しみを込めて「野垂れ死にしろ」と言ったことを思い出し、彼に告げた。彼は興味深い目をして僕の話を聞いていた。「君はお父さんを憎んでいるんだね」と言った。僕は「そうです」と答えた。「とても」と付け加えた。彼はさらに聞いてきた。「共産党を憎んでいるんだね」「そうです。おじいさんも、おばあさんも、お母さんも、みんな」と僕は重ねて答えた。彼はそれを確かめて、「君は車の運転を覚える気はないか」と聞いてきた。「車の運転ができれば、今の靴磨きの収入の数倍、いやもっとになるぞ」

僕は車は好きだったたし、いつかあんなのを自分で運転できたら、どこへでも行けるようになるだろうから、習いたいなと思っていたやさきだった。もし車が運転できたら、それで人を乗せて、ほんとうに数倍もお金をもらえるようになるかもしれない。それは僕にとって夢だった。でも、車なんてとほうもなく高くて、母の機織機の一〇〇倍以上、あるいはもっとするはずだった。遠い夢だと思っていた。だから、彼がそれを聞いてきたとき、うれしくなって「習いたいです」と大きな声で答えた。「じゃあ、教えてあげようか。僕が教えてもいいけれど、時間がないから、ドライバーのユンに教えてもらおう」と外の方へ目をやった。緑の瞳が、睫毛の翳を帯びて、庭をさまよった。

今思えば、彼はよく地方に行っていた。ベトナム国境方面やラオス国境方面にも出かけているようだった。それは共産ゲリラが活動する地域で、ベトコンの秘密ルートがたくさん走っている地域だった。そこにはたいてい車で行っていた。もし共産ゲリラに捕まったらたいへんなことになる。ドライバーも危険が多かった。だから、ドライバーをたくさん抱えておく必要があった。いざというとき、逃げ出さない、信頼できるドライバーでなければならない。また白人だとすぐわかるので、カンボジア人のスタッフやエージェントを多く確保しておく必要があったのだと思う。彼は僕の眼を見て、何かを信じている光を見て取ったようだった。車の運転技術はあとからどうにでもなる。それよりは別な要素が、彼の必要としているものだった。実際、前任の将校がドライバーに裏切られ、クメール・ルージュに逮捕されて殺されたことがあったと、あとで聞いた。

その話が滑り出し、僕もまったく新しい世界に入っていこうとしていたとき、彼はまた突然呼び出しがかかって、オキナワに行かなければならなくなった、と言った。そのあとさらにグァムにも回って、大掛かりな作戦会議に出席して、重要なことを話し合う仕事が入ってしまったそうだった。長引くということだった。彼の留守に、彼の雇っている運転手から習うことになった。

僕は毎朝早く起きて、その運転手から三〇分ほど車の運転を習い始めた。エンジンの入れ方、発進、ギアの変え方、使い方を習い、一週間くらいで基礎的なことを学んだ直後だった。

そのとき僕はたまたま裸足で動いていた。その前の日、ゴムサンダルの鼻緒が根元から切れてはずれてしまい、そのまま裸足でいた。お金もなかったし、市場へ買いに行くのも面倒だったからだ。以前のタケオの村では子供はみんな裸足だったし、ゴムサンダルも一般的ではなかった。昔はゴムサンダルは普及していなかった。プノムペンに来て、みんながゴムサンダルを履いているのにならって、僕も弟もゴムサンダルを履くようになった。プノムペンでも、スラムの近所の子供たちはまだ裸足でいる子が多かった。でも、スラムのような腐敗した泥地が下にあるところでは、裸足で歩くのはほんとうは危険なことだった。それを僕は身をもって体験することになった。

当時のスラムには、電気もなく、ガスもなかった。もちろん水道もなかった。だから、夜はランプだったし、水も近くから井戸の水を汲んでくるか、近くの公共水道からバケツでもらってくるか、プラスチックの蒸留水を買うか、どれかしかなかった。食器洗いに、川の水を使っている家も多かった。川の水を煮沸して飲んでいる家もあった。ご飯を炊くのも、板や木切れを拾ってきて、薪として燃やして鍋で炊いていた。枯木を使うときもあった。市場で買ってきた炭を使うときもあった。食事の支度のときはどうしても、燃料を用意しなければならない。だから、僕たちも夕方と翌朝の食事の支度のために、燃えるものを用意しておく必要があった。それはたいてい、僕か弟の役割だった。

スラムのバラック小屋は、腐臭の泥水の上に建てられていて、壊れたり建てている途中だったりして、釘が刺さったままの板が放置されている。その空き地で燃料にする薪を拾っていたときだった。突然足に衝撃を覚えた。段差のあるところを強く踏み下ろしたとき、足裏に激痛が走った。板の下から突き出していた長い釘を踏んでしまったのだった。それはグッサリと深く入り、みるみる血が溢れだした。激痛をこらえて引き抜くと、また血が溢れだした。それは真っ赤に錆びた釘だった。釘から足を抜いても、痛みはむしろ大きくなって、血が止まらなかった。僕はクロマーでそこをきつく縛って包んだが、それもみるみる真っ赤になって、赤い色を染め広げた。僕はびっこを引きながら、家に戻った。痛みが治まらなかった。

家には包帯もなかったし、薬もなかった。英語の先生のところへ行って、薬をつけてもらい、包帯も古いのがあったので、それを巻いてもらった。かなり厚く巻いても、なお血が滲み出してきた。

僕の傷を見て、母は心配した。弟も「だいじょうぶか、兄ちゃん」と僕の顔を覗き込んできた。母は「医者へ行こう」と言ったが、僕は医者へ行くとまたお金を取られるので「だいじょうぶだよ。釘を踏んだだけだから」と言って拒否した。僕は家にもう全然お金がないのを知っていた。これ以上医者へ行ってお金をかけたら、借金しないとやっていけないことがわかっていた。華僑の金貸しは、利息がすごく高い。一度借りると、またそれを返すために、また借りなければならない。そうなったら借金がどんどん増えていって、もう借金の奴隷になることを僕は近所の人の話から知っていた。だから、医者にかかるのは、お金がかかることなので、極力避けたかった。

それに、僕は楽観していた。たかが釘を踏んだだけだから、傷口が塞いで痛みが治まれば、すぐ元通りになるだろうと思っていた。村にいたときも小さい釘を踏んだことがある。それは二日くらいですぐ治った。それと同じくらいに考えていた。今回の方が少し深いと思っていたけれど……。

その夜、僕を高熱が襲った。母が僕の額に手をやったとき、顔色が変わった。「熱いわ。これは……」と言ったまま、僕を見つめてきた。母親の直感で、何か危ないことを察知したのだろう。深夜にもかかわらず、レストランに戻って、ほとんど閉めかかっている扉を開けさせ、調理場で片づけているコックに頼んで、氷を手に入れてきた。それで僕の頭を冷やしたが、少し気持ちよく感じたくらいで、ほとんど効きめはなく、むしろ二時くらいになって、熱はもっと上がった。僕は意識が少しずつ遠のいていくのを感じた。呼吸が激しくなり、心臓がドキドキ大きな音で鳴っている。それもどんどん速くなっている気がした。視界すべてが黄色く映り、単色の世界へ落ちていく気がした。

母はさらにどこからか氷をもらってきて病で燃え上がる僕の体を必死で冷やそうとした。僕はぼんやりとした意識の中でただ少し冷たく氷のようなものが腹部や胸や頭を包もうとしているのを感じるだけだった。それ以上に覚えたのは、母が僕を抱きしめていることだった。氷を挟んで、僕は母に抱き締められていた。死が燃え上がる体の中から僕をどこか彼方へ運び去ろうとしている恐怖を覚えながら、同時に母の温かいものが僕を包み、死の手から必死に守ろうとしている意志を感じた。それは強く、すさまじい抵抗の刃で何かと戦っているようだった。鋼鉄よりも硬い強固な盾で、どんな魔手も撥ね返す悲痛な意志の炎が燃えているようだった。やさしさと清らかさとが熾烈な炎となって強固な壁を造り、僕を必死で守ろうとしているのを覚えた。僕はそのまま意識を失っていった。

翌朝、僕は母の呼ぶ声で意識を取り戻した。母が「ユアン、ユアン」と必死の声で僕を呼んでいた。少しよくなったような気がしたが、心臓は相変わらず大きな音を立てて早鐘を打つように鳴り続け、呼吸も肺全体で喘ぐように大きく速いままだった。苦しい熱さが体全体を支配し、体が熱によって包まれ緊縛されていた。世界は黄色に染まり、朦朧としたまま遠のいていくようだった。

母はプノムペンで一番大きい王立の病院へ僕を連れて行った。リヤカーを借りて弟と二人で引いていった。門番に「お前たちの来る所じゃない」と追い払われそうになったが、母は「この子の命を助けてください。お願いします」と必死で泣きわめいて頼み込んだ。それはもう、たじたじとするような悲痛な叫びだった。門番はたじろぎ、しぶしぶと許可した。

若いフランス帰りの医師が診断してくれた。高熱と荒い呼吸、高い脈拍に顔をしかめ、足の傷を見て、「ここから菌が入った。釘を踏んだんですね。かなり深く刺さっている。ここは消毒と塗り薬で治療しますが、すでに敗血症を起こしている」と医師は血液を採って隣の室で顕微鏡を覗いた。「白血球が異常に増加している。まちがいない。敗血症です。危険な状態だ。全身性の炎症が起こっている。手遅れになると、死にます。一分を争う。すぐ入院してください。酸素吸入もして、場合によっては、輸血もしなければなりません」母はどんな病気かもわからず、うろたえるばかりだった。ただ叫ぶように「助けてください。お願いします。この子は私の命なのです」と繰り返すだけだった。僕は熱の中にさらに意識が混濁してきた。黄色い世界に包まれ、どこかへ運ばれていくようだった。「ユアン、ユアン、しっかりするのよ。死んじゃだめよ。ユアン……」という声が最後に聞こえ、僕は何もわからない世界へ吸い込まれていった。黄色い海の底へ際限なく沈んでいくようだった。

……暗い世界へ引き込まれていく。僕はもう二度と戻れない深い世界へ落ちていくのを覚えていた。もう這い上がることはできない。そこは真っ暗だけれど苦しみもなく、痛みも飢えもなく、石だけが転がっている、冷たい世界だった。苦しみはもうない……僕は解放される……僕は闇に塗りこめられる……僕はもう苦労しなくてもいい、生活と戦わなくてもいい……楽になる……

そのとき上の方から「ユアン、ユアン」と呼ぶ声がした。「落ちていっちゃ、だめ。戻ってくるのよ」と母が呼ぶ声がした。それは上から手を伸ばして、僕の手を引き上げようとしていた。「さあ、私の手を握って。上へ戻ってくるのよ」とそれは強い声で僕に呼びかけていた。僕が必死でもがき、上へ行ってやっとその手を握ると、それは僕を温かさで復活させようと、不思議な力で僕を満たしてきた。僕は自分が上へ行くのを感じた。それとともに、何か大きなものが僕を包んでくれるのを感じた。僕は母に包まれ、母に抱き締められているのを覚えた。「よく戻ってきたわね。えらいわ。もう離さない」母は泣いていた。僕はそのままずっと母の体に包みこまれた。それはずっと、僕を永遠に包みこんでくれているようだった。母は僕をずっと抱きしめ続けた。

遠い、深い旅をして、僕は光の世界に戻ってきた気がした。ある朝、目が覚めると窓の外に緑の葉が光を浴びているのが見えた。鳥が囀っていた。光が僕を満たし、さわやかな空気が胸に満ちてくるのを感じた。世界が輝いて見えた。僕は自分が助かったことを覚えた。母が僕の手を握り、微笑んでいた。あの微笑みを僕は生涯忘れることができない――そのはずだった。今は思い出すことはできないが――母の手のぬくもりとそのやさしい感触を、僕は自分の命をこの世界に留め繋いでくれたものとして深い愛着を覚えた。涙が溢れ出てきた。母もその瞳に涙の光を浮かべていた。母は僕を抱き締め、「ユアン」と呼んで、「よかった」と深く言い、僕の首筋に涙の雫を落とした。それは流れて僕の胸に届いた。

僕は三日間昏睡状態になっていたそうだった。酸素吸入器を顔に当てられ、何本も注射を打たれ、結局、輸血をした。病院のB型の輸血の血が足りなくなり、このさいO型の母の血でもいいということになって、母の血をもらって僕の体に入れた。弟はデング熱を患ったことから避けて、母の血だけにしたそうだった。

王立の病院は施設も室も食事もよく、快適だった。僕はアメリカ人のジョンの家に匹敵する贅沢な空間を感じた。

僕はさらに一週間をそこで過ごしたが、でも、入院費と治療費はとてつもない高額なものだった。それは機織機の金額など比較にならない、数字だった。母は僕たちに「心配しなくていいのよ」と何かいつもと違う厳しい目で告げてきた。それは僕たちからすると何か決然とした見たこともない表情だった。背後に何か隠しているようだった。僕はそれを聞こうとしたが、強く拒む壁のようなものを母は僕の前に立てて、踏み込ませなかった。

母は最初絹織物商からお金を借りた。彼は治療費の半分ほどを貸してくれたが、同時に彼は母に体を要求した。母はそれを受け入れ、彼に多額のお金を借りた。一晩戻ってこない時があった。まだ不足の分、母は華僑の金貸しから借金をした。その利息は法外なもので、二月経つと倍に膨れ上がる蟻地獄のような仕組みになっていた。

戦乱がさらに近づいていた。郊外でゲリラに襲われる人たちも増え、プノムペンはベトナム戦争の激化に巻き込まれて、混乱と不安が煽られていくようだった。バッタンバンからの輸送トラックが襲撃されたとか、メコン河の渡し船が銃撃されたとか、あちこちから不穏な話が飛び込んできた。そしてその話に合わせるように、織物商がプノムペン郊外の、タイへ繋がる道路で、強盗に襲われて命を失った。顔をグチャグチャに潰されて道路に転がっていたという。クメール・ルージュの仕業とも耳に入ってきた。織物商からもう一度お金を借りようとしていた母の算段は崩れ、また華僑からお金を借り増ししなければならなかった。

母は、借金取りに追われる身になった。借金取りがレストランにまで現れて請求するので、レストランにも行けなくなった。

僕はあの頃の母の状況を思い出すと、身が切られるような痛みに襲われる。母は困って、夜、路上に立ち、男を誘った。見ず知らずの男と寝ることで、お金を得ようとしたのだ。母は娼婦になったんだ。そのとき母は僕たちには黙っていた。しかしあとで、スラムの何人かが僕たちにそのことを教えてくれた。英語の先生も街角で客に声をかけているところを見たと、気の毒そうな顔で告げてくれた。

そのとき僕はすでに退院して、体もすっかり元気になっていたが、僕は自分の病気と釘を踏んだ不運を呪った。僕はあのとき、あの晩のうちに死んでしまえばよかったと思った。母は僕を救うために、街娼になった。見ず知らずの男に体を許し、お金のために身を預ける。僕はたまらなかった。それくらいなら、僕はあのときすぐに死んでしまえばよかったと思った。僕の命なんかどうでもよかった。僕を助けるために母はどうしてそんなことまでするのか、僕は自分を憎んだ。胸をかきむしり、地を転げ回りたいほどに自分の陥った不運を呪った。

僕は母にそれをぶつけた。怒りと嘆きをぶつけた。母はじっと僕の眼を見つめ、気持ちを受け止め、その奥に深い諦めと悲しみと、そして慈しみを浮かべて僕に言った。「おまえの命を助けるためには、何でもしなければならなかった。それが今でもしなければならないことだとしたら、しかたがないことなのよ」と。そしてさらに言った。「お前の命が助かったのなら、それでいい。おまえは私にとってかけがえがないものなのよ。この世で一つのもの。それが失われることに比べれば、体を売ることくらい、堪えられるわ。それに、いつまでもこんなことが続くわけじゃない。おまえが立派に成長して、大きな人間になっていってくれれば、この苦労も報われる」と僕を深い眼差しで包みこんできた。「そんなことをさせてまで、助かりたくなかった。僕は死ねばよかったんだ。そんなことをさせたくない」と言うと、母は僕の頬をぶった。「何てことを言うの。おまえはどんなに私が辛い思いをしてこの仕事をしているのかわからないの。私の方が死にたい。私の方が今にでも自殺したい。でも、お前が生きていてくれることのほうが大事だから、必死で堪えているのに、それがわからないの」と母は泣いた。母はしばらくさめざめと泣いたあと、退院してから、おまえをせいいっぱい抱きしめられない。おまえたちに対してうしろめたい気持ちを拭いきれなかったから。でも、もうそんなことを言っていられない。みんなで生きなければならない。地を這っても、砂を食べても、涙を飲みこんでも、私たちは生きなければならない。ユアン、お母さんを許して。お母さんを信じて。体は他人のものになっても、心は奪われてはいない。生きる方向をめざして」と母は僕の体を抱きしめてきた。せいいっぱい、強い力で僕を抱きしめた。僕はその力の中に、僕を死から引き上げ、暗い淵から呼び戻したあの力を再び感じた。僕は心の底で確かめた。そうだ、この力だ。この力が病から僕を救い、暗黒の底から僕をこの光の世界に蘇らせたのだ、と。不浄なものを超えて、何か別の力が湧いてくるようだった。僕も強く母を抱き返し、「ごめん、お母さん」と謝罪しながら涙を覚えた。

そのとき、僕はスラムの近所の者にも、僕たちと同じように、母親が路上に立っていたり、遊郭で体を売っていたりする人たちがいることを思い浮かべた。みな僕たちと似た境遇であり、必死にそれから抜け出そうとしている人たちであることに思いを馳せた。早く自分が完全に回復し、バリバリ働いて、お金を得、この境遇から抜け出すことが、何よりもやらなければならないことだと思った。根本的に母を救うにはそれしかない。それをすることが何よりも母への償いになり、僕たちを前へ進ませることにちがいなかった。僕は顔を上げて母に言った。「前を向いて生きるよ。早くよくなって、バリバリ働いて、ここからお母さんを救い出す。それが僕の仕事だ」と強く言った。母は涙の中から僕を見返し、うれしそうに、再び僕を抱きしめてきた。僕はそのとき、自分でしっかり華僑の借金のくびきから脱出するために稼ぐことを心に誓った。一日も早く、一晩でも早く、母をその仕事から抜けさせるために、僕が働き金を得ていくことが重要だった。そこに賭けるしかなかった。母が命を賭けて僕を救ってくれたように、僕も命を賭けて、母をそこから救わなければならない。借金を切ることによってしか母をそこから抜け出させることはできなかった。僕にはそれしかなかった。

弟と相談して、僕たちは新しい収入の道を探した。靴磨きや新聞売りや使い走りでは、この境遇から抜け出せない。それればかりか、逆に借金が膨らんでいくだけだった。母の姿を見ていて、僕たちはそのことが骨身に染みてわかっていた。僕たちはいい仕事に就けない。田舎から出てきたスラム住まいの者に、大金を得る道はなかった。麻薬か、人身売買か、犯罪の道くらいしか見えなかった。

窮していたとき、弟が突然瞳を輝かせて、「ジョンに頼んでみよう。ジョンなら、何かいい知恵を貸してくれるかもしれない」と言った。

僕もジョンのことを思い出し、急に目の前に光明が開けた気がした。病気になる前、車の運転を習いかけていたことも、戻ってきた。どうしてそれを忘れていたのだろう、あの高熱で、そんなことも忘れてしまったのか、と自分に腹を立てたくなった。グッドアイディアだった。

僕は弟と二人で、ジョンの家へ行った。門番は僕たちのことをよく覚えてくれていて、拒否することなく、中へ通してくれた。

ドライバーのユンが僕たちを見留め、近寄ってきて、「どうしていたんだ。ずいぶんご無沙汰だったな」と心配していたことを込めて尋ねてきた。僕は事情を話し、釘を踏んで重篤な病に罹り命を失いかけていたこと、そのために母が多額の借金をし、売春までしていることをはっきり告げて、助けてもらえないか、と率直に言った。ジョンはまだオキナワから戻っていなかった。

ちょうどその頃、ベトナムではベトコンが大規模な攻撃を展開していた。北ベトナム軍兵士が本格的に加わって大作戦を敢行した。ベトナムでは、旧正月のテトは、年に一度のお祭りになる。ちょうど日本の正月をいっそう賑やかにしたようなものだ。その期間はこれまで暗黙のうちに戦争も休戦状態になるという了解があり、これまで毎年平穏のうちに休暇を楽しんでいた。しかし一九六八年のこの時はこのテト休暇を狙って、北ベトナム軍は全土で一斉に蜂起した。アメリカ軍基地や施設、南ベトナム軍の基地や補給施設などを急襲したんだ。新聞でもラジオやテレビでも、それは「テト攻勢」として報道された。南ベトナム全土がひっくり返ったような騒ぎだった。北ベトナム国境近くのケサン基地も一時陥落しそうになった。サイゴンでは、アメリカ大使館が一時占拠された。

カンボジアでも、テト攻勢に呼応するように、クメール・ルージュの攻撃が各地で起こった。クメール・ルージュが本格的な武力攻撃をするのは、このときが初めてだった。それまではあくまでゲリラで、小規模に、潜伏的に活動や暗殺や地下活動を繰り広げているにすぎなかった。しかしこのときから、武器を組織的に使用する戦闘集団・軍事集団として作戦を展開するようになった。ポル・ポトは完全に地下に潜り、表には出てこなくなった。ポル・ポトを軸にキュー・サンパンやイエン・サリを中心としたクメール・ルージュの幹部がベトナム援助の武器を手にして、反政府軍事運動を展開し始めたのも、この時期だった。

シハヌーク国王は、一方では台頭してきたクメール・ルージュを警戒し、それを抑える力を強めていたが、一方ではその背後にいる北ベトナムを信用し、秘密協定を順守していた。クメール・ルージュを煙たく思っていたが、背後に北ベトナムがいることで、それほどクメール・ルージュは大きくはならないと見ていた。アメリカ嫌いのシハヌークは、むしろアメリカの接近を撥ねつけ、アメリカの反北ベトナム・反共産主義への誘いを断固断っていた。アメリカがいくら援助をちらつかせ、ベトナム国境地帯への軍事圧力をかける許可を要請しても、頑として首を縦に振らなかった。

前に途絶えていた車の運転の練習を受けて、僕はジョンが帰ってくるまで、ドライバーのユンに車の運転を教えてもらうことを再開した。毎朝早く一時間くらいの練習が再び始まった。

自動車を自分の手足で動かせるのは楽しかった。ユンは「筋がいい」と僕を褒めてくれた。キイを差し込み、ギアをニュートラルにしてクラッチを踏み、エンジンをかける。モーターの回転音に続いて車全体が呼応するようにエンジンがかかると、僕の胸は高鳴った。ローギアに入れ直して、少しふかし、クラッチを離しながらアクセルを少しずつ踏む。車が動きだす。人通りのない野原を、僕がハンドルを握り、疾走しだす。ギアをセコンドに入れてスピードをあげる。周りの緑の草が後ろへ飛び過ぎていく。車窓からの風が僕の頬を撫でていく。さらにトップギアに入れるといっそうスピードを増す。その疾走感はたまらない快感を僕の胸に喚起した。僕は二、三回間違ったものの、すぐに要領を覚えて、車の走る一体感を自分の手と足の感覚の中に捉えていった。ハンドル捌きもいいとユンに褒められた。バックの仕方や、車庫への入れ方、坂道で発進するときのサイドブレーキとクラッチの使い方など、ユンはさらに喜んで教えてくれた。「おまえは飲みこみがいいな」と、一〇日くらいで一通りを覚えてしまった僕を、笑顔で褒めてくれた。二週間して、通りに出て、車を運転してみたが、方向指示機もまちがいなく出せて、ほとんど自由に車を運転できるようになった僕の肩を叩いて、「あとは自分の車があって、道路をよく憶えれば、もうドライバーの仕事もできる」と言ってくれた。僕はユンに感謝して、靴磨きの道具を持ってきて、靴を磨いてやった。「ありがとう。ジョンにもおまえがうまくなったと言っておくよ」と僕の肩を叩いてきた。

一方で、母は顔つきもおかしくなり、体つきもくずれたような、だらしないような姿にだんだんなってきていた。汚れて、化粧もどぎつくなっていくようなのが僕にはたまらなかった。僕は何度も「もう止めてくれ」と嘆願したが、母は首を横に振るだけだった。僕は自分が何もできないのが腹立たしくてしかたがなかった。華僑の高利貸しを殺してやろうとも考えた。しかし銃もなく、弟と二人でナイフで襲うことも相談したが、いつも付いているボディガード二人のことを考えると、うまくいきそうには思えなかった。僕は車の運転にさらに磨きをかけて、それで収入を得ることを、必死に考えた。

ちょうど車の運転をマスターした頃、ジョンが帰って来た。オキナワだけでなく、日本のヨコタやフィリピンや、タイのウタパオの基地も巡ってきたそうだった。久しぶりのジョンは僕を見て喜んだが、表情は疲れていた。ゆとりがなく、どこかいらいらしていた。奥さんはもうグァムにおいてきたそうだった。

ジョンに、僕たちの窮状を訴え、母親の状況を話すと、顔を曇らせ、同情を浮かべて、「わかった。なんとかしよう」と言ってくれた。しかしいま忙しいこと、ベトナム国境方面にすぐ行かなければならないことを告げて、「帰ってきたらお金をなんとかする。借金を切ってあげよう」と約束してくれた。

彼が運転手のユンを伴ってベトナム国境方面へ出かけたあと、まもなくだった。ある日もう帰っているか聞こうと思ってジョンの家へ行くと、門番から悲報を告げられた。ジョンが死んだという知らせだった。タケオからさらに国境に沿って車を走らせていたとき、突然ロケット弾を浴び、停車したところを四方から銃撃されたということだった。ジョンとユンの遺体はボロボロで、明日ここへ運ばれてくるという。車も前部がまくれ上がってひどい状態になっていたそうだった。

僕は望みを断たれたそのこと以上に、ジョンがそんなふうにして死んだことがショックだった。あのやさしいジョンがロケット弾を受け、銃弾を浴びて蜂の巣のようになったことが、やりきれなかった。家に招いてくれ、ケーキを御馳走になった、あのときのやさしい顔、靴磨きの僕にやさしく声をかけ、英語を教えてくれたジョンの穏やかな顔が、思い浮かんできて、僕は一晩中泣き明かした。僕に車の運転を教えてくれたユンの人懐こい顔も、もうこの世にないと思うと、堪えられなかった。

翌日、僕がジョンの家に行くと、教会の牧師が来て葬儀が行なわれているところだった。グァムから奥さんも来ていた。泣き腫らした顔をヴェールで包んでいた。ジョンの顔は白布で覆われていた。門番が「顔は潰れている」と言った。向こうにユンの遺体もあった。僕の目にまた涙が溢れた。アメリカ大使館からも、軍人をはじめ、何人かが参列していた。牧師の祈りが終わり、白い棺に蓋をするとき、奥さんは棺に取りすがり、泣きわめいた。「ジョン、私を置いていかないで」と叫んでいた。大使館の白人が、奥さんを引き剥がし、棺を車に乗せた。それは飛行機で遠くウタパオからフィリピン経由でグァムまで運ばれるそうだった。奥さんも乗ったその車を僕は通りへ出て、飛行場への道を遠く小さく消えていくまで、ずっと見送った。それは、遠ざかっていく僕たちの運命の女神のように思えた。

母は街娼を続けた。そのうち、母は体の異常を訴えた。目がもうおかしかった。僕は母を問いただしたが、母は頑として何も言わなかった。僕は母と同じ、街娼の一人にどうしてあんな顔をしているのか聞くと、「性病に罹ったんだよ」と自虐的な笑みを浮かべて言ってくれた。「あれは脳に来たらおしまいだよ」と言った。

ちょうどそのころ、僕はタクシーの運転手の口が見つかった。安給料だけど、靴磨きや新聞配達よりはずっといい収入だった。僕は運転のテストを受けて合格し、「若いけど、腕はいい」と見込まれて、車を一台預けられた。華僑の高利貸しは、それを知って、すぐに僕の所まで来て、母親の借金を肩代わりして支払うことを要求した。会社の仕組みは、日給で、その日の収入から車の借り賃とガソリン代、保険代、会社の収入を引いて残りが自分の収入になるシステムだった。それらはかなりな額で、差し引かれるとわずかしか残らない。自分が相当がんばらないと、赤字になる。それから高利貸しに取り立てられたら、首が回らない。僕は母親に売春を強い、性病にまで罹らせて、さらに僕に利息を強要する彼らを憎んだ。クメール・ルージュに頼んで銃でそれをチャラにしてもらうことも考えた。

母親の病気は悪化していたので、会社に借金をして病院へ連れて行き、診断と治療をしてもらったところ、その病気は隔離する必要があると言うことだった。何か汚いものを除《よ》けておくような処理のニュアンスを僕はその医師に感じたが、僕は黙って指示に従った。

僕が母を自分のタクシーに乗せて、プノムペンから数十キロ離れた隔離病棟に連れて行ったときだった。人家が途絶え、ゴムの木の林が続く中を僕の車は走っていた。突然、道の行く手に黒い服の兵士たちが並んで立ち塞がり、銃を掲げて、止まるように命令してきた。僕は危険を感じて、そのまま兵士たちを跳ね飛ばし突っ切っていくことも考えたが、母が隣にいるので、もし母に弾が当たったら、と怯《ひる》んで車を停めた。彼らは僕らを囲み、引きずり出した。

「どこへ行くんだ」と一人が言った。彼らはＡＫ47銃を持っていた。僕は病院の名前を言い、そこへ急いでいることを告げた。

一人の兵士が言った。

「あそこは精神病患者と、ポンコツ人間が行くところだ」と嘲笑うように言った。

母はブルブル震えていた。病人の濁った眼が脅えを宿して彼らを見つめていた。

クメール・ルージュの兵士たちは、僕たちが親子だとは気づいていないようだった。僕をただの運転手として見ている素振りだった。母は派手な服装のままだった。その中の若い兵士が言った。

「この女は、街角で売春をしていた女だ」

みんなが蔑むように母を見た。

「資本主義者の醜い末路だ」

「やめろッ」と僕はその言葉を遮るように怒鳴り叫んだ。その瞬間、僕は後頭部に衝撃を覚えて、そのまま崩れ落ちた。いつのまにか後ろに回っていた兵士から銃床で殴られたのだった。

僕は声を出し、起き上がって抵抗したかったが、体が動かなかった。耳だけに彼らの言葉が飛び込んできた。

「ユアンッ」と母は絶叫して僕に取りすがった。

「もろい奴だ。死んだのか」

「いや、まだ生きている」

「車だけ奪えばいい」

「こいつらは親子なのか」

「この女は目がおかしい。狂いかけている」

「病気だ」

「二人とも殺すか」

「資本主義者の手先だ」

「弾を節約するように言われているぞ」

「ナイフを使えばいい」

母は絶叫した。

「この子は殺さないでッ」

母は僕の上に覆いかぶさり、泣き叫んだ。母の体が僕をかばって、その温かみが伝わってきた。

「班長が来たぞ」彼らは包囲の中に、班長という人間を招き入れた。僕の耳に「班長」と言われる男の声が届いてきた。

「報告しろ」

その声を聞いたとき、僕は全身の血が逆流した。それは僕の父親の声だった。忘れることのできないその声がすぐそばにあった。僕は、覆いかぶさった母の腕越しに倒れたまま少し首をひねり、指の間から目を上にしてその顔を見た。それは精悍になり浅黒くはなっていたが、紛れもない僕の父親のソムットの顔だった。

「その女を起こせ」と彼は言った。一人が母を立たせた。母の顔は恐怖でひきつっていたが、父の顔を見て、驚愕し、怒鳴った。

「ソムット。あなたね」

父もびっくりしていた。お互いに変わった姿に驚いて見つめ合った。僕のわずかな指の間に父と母の対決する世界が広がっていた。父は少しの間その姿をしげしげと見て、冷たい眼差しを投げてきた。

「班長、この女を知っているんですか」と兵士たちの中で副リーダーらしい男が父に質問を投げた。

父はしばらく母を見つめていたあと、突き放すように言った。冷酷な声だった。

「いや。知らん」

しかし母は逆に侮蔑する声を父に浴びせた。

「ソムット。あなたが言っていた共産主義革命ってこういうことなのね」

母の鋭い声には、絶望と侮蔑が深く込められていた。副リーダーの兵がまた言った。

「この女は、街の通りで娼婦をしているそうです」

あらためて、母の姿を、蔑みをこめた目で上から下まで舐めまわすように見つめたあと、父は言った。

「汚れた女か……」父は母に唾を吐きかけた。「きたないヤツ……」

「そうです。資本主義の奴隷の末路だ」と副リーダーが受けた。

母が父に向けて「この男は」と言ったとき、父は母の胸を突き、あとを言わせないようにして殴り倒した。母の両方の眼に憎しみと蔑みが燃え上がり、その力によって母は再び立ち上がった。父の敵意とぶつかって、いっそう憎悪を募らせ、鋭く刃を固くしているようだった。それによって父もさらに憎悪を募らせていた。

「ここまでなり下がって――。娼婦め」と侮蔑を込めた眼差しを注ぎ、吐き捨てる声をなお浴びせた。「おれはおまえなど知らんぞ」

目と目が互いの憎悪を募らせていく。そしてそれが冷酷な刃となって、殺意に先鋭化していく。

太陽が真上からギラギラと照りつけていた。真昼の高い太陽が、いっさいを白い光の中に閉じ込めていくようだった。

父は拳銃を取り出し、母に向かって突きつけた。薄ら笑いを浮かべ、最後に言った。

「死ぬがいい。汚れた女め――」

「殺すんですか、班長」

「そうだ。新国家には娼婦はいない」

そして父は撃鉄を上げた。

「助けて。ソムット。私はまだ子供たちのために生きなければならない」

悲痛な声が空気を裂いた。

「馬鹿な女だ。地獄に堕ちろ」

母は呪いを込めて、ただ父親の顔を睨みつけていた。両方の殺気がぶつかり合っていた。母は言った。

「地獄に落ちても、おまえを呪い殺してやる」

それを破砕するように銃声が響き、母は倒れた。胸から血が流れ、服を赤く染めた。父は倒れたその体にもう一発を浴びせた。

母は一瞬、僕の方に眼を向けた。何を呪うのか、何を怒るのか、ただ天を仰いで抗議するように、そして何かに縋るように、そしてすべて砕け散っていくように、僕の方を見つめた。その怒りと怨みの眼が僕の体を通過して空へ翔けていくようだった。

僕はあのとき、この父親を、こいつを、母に代わって自分の手で殺すことを自分に誓ったんだ。自分の手で。必ず。

最後の銃声が母を襲った。もう一度母の体が弾んだ。

「もういい。娼婦に弾を使いすぎた」という父自身の声が聞こえた。

母の血が紅土ラテライトの焼けた土面に流れてきた。その温かいものが僕の腕を濡らし、僕の中に何かを流れ込ませてくる気がした。

「亜細亜二千年紀《ミレニアム》」
第一部「亜熱帯への召喚」Ⅰ
Ⅱ・Ⅲへ続く

引用・参考文献

「大東亜戦争全史」服部卓四郎　鱒書房　昭和31年
「ガダルカナル」　五味川純平　文藝春秋　1980
「ガダルカナル」　越智春海　図書出版社
「ガダルカナル」〈日米死闘の島〉第二次世界大戦ブックス28　ブレイム・ケント
柳沢健訳　昭和57年　サンケイ出版
「ガダルカナル」辻　政信　　養徳社　昭和25年
「ソロモン戦記」　福山孝之　　図書出版社　1981
「ルソン戦記ベンゲット道」上・下　高木俊朗　文春文庫 1980
「北部ルソン戦」前篇・後編　小川哲郎　現代史出版会 1978
「ルソン島・バレテ峠の真実」和田昇　文芸社　2012
「描かれた東京大空襲／母と子で見る日本の空襲」
早乙女勝元　土岐島雄　共編　草の根出版会 1988
「B29」第二次世界大戦ブックス4　バランタイン版 カール・バーガー日本語版
監修 中野五郎　翻訳／加登川幸太郎　サンケイ出版　1971
「超・空の要塞B29」新戦史シリーズ　カーチス・E・ルメイ／ビル・イェーン
朝日ソノラマ渡辺洋二／訳　1991
「検証カンボジア虐殺」本田勝一　朝日文庫　1989
「インドシナの元年」小倉貞男　大月書店　1981

「資料マンハッタン計画」 山極晃・立花誠逸／編 大月書店 1993
「原爆はこうしてつくられた」 レスリー・R・グローブス 富永謙吾・実松譲／訳 恒文社 1964
「原子爆弾の誕生」上・下 リチャード・ローズ 神沼二真・渋谷泰一／訳 啓学出版 1993
Wikipedia 「ガダルカナルの戦い」「ソロモンの戦い」「ミッドウェー海戦」「フィリピン戦」「レイテ島の戦い」「捷号作戦」「サイパンの戦い」「クラ湾夜戦」
戦史叢書「ミッドウェー海戦」 防衛庁防衛研修所戦史室 朝雲新聞社 昭和46年

profile

五十嵐　勉 ――――――――――――

いがらし　つとむ

1949　山梨県甲府市生まれ
早稲田大学文学部文芸科卒
79「流謫の島」（講談社刊）で第2回「群像」新人長編小説賞受賞
84-90　タイに滞在し、カンボジア難民を中心に広く東南アジアを取材
87　タイで「東南アジア通信」創刊
93「アジアウェーブ」創刊
98「緑の手紙」（アジア文化社刊）で読売新聞・NTTプリンテック主催第1回インターネット文芸新人賞最優秀賞受賞
2002「鉄の光」（健友館刊）で第7回健友館文学賞大賞受賞
05「文芸思潮」創刊 編集長
13 中編小説集「ノンチャン、NONGCHAN　／聖丘寺院《ワット・プノム》へ」
17「破壊者たち」
戯曲に「核の信託」「ポツダム原爆投下命令」「ヒロシマ裁判」三部作
他の著書に「微笑みの国タイ」「小説の書き方」などがある

亜細亜二千年紀《ミレニアム》
第一部「亜熱帯への召喚」
I

二〇二四年令和六年九月六日初版発行

著者　五十嵐勉

発行者　渡辺政義
発行所　アジア文化社有限会社
〒一五八・〇〇八三
東京都世田谷区奥沢七・一五・一三
電話〇三・五七〇六・七八四七

発売元　株式会社　星雲社
（共同出版社・流通責任出版社）
〒一一二・〇〇〇五
東京都文京区水道一・三・三〇

印刷所　モリモト印刷株式会社

定価　本体一八〇〇円（税別）

E-mail bungeisc@asiawave.co.jp
ISBN 978-4-434-34574-6 C0093 ¥1800E
Printed in Japan
落丁本・乱丁本はお取り替えします